KB125332

서촌 그리는 마음

*일러두기
본문에서 초등학교를 '국민학교'로 표기한 것은 저자의 재학 당시 표기법에 따른 것입니다.

그림으로 쓴 우리 동네 이야기

서촌 그리는 마음

글·그림 정광헌

이유출판

추천의 글

그가 쓰고 그린 이야기, 그것은 내 이야기였다!

1

정광헌은 나의 중학교, 고등학교, 대학교 동기 동창이다. 2021년 6월 17일 아침 7시 51분, 고등학교 동창 모임인 음악동호회 단톡방에 광헌이가 느닷없이 "저는 어릴 때(4세) 시골에서 서울로 이사하여 종로구 누상동(현재 서촌의 일부)에 살았는데 그 동네의 그때(9살) 모습을 그려보았습니다."로 시작하는 글을 공유해 주었다.

블로그에 실린 '210613 누상동 네 번째 집'을 열어보니 짐작과는 달리 많은 글이 잔뜩 쓰여 있었다. 이 긴 글을 읽다 보니, '화장실', '어린아이의 울음소리', '대문', '골목', '눈깔사탕 집', '빨간 벽돌 연립주택' 등 나도 공감할 수 있는 단어가 전체 문장의 한 절반쯤 들어 있었다.

더구나 그 긴 글에는 투박하게 연필로 그린 그림이 두 장 곁들여 있었다. 모두 위에서 내려다본 그림이었는데, 집마다 다른 지붕 모습이 잘 그려져 있었다. 슬레이트 지붕에는 가늘고 긴 선이, 기와지붕에는 한 장 한 장 위로 볼록, 아래로 오목하게 그려진 기와가, 요즘은 농촌에서도 보기 어려운 초가집에는 부드러운 볏단이, 그것도 마무리되지 못해 처마 끝에서 흩어지고 마는 모습까지 그려져 있었다. 위에서 내려다본 골목에는 당시의 생활을 채집이라도 하려는 듯 소도 끌고 가고, 물지게도 지고, 수돗가에서 물 받으려고 양동이도 늘어놓고, 안마당에서는 이야기를 나누는 부부, 같이 놀자고 모이는 아이들도 곰질곰질 그려져 있었다.

2

글을 읽자마자 "정광헌, 대단하다!"라고 답글을 보냈다. 그리고 공감하는 마음을 표현하고 싶어서 다시 이렇게 적어 보냈다. "기억력이 대단! 박기정의 「두통이」, 「엄마 찾아 삼만리」 그리고 김경언의 「까막이 상사」, 작가가 기억 안 나는 「멍청이」, 산호의 「정의의 사자 라이파이」, 「녹의 여왕과 라이파이」…. 야, 생생하구나! 우리의 옛이야기." 그랬더니 불과 4분 뒤 정광헌은 "세 살 때 만난 쇠똥구리의 추억"과 "나의 소꿉친구, 주인집 딸"이라는 글을 계속 올려주었다.

그래서 답글을 또 썼다. "아, 정광헌 님 모시고 이런 이야기를 연속으로 듣고 싶습니다. 그리고 조금 양이 많아지면 꼭 책으로 내세요." 그러고는 정광헌이 서촌을 조금 더 많이 그리고 정확히 기억해 내도록 또다른 동기 양상준, 문동환 등 네 명이 '정광헌 기억 연대'를 만들어 여러 차례 서촌을 함께 걸었다.

블로그에 기록한 글을 읽어 보니, 어린 시절의 서촌 생활에서 한없이 퍼 올리는 또렷하고 다정다감한 그의 기억은 반드시 기록해 두어야 할 우리 시대의 자산처럼 느껴졌다. 그래서 "꼭 책으로 내세요."라고 그에게 말을 던진 것 같다. 정광헌에게는 아마도 이 말이 계속 잘 써보라는 격려 정도로 들렸을지 모르겠다.

그러다가 나의 책을 내준 이유출판의 두 대표께 고맙다는 인사를 하려고 만난 적이 있다. 그때 이야기 도중에 함께 갔던 아내가 "있잖아요, 정광헌 씨 책에 대해 말씀드려 보세요."라고 하지 않는가? 그렇지만 선뜻 친구 책을 내면 좋겠다는 말을 못하고 약간 머뭇거렸다. 그러다가 내친김에 휴대전화를 켜서 정광헌의 글과 그림을 보여줬다. 그런데 이게 웬일인가? 이유출판의 두 분께서 아주 흥미롭게 생각해 주시는 것이 아닌가? 아무튼 이런 연유로 나의 동기 동창 정광헌의 아름다운 책이 세상에 나오게 되었다.

3

친구 정광헌의 『서촌 그리는 마음』이 지니는 가치를 40년간 건축학과 교수였던 나는 나름대로 이렇게 해석한다. 예를 들면 이런 식이다. 책상 앞에서 글을 쓰다가 "아, 그 책을 참고해서 이렇게 써야겠구나." 하고 생각이 떠올랐는데, 조금 더 있다가 서가 쪽으로 가기는 갔는데 조금 전 내가 무슨 책을 떠올렸는지 생각이 나지 않을 때가 있다. 그럴 때는 다시 앉았던 자리로 돌아와 만지던 물건에 손을 대는 등 그전에 했던 행동을 해보면 된다. 그러면 내가 찾던 것이 무엇이었는지 반드시 기억해 낼 수 있다. 다만 '앉았던 그 자리'에 다시 왔다고 다 되는 건 아니다. 조금 전 내가 '손을 대고 있던 물건'이 함께 있어야 한다.

다섯 살 때 미아가 되어 15년 동안 자신이 어디에서 왔으며 부모는 누구인지 전혀 기억이 없는 한 여성의 이야기를 방송에서 본 적 있다. 그녀는 기억 속에 남은 방, 대문, 개집, 골목, 마당, 염전, 기찻길 등의 단편을 단서로 결국 자기가 살던 곳을 찾아내고, 먼 가족과 동네 이웃과 만나게 되었다는 것이다. 이때 방, 대문, 개집, 골목, 마당, 염전, 기찻길이 '앉았던 그 자리'이고 '손을 대고 있던 물건'이다. 이를 줄여서 '앉았던 그 자리'는 '장소', '손을 대고 있던 물건'은 '사물'이라고 조금 어렵게 말한다. 『서촌 그리는 마음』에서는 '앉았던 그 자리'는 서촌 길이고, '손을 대고 있던 물건'은 집과 마당과 벽돌이다.

시간이 지나면서 사람의 기억은 점차 사라진다. 그런데 사람은 언제 무엇을 했는지는 잘 기억하지 못해도, 어디서 누구와 함께 있었다는 것은 쉽게 기억한다. 한 울타리 집에 살았던 만큼 아침부터 저녁까지 종일 함께 놀았다는 지은이의 동갑이자 첫 번째 소꿉친구인 주인집 딸 '전형숙'과의 기억. 소도 끌고 가고, 물지게도 지고, 수돗가에서 물 받으려고 양동이도 늘어놓고, 안마당에서는 이야기를 나누고, 같이 놀자고 모이는 것은 죄다 사람과의 관계다. 이것을 '사건'이라 한다.

기억을 더듬고 찾아간다. 이것이 아름다운 일이라면 그것은 역설

적으로 우리는 쉽사리 기억을 지우며 살고 있기 때문일 것이다. 손쉽게 주변의 땅을 깎아대고 오랫동안 땅에 붙어 있던 집도 쉽게 허물어 버린다. 거대자본과 소비의 욕망이 뒤엉킨 초대형 고층 건축물이 그 자리를 채울 수 있게 이쪽에서 저쪽으로 계속 확장할 수 있는 '공간'을 얻기 위해서다. 그러나 이렇게 하면 '공간'과는 반대로 저쪽의 어디로 갔다가 이쪽으로 다시 돌아와 머무르는 '장소'도, 과거의 기억도 함께 잃어버리고 만다.

고향을 찾아간 어느 방송의 그녀는 자신의 정체성을 찾아간 것이다. 지은이가 과거에 있었던 일을 기억하는 것은 내가 누구인지, 자신의 정체성을 복기하는 것이다. 물론 이 기억은 지은이 개인의 기억이지만, 그것은 엄연히 공동체의 기억이기도 하다. 그래서 『서촌 그리는 마음』은 우리의 정체성을 함께 복기하는 것이다.

4

또 놀라운 건, 지은이는 무슨 재능을 타고났는지 그 오랜 일을 띄엄띄엄 어쩌다가 기억하는 것이 아니라, 사건과 사물을 연관지어 연속적으로 생생하게 기억하고 있다는 것이다. 그는 그의 초등학교 담임 김옥련, 박양순, 홍풍자, 임익성, 양국환, 김진한 선생님 성함도 기억하고 있고, 이 책에 글을 써준 우리 동기 이수만 씨와 그의 할머니 이야기까지도 훤히 기억하고 있다.

이에 자극받아 나도 잠시 기억을 더듬어 보았다. 나는 세 살 때 무엇을 만났고 그 추억은 어떤 것이었는지, 나의 소꿉친구들은 지금 어디에 있는지, 내가 살던 집 주인 아들딸은 또 무엇을 하고 있는지, 내가 놀던 골목은 폭이 얼마나 되었는지 궁금해진다. 이 기억은 모두 어떤 집, 어떤 골목, 어떤 학교, 어떤 마당, 어떤 나무 밑이었던 것만은 분명했다. 그렇지만 내 기억은 죄다 끊겨 있었다. 어렸을 때 살던 회기동 그곳은 어렴풋이 풍경이 그려지기는 하는데, 머릿속에서는 뿌옇게 떠오르기만 한다. 어른도 친구도 모두 끊겨 있다. 이렇게 생각해 보니 내 기억은 무언가에 의해 '재개발된' 기분이다.

『서촌 그리는 마음』에서 지은이는 아름다운 기억을 소상히 그린다. 지은이가 '마음으로 서촌을 그리는 것'은 어딘가로 떠났다가도 다시 돌아와 머물며 살아 온 장소의 소중함을 느껴서다. 그러나 그것은 길이 있고, 골목이 남았고, 우물이 있던 자취가 있었기에 가능한 기억이다. 건축은 사람이 생활하는 본거지를 구축하는 것인데, 이 생활의 본거지가 바로 '집'이다. 사람은 어딘가로 떠나더라두 다시 돌아와 머물고자 집을 짓지, 떠나려고 집을 짓지는 않는다. 집을 짓는 것은 거주하는 것이고 거주하기 위해서는 집을 지어야 한다. 내가 건축을 전공한 사람으로서 정광헌의 글과 그림이 책으로 나오기를 바란 것은, 바로 그 중심에 집이 있고 집이 놓인 장소와 그곳에 얽힌 사람들이 있다는 너무나도 자명한 사실을 소상하고 따뜻하게 그렸기 때문이다.

『서촌 그리는 마음』을 보면 미국 작가 애니 딜라드Annie Dillard의 말이 생각난다. 장소의 소중함을 이렇게 극명하게 말한 것은 아마 없을 것이다. "마지막으로 죄다 머릿속에서 지워져 버렸을 때 인간에게 남는 것은 장소의 기억이다." 사람이 숨을 거둘 때, 모든 것이 아물거리고 희미해질 때, 자기가 이 세상에 살면서 머리에 남는 최후의 장면은 결국 장소에 대한 기억이라는 뜻이다.

『서촌 그리는 마음』

쓰고 그린 이는 정광헌인데, 그것은 내 이야기였다.

서울대 건축학과 명예교수

김 광 현

축하의 글

1965년 비 개인 날의 우정을 기억하는 내 친구에게

국민학교부터 대학까지 줄곧 같은 학교에 다녔던 내 친구, 광헌! 네 이름을 다시 불러 보니 지난 추억이 밀려온다. 그래서인지 네 이름 뒤에 구태여 어떤 타이틀을 붙여 '정회장' 하고 부르기보다 그냥 이름만 부르는 게 자연스럽게 느껴진다.

내가 미국 유학을 떠났던 80년대 초 너는 삼성물산에서 일하고 있었지. 누가 보아도 너는 '해외시장 개척과 수출 입국'이라는 국가적 과제를 향해 돌진하는 수출 전사였다.

귀국 후 SM을 창립하고 한창 뛰고 있을 때 네가 독일 주재원으로 파견되었다는 이야기를 들었다. 사오 년의 세월이 흐른 뒤에 네 귀국 소식을 들었는데, 그즈음은 내가 SM엔터테인먼트의 상장을 준비하고 있던 때였어. 상장을 마치고 너를 압구정동 사무실에서 만났던 일이 생각난다. 그때 네가 건네준 삼성물산 임원 명함을 보며, 나와는 다른 분야이지만 너 역시 네 분야에서 열심히 뛰고 있다는 생각에 반가웠다.

그 후 시간이 지날수록 여유가 생기기는커녕 오히려 더 바빠졌고, 편안히 앉아 얘기를 나눌 기회는 없었으나 여전히 잘 지내고 있다는 소식을 들었다. 이번에 네가 만나자고 연락을 해왔을 때 문득 50년 전 옛 기억이 떠올랐다. 그때가 대학 1학년인 1971년이었는데, 백순진 형과 만들었던 듀엣 '4월과 5월'이 이종환의 「별이 빛나는 밤에」라는 프로그램에서 알려지며 큰 인기를 끌었지. 그해 12월, 심한 늑막염으로 인해 내 자리를 나보다 잘 생기고 노래도 잘하던 친구 김태풍에게 넘겨주고 (그후 4월과 5월은 많은 히트곡을 낸 유명한 팀이 되었지!) 치료차 세검정 집에 누워 지낼 때 네가 병문안을 와주었다. 까맣게 잊고 있던 일이지만, 너를 다시 만나니 그때 일을 떠올리게 됐는지도 모르겠다.

언제나 그렇듯 오랜 친구를 만나는 건 항상 반갑고 즐겁다. 지난번 네가 보여준 일기장을 보다가 우연히 '1965. 7. 29(목) 비 후에 개임'이라고 적힌 날짜에 눈길이 갔다. 내가 친구 윤택이와 비가 마구 내리던 날 너의 집을 찾아가서 언짢았던 마음을 풀었던 대목이 나오더라. 까마득히 먼 과거를 소환해 우리의 우정을 다시 돌아보게 해준, 얼마나 리얼하고 소중한 기록이던지! 대화가 끝날 즈음 네가 "조만간 출간할 내

책인데, 수정을 위한 가제본이야."라고 하며 건네준 책자를 펼쳐보니 글뿐 아니라 직접 그린 그림까지 있어서, 60년 전 어린 시절과 그 시대 모습을 되살려낸 유니크한 작품이었어. 이야기마다 내 어린 시절과 겹쳐지며 세파에 시달린 마음에 위로를 주는 글과 그림에 난 감탄을 금할 수가 없었지!

난 너를 공부 잘하고 일도 잘하는 성실한 친구로만 알고 있었는데 네가 그린 어린 시절 이야기, 나에 대한 기억을 담은 일기장을 보면서 네가 만일 문화계에서 일하며 그림도 꾸준히 그려왔다면 화가나 문화기관의 장으로도 크게 성공하지 않았을까 생각도 했다. 다음 생에서는 문화계에서 활약해도 훌륭한 성과를 내지 않을까? 두 가지 길을 동시에 가지 못하는 게 인생인데, 못 가본 길에 대한 후회보다는 현재를 만들어온 즐겁고 순수했던 지난 기억들이 더욱 소중하다는 걸 다시 느끼는 계기가 되었다.

가제본을 함께 보다가 국민학교 2학년 때 우리 반에 선물로 주전자를 갖고 오신 분이 할머니라는 얘기가 나오길래 "아니야. 분명히 어머니셨어!"라고 내가 바로 잡으려 했지만, 이 문제는 우리의 기억력보다 60년 세월이 책임져야 할 일이라고 여기고 넘어가기로 하자.

자하문 밖에서 자두 서리를 했던 이야기가 나오는 대목에선 불현듯 그맘때 했던 앵두 서리가 생각나서 길게 이야기했는데, 정말로 오랜만에 그때 일을 다시 떠올려보게 되었다. 내 생일이 있는 6월쯤이면 빨간 앵두가 탐스럽게 열리곤 했지. 자하문 밖에 있던 우리 동네 근처는 사방에 빨간 앵두가 열려 눈이 부실 정도였고...

우린 그날 동네 친구들과 함께 평상시 봐두었던 곳으로 가서 정신없이 앵두를 땄다. 그러다 보니 어느새 주머니가 가득 찼고, 그때 갑자기 우르릉 쾅 하는 소리와 함께 소낙비가 쏟아지기 시작했어. 우리는 주머니를 틀어쥐고 뛰기 시작했는데 셔츠와 손이 온통 빨간 앵두 빛으로 물들고 말았다. 우리는 제일 가까이 있던 친구 집 문을 열고 뛰어 들어갔고, 마지막으로 들어온 내가 그 집 현관문을 닫으려는 순간 세찬 바람이 불면서 문이 쾅 소리를 내면서 닫혔지. 그러자 문 유리가 산산조각이 나면서 긴 유리 조각 하나가 바로 내 팔뚝에 꽂혔어. 비명을 지를 새도 없이 꽂혀있는 유리 조각을 쳐다보며, "아, 잘못에 대한 대가를 받는구나!" 하고 앵두 서리를 후회했다. 그 이후로 이제까지 난 남의 것을 탐한 적이 없어. 이때의 아픈 기억으로 '남의 것을 탐하면 벌을 받는다'는 걸 평생의 신조로 여기고 일생을 살게 되었으니 참으로 다행스런 계기가 되었던 것 같다.

이런저런 얘기 끝에 네가 자리에서 일어서며, 이번에 출간하는 첫 책에 어린 시절 친구로서 글 한 꼭지 써달라는 부탁을 했다. 그땐 내가 손사래를 쳤지. 난 이런 글을 써본 적이 없으니까!

　너와 헤어진 후, 네가 놓고 간 가제본을 다시 펼쳐보며 생각했다. '그래, 내가 아니면 누가 이 책에 들어갈 글을 써줄 수 있을까?' 그래서 머릿속에 떠오르는 대로 글을 쓰기 시작했어.

　네가 나를 찾아주어 무척 반가웠고 어린 시절을 함께 추억할 수 있어 좋았다. 60여 년 전 인왕산에 올라 파란 하늘의 구름을 함께 보면서, 우리 가슴을 가득 채우는 무언가를 느끼며 꿈에 부풀었던 그 시절을 다시 느끼게 해준 친구. 너의 첫 책 출간을 축하한다!

　그럼 우리 이제 또 바빠지는 건가?

　광헌아!
　우리 언제 또 만나지?

뮤직 프로듀서
이 수 만

목차

유아기의 기억 조각들

어린 시절의 서촌

우리 동네 서촌

나를 키워 준 서촌

프롤로그

　네 살 때에 서촌으로 이사를 왔다. 송강 정철의 집터에 세워진 국민학교와 겸재 정선의 집터였다던 중고등학교에 다니고, 군에 입대하던 대학 4학년 때까지 20여 년을 그곳에서 살았다.

　6.25 전쟁이 끝난 지 얼마 안 되었을 당시, 서촌 주민들은 대부분 서울 토박이가 아니라 전국 곳곳에서 이주해와 살던 이들이었기에 서로에게 고향이 어디냐고 물어보곤 하였다. 우리 집은 실향민 가정이었다. 아버지의 고향은 황해도, 어머니는 개성이었기에, 누군가 어린 나에게 고향이 어디냐 물어보면 서슴지 않고 이북이라고 대답을 했다. 그러면서도, 한 번도 가본 적이 없는 곳을 고향이라고 해도 되는가 싶기도 했다.

　조만간 통일되면 할아버지가 살고 계시는 황해도 고향에서 친척들과 함께 살게 될 것이니, 서촌은 그때까지 잠시 머무르는 곳이라고 생각했다. 다른 주민들도 마찬가지였을 것으로 생각한다. 하지만 통일은 꿈에 불과했고 이제 그 꿈을 꾸던 분들은 대부분 돌아가셨다.

쉽게 백수하실 것으로 여겨질 정도로 건강하셨던 아버지도 81세에 어느 날 갑자기 세상을 떠나셨다. 장례 후 아버지의 사무실에서 유품을 챙겨 차의 뒤 트렁크에 넣어둔 채 10여 년이 흐른 뒤, 직장을 그만두고 비교적 시간 여유가 생기자 아버지의 유품을 꺼내 보게 되었다. 한자 친필 기록물, 이력서, 동우회 주소록, 개인 수첩, 사진 등이 있었다. 그 중에 달력의 이면으로 만든 표지 위에 "잡상雜想"이라는 제목에 "회상기回想記"라는 부제목과 함께 "1990년 6월 3일"이라는 기록 일자가 친필 한문 붓글씨로 쓰여있었다. 그 속에는 "8.15 해방", "6.25 동란", "1.4 후퇴", "1990년 추석 명절" 등 네 개의 소제목을 단 역사적 순간의 체험이 한자 세로 글로 담담하게 기록되어 있었다. 격랑의 물결 속에 평범한 한 청년이 위기를 극복하며 살아남은 생생한 체험과, 노년에 자신의 사무실에 앉아 분단되어 갈 수 없는 고향을 그리워하는 글이 감동적이었다. 평소 말수가 적었던 아버지께서 생전에 이런 이야기를 직접 해주신 적이 없었는데, 이제야 낮은 목소리로 내게 직접 이야기해주시는 듯했다. 현재의 내 나이보다 두 살 위인 73세 때 쓰신 글인데, 나보다 훨씬 더 험난한 격변의 세월을 이겨내신 아버지의 기록이 나를 위로해주었다. 아버지의 글을 읽고 나도 이런 글을 아이들에게 남기고 싶다는 생각이 들었다.

　　운동화 살 돈이 없어서 아버지가 운동회 날에 맨발로 뛰었다던 국민학교가 있는 황해도와 어머니가 집 근처의 선죽교에서 정몽주의 핏

자국을 보셨다던 개성은 이제 그냥 옛날이야기에 나오는 돌아가신 부모님의 고향으로 기억될 뿐이다. 반면에 나이가 들수록 더욱 그리워지는 어린 시절의 서촌은 어느새 마음속에 내 고향으로 자리 잡았다. 주말에 가끔 인왕산에 올라 모형처럼 보이는 시내를 내려다보면 시선이 가는 곳마다 수많은 사연이 생생하게 파노라마처럼 떠오른다. 인왕산에서 수성동 계곡으로 내려오면서 옛 동네를 둘러보면, 겨우 몇 개의 골목만 옛 모습을 간신히 지키고 있을 뿐 주변의 집들은 모두 허물어진 채 새로운 연립주택과 새로운 길들이 자리 잡고 있다. 그나마 한두 채 남아 있는 친구들의 옛집에는 낯선 간판이 달려있고, 일면식도 없는 이들이 드나드는 것을 보면 왠지 깊은 상실감에 빠지게 된다. 서촌을 채웠던 그 길들과 주변의 작은 가옥들과 정겹던 사람들은 다 어디로 갔을까? 그 시절 전국 각지에서 온 사람들이 허술한 칸막이 정도의 담을 쌓고 협소한 공간에 모여 살다 보니 동네는 언제나 삶의 소음으로 가득했다.

새벽 동이 트기도 전에 인왕산에서 들려오는 "야호!" 소리에 이어 아침 공기를 깨는 군인들의 점호 소리에 잠을 깼다. "일어나, 밥 먹고 학교 가야지!" 하며 아이들을 깨우는 옆집 아주머니의 목소리도 들려왔다. 얼마 후에는 등교하는 어린아이들의 재잘거리는 소리와 발걸음 소리가 동네 골목을 가득 채웠다. 해가 중천에 떠오르면 짐 실은 소달구지 지나가는 소리가 동네를 진동하고, 정오를 알리는 사이렌이 우렁차게 울렸다. 그리고 장사치들이 골목골목 외치는 소리와 흥정하는 여인들의 목소리로 이어졌다. 잠시 낮잠을 자도 될 만큼 적막감이 흐르다가, 어느새 학생들이 하교하는 발걸음 소리로 다시 소란스러워지면서 동네는 어린아이들의 놀이터가 되어 활기를 되찾았다. 저녁 시간이 되면 집마다 엄마들이 대문을 열고 아이들을 찾는 목소리가 마치 합창이라도 하듯 온 동네에 울렸다. 저녁 시간이 지나 사방이 어두워지면 일을 마치고 퇴근하는 이들의 발걸음 소리가 들려오고, 온 동네에 어둠이 깔리면 한잔 걸치고 비틀거리며 내뿜는 아저씨들의 유행가 자락이 어지럽게 들려왔다. "찹쌀떡 메밀묵"을 외치는 소리가 지나가고 밤이 깊어져 모두 잠들었을 시간이 되면 이 골목 저 골목에서 야경꾼의 딱딱이 소리가 울려왔다. 자정에 통행금지 사이렌이 울리면서 서촌은 다시 어둠과 적막 속으로 빠져들었다.

이런 삶의 소음은 서촌에서 더는 들을 수 없고 다만 우리 기억 속에만 남아있을 뿐이다. 그 대신에 이제는 관광객의 발걸음 소리와 카메라 셔터 소리가 가득하다.

코로나가 한창이던 2020년 겨울, 내 마음속에 남아있는 어린 시절 모습을 스케치북에 그려보기 시작했다. 예전에 살던 누상동, 옥인동 집도 그리고 주변의 동네도 그려보았다. 그리고 그곳을 채우며 살던 사람들도 그려 넣었다. 어릴 때를 회상하며 그림을 그리고 글을 쓰다 보면 이상하게도 마음이 평안해진다. 그리고 어지러워진 내 마음이 위로받고 치유되는 것을 느낀다.

같은 세월을 보낸 나이 든 이들이 이 그림과 글을 보면서 조금이라도 마음의 상처를 치료받고 위로받을 수 있으면 좋겠다. 그리고 나이든 세대를 "틀딱"이나 "꼰대"라고 비하하는 젊은 세대들도 이 글을 읽으면서 나이 든 세대들이 지나온 시대를 조금 더 이해하고 존중할 수 있는 계기가 되었으면 한다.

　　이 책을 내면서, 우선 나의 행동반경을 제한시켜 더 많은 자유 시간을 누리게 해준 코로나에 감사하며, 생각지도 않았던 책 출간의 길로 나를 인도해준 친구 김광현 교수 부부와 이유출판의 이민, 유정미대표 그리고 축하의 글을 써준 나의 오랜 친구, 이수만에게 심심한 감사의 마음을 전한다.
　　한세상을 같이 살며 나에게 이런 이야기들을 선사한 형제들과 누이, 그리고 친구들에게도 감사한다. 내 그림과 글의 최초 애독자로서 비평과 격려를 아끼지 않은 사랑하는 아내 김명숙에게 이 책을 바친다.

　　서촌에서의 삶을 되돌아 그려보니, 그곳에 피었던 풀 한 포기와 꽃 한 송이, 그리고 무심히 흘러가던 구름과 바람까지 어느 것 하나도 당연했던 것은 없었고 모든 것이 다 하나님의 은혜였다.

2023년 3월

정 광 헌

유아기의 기억 조각들

쇠똥구리의 추억

기억을 더듬어 과거로 거슬러 가본다. 기억은 현재에서 출발하여 60대, 50대, 40대, 30대를 지나 20대, 10대 그리고 유년기를 거쳐 유아기까지 거슬러 올라가다가 내가 기억할 수 있는 가장 오랜 기억에 멈춘다. 그것은 놀랍게도 아주 어렸을 때에 우연히 마주친 쇠똥구리가 쇠똥을 굴리는 선명한 장면이다.

정확히 2년 4개월 터울인 누이동생이 그 이야기 속에 없는 것으로 보아, 내가 아마 만으로 두 살 정도였으리라 생각된다. 아버지는 8.15해방 후 만주에서 귀국하였지만 고향인 황해도를 벗어나 삼팔선 근처인 경기도 금촌에서 경찰공무원을 하고 계셨다. 그래서 나는 연년생인 형과 함께 유년기를 그곳에서 보냈다.

형과 나는 아버지께서 판자에 못을 박아 만들어 주신 수레에 끈을 묶어 어깨에 둘러메고 들판을 뛰어다녔다. 그 외에 다른 장난감은 없었다. 그날도 아버지께서 우리 형제를 어느 들판으로 데려가 풀어놓고 나무 밑 의자에 앉아 신문을 읽고 계셨다.

만 두세 살이었던 우리는 수레를 메고 천방지축 풀밭을 뛰었는데, 그만 가파른 내리막을 만나 걸음을 멈추려 해도 멈출 수가 없었다. 결국 그 내리막을 구르고 말았다. 몇 바퀴를 굴렀는지 알 수는 없지만, 엎드린 채 눈을 뜨는 순간 바로 내 눈앞에서 쇠똥구리가 쇠똥을 굴리고 있었다. 어린 눈에 비친 그 광경은 정말로 강렬했고, 이후 70여 년 동안 간간이 그림처럼 내 머리에 떠올랐다. 눈앞에서 쇠똥을 굴리던 그 쇠똥구리의 모습을 언젠가는 꼭 한번 그려보고 싶었다.

두세 살 무렵 쇠똥구리를 만난 풀밭에서 연년생 형(오른쪽)과 함께

　　오늘 아침 식사를 하고 출근하기 전까지 식탁에 앉아 그냥 기억나는 대로 잠시 그림을 그려보았다. 기억 속의 장면을 이렇게 쉽게 그릴 수 있다니 신기하고 감사했다. 그곳이 어디였는지 정확히 기억할 수는 없지만, 그 즈음에 촬영한 위 사진의 배경인 저 풀밭이 아니었을까 추측할 뿐이다.

아버지의 찐빵

그 무렵 동네에 불이 났던 사건도 내 머릿속에 강렬한 인상으로 남아 있다. 그날 어머니는 서울 외할머니 댁에 가셨고 아버지는 출근하셔서 형과 나만 집에 있었다. 밖이 소란스러워서 내다보니 어느 집이 검은 연기에 덮여 불타고 있었고, 온 동네 사람들이 양동이를 들고 그 집으로 뛰어가고 있었다. 형과 나는 겁에 질려 그 광경을 쳐다보았다.

시간이 조금 지난 후 아버지께서 소식을 들으셨는지 집으로 뛰어들어오셨고, 집에 가만히들 있으라고 말씀하신 후 바로 양동이를 들고 문밖으로 뛰어나가셨다. 불이 어느 정도 진화가 되자 집으로 다시 돌아오신 아버지를 보며 우리 형제는 마음을 진정시켰다.

아버지는 우리를 부엌에 앉혀놓고, 밀가루 반죽에 단팥을 듬뿍 넣은 찐빵을 찌기 시작하였다. 시간이 얼마 지나자 솥뚜껑을 열어 김이 모락모락 나는 찐빵을 우리에게 꺼내주셨는데, 얼마나 맛있게 먹었던

지 아직도 그때를 생각하면 입에 침이 고인다.

아버지는 엄격한 가부장적인 사고를 지녔던 분이고, 돌아가실 때까지 부엌에 들어가거나 음식을 만드는 것을 그날 외에는 한 번도 본 적이 없다. 그런 아버지가 행주치마를 두르고 찐빵을 만들어 주셨고 그 찐빵의 맛이 이제까지 먹어본 어떤 음식보다도 맛있었다. 그 일은 세월이 지나 생각해봐도 상상하기조차 힘든 일이었다.

그때 아버지께서 찐빵을 만들던 모습과 김이 모락모락 나던 찐빵을 맛있게 먹던 형과 나, 그리고 그 모습을 흐뭇하게 바라보던 아버지의 표정을 그리면서 내 기억이 착각일 수도 있겠다는 생각이 들었다. 최근에 형과 통화 중에 "우리 어렸을 때 금촌 동네에 불났던 일 기억나?" 하고 물었더니 형도 기억난다고 했다.

"그날 아버지가 우리에게 만들어줬던 그…."라고 말을 채 마치기도 전에 형이 대답했다. "그래, 참 맛있었지. 아버지가 만들어줬던 그 찐빵."

그렇구나, 내 머릿속에 한 조각 그림으로 남아있는 '아버지가 만들어 준 찐빵'이 기억의 오류가 아닌 사실이었구나! 70여 년 전의 기억을 함께 나눌 수 있는 형이 있어서 다행이다.

가로수가 울창했던 왕릉 길

금촌에서 보낸 유년기 시절 중 아직도 기억에 남아있는 몇 안 되는 장면 중 또 하나는 아버지께서 자전거를 세우고 자전거 바퀴에 바람을 넣던 모습이다. 그때가 언제였던지 정확히 알 수는 없지만 아마도 1955년이나 1956년경 어린아이를 자전거 뒤에 태워도 춥지 않았을 늦봄에서 초가을 사이였을 것 같다.

그날 나는 아버지의 자전거 뒤에 타고, 아버지가 참석하는 어느 모임에 따라갔다. 그 모임은 어느 왕릉에서 있었는데 능의 이름은 기억나지 않는다. 집에서 출발하던 장면과 능에 도착하여 무엇을 했는지에 대한 기억도 전혀 없다. 다만 모임을 끝낸 후 아버지와 둘이서 자전거를 타고 능을 나서 집으로 돌아오던 길에 있었던 일이다. 능의 문을 막 벗어나 양옆에 나무들이 들어차 있는 길을 얼마큼 가다가 자전거를 길에 세우고 아버지께서 공기펌프로 타이어에 바람을 넣으시던 장면이 내 머릿속에 한 장의 흑백 사진처럼 남아있다.

아버지가 그 공기펌프를 휴대하고 있었는지 주변에서 빌리셨는지는 기억나지 않는다. 어린 나로서는 아버지 자전거 뒤에 탄 것도 처음이었지만, 공기펌프로 타이어에 공기를 넣는 것도 처음 보는 일이었기에 기억에 오래 남은 것 같다. 그곳이 어디였을까? 부모님이 살아 계시다면 물어볼 수도 있겠지만, 두 분 모두 돌아가셨다. '금촌에 살 때 아버지 자전거 뒤에 타고 갔던 왕릉'이라는 키워드만 갖고 찾아낼 수 있을까?

우선 지도에서 금촌역 주변을 검색해보니 금촌역에서 북동쪽의 파주 장릉과 남동쪽의 파주 삼릉을 찾을 수 있었다. 그중 파주 장릉은 당시 우리가 살던 탄현면 갈현리에 위치해서, 서너 살 먹은 어린아이를 자전거 뒤에 싣고 이동할 만한 거리를 감안할 때 가능성이 더 높아 보인다.

장릉을 방문하여 기억을 더듬으며, 그날 아버지께서 공기펌프로 자전거 타이어에 바람을 넣던 큰 느티나무들이 양옆으로 늘어서 있던 그 길을 찾아보았다. 하지만 매표소 문 앞에서부터 연결되어 있어야 할 가로수가 늘어선 길은 보이지 않고 아스팔트로 포장된 자동차 도로만 눈에 띄었다. 그 길은 아마 매표소 앞에 새 길을 내면서 소실되었을 수 있다는 생각이 들었다.

65년 동안 변한 것이 길뿐이겠는가? 그때 길에서 자전거 바퀴에 바람을 넣던 아버지께서는 이미 25여 년 전에 돌아가셨고, 그날 집에서 아버지와 나를 기다리시던 어머니도 몇 년 전 돌아가셨다. 다시 한번 파주 장릉의 안내판을 들여다보았다. 내가 기억하고 있는 능의 문은 현재의 매표소가 아니라, 옛날부터 서 있던 홍살문이었으리라는 것을 깨달았다. 그 길은 매표소 밖의 길이 아니라 매표소 안에 있는 홍살문에서 매표소로 연결되는 길이었던 것이다.

매표소에서 금천교를 지나 홍살문으로 이어지는 이삼백 미터의 길

금천교에서 홍살문 가는 길

을 바라보며, 바로 이 길이 어릴 때 아버지 자전거를 타고 가다 공기펌
프로 자전거 바퀴에 바람을 넣었던 그 길임을 확신했다. 길 양옆에 늘
어서 있었다고 생각한 그 나무들은 어쩌면 당시 내가 너무 어려서 실제
보다 더 우람하게 보였을지도 모른다.

거머리에 물려 정신없이 달리던 길

서너 살 무렵 동네 형들을 따라 개울가에 갔다가 연년생 친형이 거머리에 오른쪽 팔을 물렸다. 떼어내려 했으나 꼼짝도 안 하고 피를 빨아 몸집이 커지는 걸 보면서 내 인생 최초로 위기를 느꼈다. 방법이 없다는 걸 깨닫고 형제는 "엄마!"하고 부르며 눈물범벅이 되어 언덕을 넘어 집으로 달렸다. 그 형제는 이제 할아버지가 되었고, 그때 목놓아 부른 엄마는 천국에 계시다.

거머리 사건에 대하여 형에게 물어보니 같은 기억을 갖고 있었다. 그때 우리가 살던 집 근처에 국민학교가 있었다고 한다. 가만히 생각해보니 그 개울과 집 사이의 언덕 근처에 국민학교가 있었던 것도 같다. 지도를 찾아보니 갈현국민학교였으리라 생각되고 개울은 공릉천이나 그 지류였을 것 같다. 그 집은 아마 오래전에 허물어졌을 터이고 길도 새로 만들어졌을 터이니 닭장이 있던 그 집을 다시 찾아보기는 어려울 것이다. 다만 근처의 노인장에 찾아가 갈현리 이장 집이 어디인지 알아보거나, 금순이네 집을 아는 분이 있는지 한번 물어볼 수 있지 않을까 생각한다.

겨울이 가고 따뜻한 봄이 되면 한번 갈현리에 가서 갈현국민학교도 보고, 이장 집과 금순이네를 수소문해보고 싶다. 그리고 갈현국민학교에서 가까운 공릉천까지 걸어가며 그 길이 거머리에 물린 형과 함께 울면서 집으로 가던 그 길인지 확인해보고 싶다.

닭을 서울로 데려갈래!

내가 만 세 살 무렵이던 1955년 어느 날, 서울 사는 이모께서 이종 사촌 형을 데리고 경기도 파주군 탄현면 금촌읍 갈현리의 우리 집에 오셨다. 나와 형은 비슷한 또래의 대우 형을 만나 너무나 재미있게 놀았다. 친척 형이 우리 시골집을 방문한 것은 처음 있는 일이었으니 얼마나 즐거웠을까?

경찰관이던 아버지는 정말 부지런했는데, 집 마당에 꽤 큰 규모의 닭장을 지어서 닭을 키웠다. 닭 모이를 주거나 닭장을 청소하시는 어머니를 따라 닭장에 들어가기도 했다. 가끔 닭장을 열어 닭을 마당에 풀어 놓으면 도망가는 닭을 쫓아 뛰기도 했다.

서울에서 온 대우 형도 우리 집에 있는 닭들이 무척 신기했으리라. 닭에게 모이를 먹이고, 닭장에서 닭이 낳은 달걀을 꺼내 오는 일이 서울에서는 경험하지 못한 새로운 경험이었으리라.

그때 이모와 대우 형이 우리 집에서 하룻밤을 묵었는지 아니면 반나절을 지내고 돌아갔는지 정확히 기억나지 않는다. 나와 동갑인 현숙이를 서울에 두고 오셨으니 서둘러 돌아가셨을 수도 있다.

서울 가는 기차를 타러 우리 집 문을 나서기 전 대우 형은 "이 닭을 서울로 가져갈래요."라며 고집을 부렸다. 마당에 풀려 있던 닭을 붙잡아 힘껏 끌어안고 그랬는지 아니면 그중 한 마리를 잡으려고 마당에서 닭들을 쫓아다니며 그랬는지는 정확히 기억나지 않는다.

우리 어머니와 이모는 "서울 집에 가려면 버스와 기차를 타고 멀리 가야 하는데, 닭을 손에 들고 갈 수는 없으니 다음에 또 여기에 와서 닭을 보는 게 좋겠다." 하며 대우 형을 달랬다. 하지만 대우 형은 막무가내로 닭을 꼭 서울로 갖고 가고 싶다면서, 그렇지 않으면 집에 가지 않겠다고 우겨댔다. 이모가 강제로 대우 형을 데리고 가려 하자 대우 형은 땅바닥에 주저앉아 울음을 터뜨리며 저항하였다. 형과 나는 우는 대우 형을 쳐다보며 닭을 가져가는 것을 허락하지 않는 어른들을 원망했다. 아이들은 모두 할 수 있다고 생각했지만 어른들은 할 수 없는 일이라고 아이들을 말리고 달랬다.

닭에 둘러싸인 세 아이를 그려보았다. 가운데 대우 형은 닭을 양팔로 가슴에 움켜잡고 떼를 쓰고, 그림 왼쪽의 나와 오른쪽의 형은 대우 형의 생각을 지지하듯 한 손을 대우 형의 등에 대고 서 있다. 대우 형에게 붙잡힌 닭은 목을 길게 뽑고 날갯짓을 하며 빠져나오려 하고 있다.

다음 해인 1956년에 우리는 서울로 이사 와 이모 댁 근처에 있는 집의 작은 방 하나를 얻어 살게 되었다. 그 후로 대우 형과 그 동생 현숙, 천우, 양우와 거의 매일 만나며 함께 자랐다.

대우 형은 유복한 환경이었지만 반항적인 아이였고, 세상에는 공부 외에도 할 일이 많다며 중학교 때부터 미국 팝송에 심취했다. 고등학교 때 이모 집에 놀러 가면 장발 머리를 하고 수많은 팝송 디스크를 자기

방에 쌓아 놓은 채 외국 팝송을 따라 부르는 대우 형을 만날 수 있었다. 20대에는 역술을 공부하여 우리들의 운명을 예언해 주기도 했다. 그러다가 20대 후반에 큰 꿈을 품고 미국에 혼자 이민 가서 가정을 이루었다. 내가 미국에 첫 출장을 갔던 1980년에 뉴욕에서 형수와 함께 만났던 일이 기억난다. 이후에도 미국 출장 때 몇 번 만났고 1990년경에는 대우 형이 한국에 나와 만나기도 했다.

그러다 20여 년 전 50대 중반이었던 대우 형의 사망 소식을 들었다. 뉴욕에서 친구들과 부부 저녁 모임 중에 컨디션이 안 좋다며 잠시 차에 가서 쉬겠다고 나갔는데 다시 들어오지 않았다. 차에 가보니 사망해 있었다고 했다.

참으로 허망했다. 당시 나는 숨도 제대로 쉴 수 없을 만큼 항상 업무에 바빴다. 저녁 신문에 난 뉴스처럼 대우 형의 사망 소식을 접하고 흘려보냈던 것 같다. 당시엔 내가 할 수 있는 일이 아무것도 없었다.

금촌 집에서 저자, 대우 형, 종헌 형(왼쪽부터)

서울의 첫인상

어머니 손을 잡고 금촌역에서 기차를 타고 서울역에 도착해 버스로 갈아타고 누상동 외할머니 댁에 간 적이 있다. 여동생이 1955년생이었으니 어쩌면 함께 갔을 수도 있다. 무슨 이유로 갔던가는 모르겠다. 며칠 밤을 잤는지, 누구를 만났는지도 기억이 안 난다. 다만 그때 버스 유리창을 통하여 만 네 살이 채 안 된 내 눈에 보이던 서울의 신기한 길거리 모습이 생생하게 기억난다. 많은 이들이 자동차 밑에 가마니를 깔고 누워 무언가를 하고 있었다. 처음에는 차에 치여 다친 건 줄 알았는데 그게 아니었다.

길거리 사방에 많은 이들이 차 밑에 누워있는 광경을 그때는 이해할 수 없었다. 왜 사람들이 자동차 밑에 누워있을까? 나중에 그 이유를 알게 되었는데, 당시에는 자동차가 고장이 잦아서 차를 길거리에 세워 놓고 차 밑에 들어가 수리해야 했다고 한다.

저녁이 되어 어두워지면 전깃불을 켜서 사방을 대낮처럼 밝히는

것을 보고도 놀랐다. 금촌에서 남포 호롱불만 보았던 나는 전깃불이 정말 마술 같아서, 어머니에게 "집에 갈 때 천장에 달린 전등을 꼭 떼어 갖고 가자."라고 조르기도 했다.

그날 누상동 외할머니 댁에서 외삼촌들도 만나고, 근처의 작은이모 집에 가서 이모부와 이종사촌 형제들도 만났을 텐데 전혀 기억나지 않는다. 아마도 친척들과의 만남이 차 밑 길바닥에 누워있던 사람들과 밤거리를 대낮처럼 비추던 전등불만큼 인상적이지는 않았던 모양이다.

처음 가본 서울은 시골과 달리 사람도 많고 차도 많고 어두운 밤을 대낮처럼 밝히는 전등도 있었다. 하지만 내게 무엇보다도 강렬한 인상으로 남은 것은 버스 창 너머로 길거리 여기저기에 사람들이 자동차 밑에 가마니를 깔고 누워있는 모습이었다.

멀어져 가는 금촌을 바라보며

호적초본을 살펴보면 나는 '1952년 음력 9월 20일, 경기도 광주군 동부면 창우리 미상 번지에서 출생'으로 기재되어 있다. 왜 아버지 고향 황해도 금천이나 어머니 친정 경기도 개성이 아닌, 아무 연고가 없는 경기도 광주군에서 나를 출산했을까? 내가 이런 의문을 품었을 때 그 이유를 설명해줄 수 있는 분들은 모두 돌아가시고 안 계셨다. 나는 그때가 6. 25 동란 중이었으니 아마도 피난 다니다가 낳으신 모양이라고만 생각하고 있었다.

그런데 25여 년 전 돌아가신 아버지의 유품 중 이력서와 발령장 속에 답이 있었다. 아버지는 1947년 9월 19일 제1관구 경찰학교에 입교하여 1947년 10월 20일 6기생으로 졸업하고 경찰공무원이 되었다. 그리고 6.25 전쟁이던 1950년 12월 27일에 치안국 전투경찰 제208대대 5중대 소속을 명받아 참전하였다. 1952년 5월 26일에 한강안漢江岸 경비 동부면 소대장을 명받고 1953년 10월 6일 파주경찰서로 발령날 때까지 16개월여 한강 도강 경비를 맡아 광주군 동부면 창우리(현재 하남시 창우동)에 살았다.

1953년 10월 20일부로 금촌 파출소 근무를 명받아 금촌에 살게 되었고, 1956년 6월 11일 경찰직을 그만두고 서울로 이사를 하여 그해 10월 11일부터 서울의 삼양공무사라는 회사에 입사했다. 그 기록을 근거로 추정하면, 우리 가족은 내가 출생한 후 11개월 때까지 광주군 동부면 창우리에서 살다가 경기도 파주군 탄현면 금촌읍 갈현리로 이사하였다. 그리고 내가 만 네살이 되던 1956년 하반기에 서울로 이사를 온 것이 확실했다.

금촌에서 살던 때가 65년도 더 된 일이지만 아직도 많은 기억이 아련하게 남아있다. 우리 집은 마당이 있는 독채였는데, 아마도 세를 얻어서 살았으리라 추측된다. 집 근처에는 이장 댁과 금순네라는 이웃이 있었는데 금순이는 당시 스무 살 정도 된 처녀였다. 아버지는 그곳에서 금촌파출소로 출퇴근하시는 무척 청렴한 경찰이셨다. 언제인가 어느 동네 분이 햅쌀을 집에 들고 와서 어머니께서 받으셨는데, 퇴근한

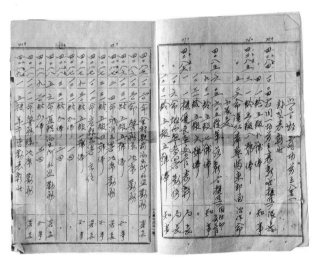

아버지 유품 중 이력서와 발령장 철

아버지께서 무척 화를 내셔서 어머니가 그 햅쌀을 다시 돌려준 일도 있었다.

집 마당 구석에는 제법 큰 닭장이 있었고, 닭장에는 닭들이 쉴 수 있게 횃대를 설치해둔 공간이 있었다. 그 밖에는 모래를 깔아서 닭들이 뛰어다닐 수 있게 했다. 닭에게 모이를 줄 때면 어머니께서 닭장 문을 열고 들어가 "구~구~"하는 소리를 내며 닭 모이를 뿌려주셨는데, 그때 "구~구~"하던 어머니 목소리가 생생히 기억난다. 형과 내가 닭장에 들어갈 일이 많지는 않았지만, 가끔 들어갈 때면 모래밭에서 닭을 쫓으며 놀았다. 마당으로 나오면서 닭장 문을 제대로 닫지 않으면 닭들이 마당으로 뛰어나와 다시 잡아서 닭장에 들여놓기가 쉽지 않았다.

　1956년 6월 서울로 이사를 왔다. 작은 트럭에 몇 안 되는 가재도구를 싣고 어머니는 차 앞 칸에, 형과 나는 뒤 짐칸에 앉아 덜커덕거리며 금촌을 떠났다. 우리보다 열 살은 위였던 막내 외삼촌도 우리와 함께 트럭 뒤 칸에 탔던 것 같다. 트럭이 서울을 향해 출발하여 나아갈 때 울퉁불퉁 비포장도로를 달리며 차가 요동을 쳐 엉덩이가 아팠다. 형과 나는 그것을 재미있어하며 우리가 살았던 금촌이 점점 멀어지는 것을 바라보았던 기억이 아련하다.

어린 시절의 서촌

이불 꾸러미에서 떨어진 '미루꾸'

1956년 여름 어느 날 경기도 금촌에서 털털거리는 트럭을 타고 서울로 출발하였으나, 곧바로 잠이 들었던지 도착할 때의 기억은 없다. 우리 가족이 서울에 처음으로 둥지를 튼 곳은 서촌에 있는 초가집 단칸방이었다. 현재 박노수 미술관에서 멀지 않은 서울 종로구 누상동이다. 아버지와 어머니, 형과 나 그리고 누이동생까지 다섯 식구였다.

아버지는 1947년부터 9년여 근무하던 경찰직을 1956년 6월에 돌연 사직한 상황이었다. 무직 상태에서 가족들을 데리고 서울 단칸방으로 이사를 하게 되었으니 많은 걱정이 있었을 것이다. 더구나 그 사직의 사유가 업무상의 과실이 아니라 사적인 로맨스(어머니가 볼 때는 불륜) 때문이었으니, 이 일로 인해 부모님 사이의 불화가 얼마나 심했을지 짐작이 간다.

아버지는 청렴결백하고 부지런하고 유능한 경찰공무원이셨다고 한다. 1997년 81세에 돌아가신 후 유품을 정리하는데 수첩 여기저기에 '선공후사先公後私'라는 문구가 수 차례 기록되어 있었다. 아마도 젊을 때 직업의 영향이었을 것이다. 황해도 금천군 구이면 미당리 435번지의 산골에서 가난한 선비의 장남으로 태어난 아버지는, 가난을 극복하는 길은 도시로 가는 길밖에 없다 생각하고 18세 되던 해 어느 날 몰래 고향을 떠나 평양으로 갔다. 거기서 운 좋게(?) 일본인 상점에 취직하여 사회생활을 시작하였다.

5년 후인 1940년에 어머니와 결혼하였고 곧 만주로 이주하였다. 1945년 해방이 되어 귀향한 후 남한으로 넘어와 1947년 경찰공무원에 임용되었다. 그때부터 6.25 종군, 공비토벌 등 험한 생활을 하다가 1953년에 금촌파출소에 배치되어 생활이 안정되어 가던 시기였는데, 1956년에 그런 사고가 일어나 경찰직을 떠나게 되었다.

서울로 이사 온 지 며칠 지나지 않은 어느 날 저녁, 부모님이 심하게 다투셨는데 네 살, 다섯 살이었던 우리 형제는 그 사유를 가늠할 수도 없는 가운데 구석에 앉아 겁에 질려있었다. 부부싸움의 열기가 한창 고조되었을 때 근처에 사는 작은 이모가 들르셨지만 말릴 수 있는 상황이 아니었기에 그냥 우리와 함께 말없이 앉아있다가 얼마 후 살짝 나가셨다.

얼마간 더 계속되던 부부싸움은 아버지가 방문을 걷어차고 나가는 것으로 끝이 났다. 어머니는 모든 것을 체념한 듯, "애들아, 자자."라고 하면서 방 한쪽에 있는 이불장에서 이불을 꺼내 펼치는데 무언가 바닥에 굴러떨어지는 것이 있었다. 살펴보니 그것은 '미루꾸(Milk)'였다.
형과 나는 "어! 미루꾸다!"라고 외쳤다.

입에 들어가 사르르 녹으면서 단물을 내는 것이 엿하고는 비교도 안 되게 맛있는 것이 미루꾸이다. 이것들이 왜 이불에서 떨어졌을까 신기해하는데 어머니는 "아마 이모가 넣어두고 간 모양이다."라고 말씀하셨다.

미루꾸를 입에 물고 형과 나는 세상 행복한(?) 표정으로 "이모, 고마워요."라며 잠이 들었다. 어머니는 아마 그날 한잠도 못 주무셨을 것이다.

아버지는 81세에 돌아가실 때까지 이 로맨스(?)에 대한 책임에서 벗어날 수 없었다. 그렇다고 우리 가정을 포기하지도 않으셨다. 어머니는 1958년 1월에 막내아들을 출산하고, 이후 우리 4남매의 어린 손에 붙들려 삶을 헌신하셨다. 그리고 2017년에 98세에 천국으로 가셨다. 이모도 2021년 91세로 영면하셨다. 앞장의 그림은 65여 년이 지난 오늘 어머니의 절망과 고통을 다시금 떠올리며 그려본 것이다.

나의 소꿉친구, 주인집 딸

1956년 가을에 경기도 금촌에서 서울의 단칸 셋방으로 이사 온 지 1년여 지난 1957년 가을쯤 우리 가족은 두 번째 단칸방으로 이사했다. 그곳은 첫 번째 셋방에서 통인시장 방향으로 골목길을 70여 미터 걸어서 동네 공동수도에 이른 후 오른쪽 배화여고 방향으로 몇 계단을 오르면 왼편 길가에 있는 제법 큰 한옥이었다. 그 집의 대문으로 들어서면 왼쪽으로는 주인집의 방들이 있고 오른쪽에는 변소가 있었다. 대문에서 마당을 건너 맞은편으로 주인집과 떨어진 구석에는 작은 독채 방이 있었는데 그것이 우리 가족이 서울에서 두 번째로 세를 살던 단칸방이었다.

이 집에 살면서 형은 1958년 봄에, 나는 그다음 해에 국민학교에 입학했다. 매일 아침에 형과 함께 누상동 눈깔사탕 집을 지나 통인시장 입구와 특무대를 지난 후 청운동 방향으로 20여 분을 걸어서 등교했다. 어느 날 학교 가는 길에 코피가 터졌는데 그치지를 않아서 쩔쩔맸던 기억이 난다. 그때 왠지는 모르지만 자주 코피가 났다.

나와 동갑인 주인집 딸 '전형숙'은 나의 첫 번째 소꿉친구였다. 한 울타리 집에 살았던 만큼 아침부터 저녁까지 종일 함께 놀았는데, 형이 학교에 입학한 후로는 더욱 같이 있는 시간이 길어졌다. 어느 날은 함께 청운국민학교 구경을 몰래 가서 유리창 너머로 수업받는 형과 누나들의 모습을 관찰하기도 했고, 어느 날은 동네 아저씨를 따라 인왕산에 갔다가 아저씨가 숨는 바람에 어찌할 바를 몰라 함께 엉엉 울기도 했다. 입학하기 하루 전에는 형숙이 언니가 형숙이와 나를 앞에 앉혀놓고 이름 쓰는 법과 숫자 세는 법을 가르쳐 주기도 했다.

어느 날인가 형숙이 아버지가 자동차를 태워주겠다고 하여 따라 나섰다. 형숙이 아버지는 특무대 근처에서 우리를 태우고 운전하여 그 근처를 한 바퀴 돌았던 것 같다. 난생처음으로 자가용(?)을 탔다. 세단 은 아니었고 군용 지프차였던 것으로 기억한다. 참으로 신기한 경험이 었고, 차를 운전하는 형숙이 아버지가 대단하게 여겨졌다. 지금 생각 해보니 형숙이 아버지는 아마도 군이나 어느 기관의 운전기사 일을 하 셨던 것 같다.

국민학교에 입학하면서 형숙이와 관계가 멀어졌는데, 당시 '남녀칠 세부동석'이라는 분위기에 서로 길에서 만나도 애써 외면하였던 것 같 다. 내가 국민학교 2학년 즈음에 다른 집으로 이사를 하여 서로 만날 기 회가 없어진 것도 이유이다.

그 이후 중학교, 고등학교, 대학교 내내 전혀 만난 적이 없었는데 대학교 3학년 때 우연히 형숙이와 길에서 마주쳤다. 박정희 정권에 저 항하는 대학생들이 데모를 해 학교가 휴교하기 일쑤이던 1973년 어느 겨울날이었다. 나는 대학 시위로 수배를 받던 터라 집에 들어가지 못 하고 피해 다니고 있었다. 저녁 무렵 어느 선술집에서 우연히 형숙이 를 만났다. 서로 무척 반가워서 이야기를 나누다가 한밤중에 형숙이와 그녀의 집에 들렀다. 형숙이 가족들도 옛날 그 한옥에서 이사하여 다른 집에서 살고 있었다. 형숙이는 "옛날에 우리 집에 함께 살던 광헌이예요. 지금 대학교에 다닌데요."라며 부모님들께 인사를 시켰다. 겨울이라 추웠다. 그녀의 부모님이 덮어주는 이불에 다리를 묻고 이런저런 이야기를 나눈 후 그 집을 나왔다.

그러고는 한 번도 그녀를 다시 만난 적이 없다. 특별히 찾아야 할 일이 없었던 것 같다. 아니면 그냥 내가 너무 바쁘게만 살아서 다시 생각할 겨를이 없었기 때문이리라. 나는 그 겨울을 지나고 1974년 4월 2일 체포되어 3개월여 구속되었다. 풀려난 직후에는 7월에 신체검사를 받고 9월에 군에 징집되어 3년여 군 복무를 마치고 제대하였으니 사실 물리적으로 다시 연락할 만한 시간도 없었던 게 맞을 것이다.

2021년 3월 16일 가랑비를 맞으며 서촌으로 가서 누상동 골목을 이리저리 거닐며 그 한옥을 찾아보았다. 아쉽게도 옛 골목의 흔적 외에 당시의 가옥은 한 채도 남아있지 않고 모두 연립주택으로 바뀌어 있었다. 살기가 힘들었던 당시보다도 훨씬 더 삭막해진 느낌이었고, 어디에도 어린 시절의 그 동네 분위기를 느낄 수 없었다. 다만 그 한옥을 찾아 한 골목의 오르막 계단을 오르다가 필운대로 5나길 29-9에 다다랐을 때 그 골목길이 배화여고 뒷담으로 막힌 것을 보며, 그 담 안쪽이 어릴 때 자주 다니던 배화여고 뒷편 논밭 자리라고 확신했다.

부친이 남한으로 넘어와 가호적을 만들면서 본적지를 그 집 주소인 '서울 종로구 누상동 151-3'으로 신고하여 가족 증명서에 남아있는데,

골목은 그대로이지만 낯선 연립주택촌이 된 누상동

그 주소는 어느 지도에서도 확인되지 않는다. 다만 누상동 151-2(필운대로 5나길 29-9)와 누상동 151-1(필운대로 5나길 29-5)만이 남아있을 뿐이다. 그 두 부지 사이에 있는 필운대로 5나길 29-7이 아마도 누상동 151-3이 아닐까 싶은데, 그 주소의 옛 주소를 확인해보면 누상동 151-8로 나온다. 그 한옥과 함께 서울 종로구 누상동 151-3은 어디로 갔을까? 내 마음속에 남아있는 그 한옥을 그려본다.

설거지를 위한 하수관이 연결되어있지 않은 이 셋방의 문제 해결을 위해, 어느 날 아버지께서 퇴근길에 파이프와 나무 목재를 둘러메고 들어와 주인집 마당 수돗가까지 파이프로 연결하셨다. 그 파이프 위로 목재관을 만들어 덮어서 미관상으로도 훌륭한 하수처리 장치를 만드셨던 기억이 떠올라 그것도 그림에 그려 넣었다.

이름도 얼굴도 잊었지만

어린 시절의 겨울은 지금보다도 훨씬 더 추웠다. 당시의 허술한 난방시설로 더욱더 춥게 느꼈을 수도 있다. 겨울이면 유리창에 성에가 껴 손가락이나 입김의 열기로 녹여야만 밖을 볼 수 있었다. 유리창을 열면 뾰족한 고드름이 주렁주렁 달려있었다. 방 안에도 냉기가 가득하여 두꺼운 옷을 입고 아랫목에 펼쳐놓은 이불 속에 다리를 묻어야 했다.

지금처럼 장난감이 흔하지 않았다. 따듯한 날에는 우산대로 활을 만들거나 나뭇가지로 새총을 만들어 뛰어놀았지만, 차가운 겨울철에는 아랫목 이불에 다리를 묻고 형제들끼리 묵찌빠 놀이를 하거나 담벽에 손가락으로 그림자 놀이를 하며 놀았다. 어떤 날은 어머니의 도움을 받아 실뜨기를 하기도 했다.

어느 날 막내 외삼촌이 움직이는 탱크를 만들어 주셨다. 신기하게도 움직이는 탱크였는데, 경사진 곳도 기어 올라갈 수 있었다. 그날 처음으로 움직이는 장난감을 만들어보았다. 실패 구멍에 고무줄을 끼워 양쪽 끝에 성냥개비와 초로 고정하고, 실패의 양쪽 바퀴를 음각과 양각으로 깎아서 지면과 적절한 마찰이 일어나도록 하면 탱크가 완성된다, 실패를 잡은 상태에서 성냥개비를 회전시켜 고무줄을 최대한 감은 후 지면에 놓으면 탱크가 정면을 향하여 돌진한다.

책이나 나무 조각으로 경사로를 만든 뒤 누구 탱크가 경사로를 가장 잘 올라가는지 형제끼리 경쟁을 벌이기도 하였다. 방 한구석에 잠들어 있는 돌배기 막내아우가 깰까 봐 목소리를 낮추며 놀이에 집중하고 있을 때면 누군가 방 창을 똑똑 두드렸다. 그분은 일주일에 한두 번 빠지지 않고 우리 집 창을 두드려, 창문 사이로 어머니와 이야기를 나누곤 했다.

가끔은 우리 어린 형제들을 위하여 눈깔사탕이나 센베이 과자, 미군 부대에서 나왔음직한 초콜릿 같은 군것질거리를 던져주기도 했다. 그래서였는지 누군가 창문을 똑똑 두드리면 우리는 항상 기대 가득한 눈으로 창문을 올려다보곤 하였다. 어머니를 따라 우리는 그분을 '까미상 할머니'라고 불렀다. 어머니보다 훨씬 나이가 많은 분이었는데, 나이가 많음에도 불구하고 흰 머리가 전혀 없고 숱이 많은 검은 머리라서 '까미상'이라는 별명으로 불리셨던 것 같다.

시골에서 이사 온 지 얼마 안 되었을 때인데, 어머니께서 어떻게 나이 많으신 그분과 그렇게 친하게 되셨는지 가늠할 길은 없다. 어머니는

수다스럽진 않지만 따듯하고 남을 배려하는 성품이었고, 이야기를 재미있게 하는 재주가 있어서 주변에 어머니를 따르는 사람이 많았다. 언젠가 어머니가 "사람들은 내가 초면에는 아주 깍쟁이처럼 보여서 말 걸기가 어렵다고들 하는구나. 사실은 그렇지 않은데 말이야."라고 말하던 것이 생각난다.

까미상 할머니가 우리가 세를 사는 집의 대문으로 들어오신 적은 한 번도 없다. 언제나 작은 유리창을 두드려 어머니를 찾으셨는데, 그 창문은 누상동 골목 동네의 높다란 계단 길과 접해있었다. 아마도 그분은 그 계단을 지나 서 있는 어느 집에 살고 계셨거나, 아니면 그 집에 정기적으로 방문해야 할 일이 있던 것이 아니었을까. 그래서 지나가는 길에 빼꼼히 열린 창을 통하여 올망졸망 방에 앉아있는 어린아이들을 보고, 처음으로 어머니에게 말을 걸었던 것이 아닐까?

65년여 전의 일이니 그분의 얼굴은 전혀 기억할 수 없다. 어머니도 몇 년 전 100세가 다 되어 돌아가셔서 그 사연을 물어볼 사람도 없다. 그분도 아마 이미 돌아가셨을 것이다. 다만 '까미상 할머니'라는 그분의 별명과 그분이 창문을 두드리던 소리와 던져주던 사탕의 달콤한 맛만이 내 머릿속에 남아있다.

분꽃 향기가 가득한 집

형숙이네 집에서 3년여를 살고 세 번째 집으로 이사를 하였는데, 이 집에 대한 기억은 다른 집들에 비하여 선명하지 않다. 아마 살았던 기간이 1960년에서 1961년쯤으로 짧기 때문이었던 것 같다.

위치는 누상동의 첫째 셋방에서 멀지 않은 곳이었는데, 이 가옥이 한옥이었는지 양옥이었는지, 방 구조가 어떠했는지에 대해서는 전혀 생각이 안 난다. 다만 마당 한 편에 분꽃이 가득한 꽃밭이 있었고, 대문을 나서 오른쪽 오르막으로 걸어가면 멀지 않은 곳에 약수터가 있었다는 정도이다.

그때 나는 국민학교 2학년 즈음이었을 것 같은데, 어머니께서는 저녁밥을 지으시기 전에 언제나 "분꽃을 보니 벌써 밥할 시간이구나."라고 말씀하셨다. 분꽃을 보고 밥 지을 시간을 어떻게 아시는지 물어보면, 분꽃은 아침부터 대낮까지 꽃잎을 꼭 다물고 있다가 오후 네다섯 시가 되어야 꽃이 활짝 피기 때문에 그것을 보고 저녁밥을 준비하면 된다고 말씀하셨다. 어머니의 낭랑하신 음성과 시간을 정확히 알려주는 신기한 분꽃이 깊은 인상을 남긴 탓에 60여 년이 흐른 지금까지 그 집의 꽃밭을 기억하고 있다.

그 이후로 나는 어디서도 분꽃과 그 까만 씨앗을 깊이 관찰하거나 설명을 들을 기회가 없었다. 은퇴하여 시간이 여유로운 지난주에 분꽃이 정말로 저녁 준비할 시간에 필까 하는 한가한 의문으로 네이버를 검색해보았다. 네이버에서는 '분꽃은 6월에서 10월에 피며, 오후 4시부터 다음 날 오전 6시경까지 피었다가 아침부터 오후까지는 다시 꽃이 진다. 그래서 서양에서는 Four O'clock Flower(네시 꽃)라고 불린다. 옛날에는 여인들이 까만 씨를 가루로 만들어 얼굴에 바르는 분으로 사용했다.'라고 설명하고 있다.

4년 전인 2018년 6월 2일, 사직공원에서 인왕산 정상에 올라 잠시 쉰 후 수성동 계곡으로 하산하여 내려오다가 불현듯 그 집이 아직도 있을까 궁금해졌다. 기억을 더듬어 첫 번째 셋집 앞에서 골목길로 들어갔는데 놀랍게도 그 옛날의 골목길이 그대로인 것 같았다. 그러나 잠시 후, 골목 입구와는 달리 주변이 많이 변하였음을 느꼈다. 골목길을 나와서 길을 건너면 그 집으로 가는 오르막이 나와야 했다. 그러나 생각보다 덜 가파른 오르막이 나왔다. 인근을 두리번거리다가 발견한 것은 '백호정白虎亭' 터 안내판이었다. 그렇구나, 그 약수터가 백호정 약수터였구나! 그러나 인근을 이리저리 살펴봐도 그 분꽃이 활짝 피었던 그 집을 찾을 수는 없었다.

안내판에는 "조선시대 5대 궁술 연습장 중의 하나이며 북촌 제일의 활터였던 백호정白虎亭 터이며, 인왕산에 호랑이가 많던 시절에 병 든 흰 호랑이가 풀 속에서 물을 마신 후 나아서 활동하는 것을 보고 그 자리에 가보니 조그만 샘이 있어서 그곳을 약수터로 이용하였고 이 백호정白虎亭 약수를 마시면 만병이 낫는다는 전설이 있었던 곳으로 전국의 폐질환자들이 찾아 들었던 유명한 약수터였다."라고 기록되어 있었다.

2021년 3월 6일에 다시 한번 가보았더니 4년 전의 그 안내판은 없어졌고 새로운 안내판이 설치되어 있었다. 네이버 지도에서 백호정의 위치를 찾아서 추정해보면 그 집은 아마도 종로구 옥인3길 32-8(종로구 누상동 166-86)이나 옥인3길 38(종로구 누상동 166-140, 은행골드빌)일 것으로 생각했다. 하지만 실제 현장을 방문하여 백호정까지 거리나 경사도에 대한 기억을 되살려 판단해보면, 옥인3길 32-5(누상동 166-139 에덴빌라)나 옥인3길 32-1(누상동 166-3 외, 덕산빌라)일 수도 있겠다는 생각이 들었다.

'백호정白虎亭' 글자는 남아있지만 약수터와 궁술 연습장은 흔적만 보인다.

다시 한번 국민학교 2학년 학생으로 되돌아가 어깨에 둘러맨 책가방의 무게를 상상해보며 학교에서 돌아오던 골목길을 거쳐 백호정 약수터 언덕길로 올라가다 보니 내 발걸음이 은행골드빌 앞에 멈춰섰다. 이곳에서 백호정 약수터까지가 내 기억 속의 거리나 경사도와 유사한 것 같았다.

어머니의 젊었을 때 모습과 "분꽃이 피었으니 밥 지을 시간이구나!"라고 하시던 그 음성, 그 당시 보았던 분꽃과 분꽃 향기, 약수터를 오르내리던 기억을 바탕으로 그 집을 그려보았다. 1960년 7월 어느 날 아침 학교 가는 길, 어머님이 남동생을 업은 채 누이동생 손을 잡고 대문 앞까지 나와 학교에 가는 형과 나를 배웅하시던 그 장면을 그려보았다. 물론 꽃밭도 함께….

누상동 네 번째 집

분꽃 피던 집에서 1년여를 살고 내가 국민학교 2학년이었던 1960년경에 누상동 네 번째 집(현주소 종로구 옥인2길 19, 구주소 종로구 누상동 83-2로 추정)으로 이사하여 4학년 초까지 살았다.

어떤 집일까 궁금한 마음으로 커다란 검정 나무 대문을 열고 들어서니, 왼편에 화장실이 있고 정면에는 장독대가 보였다. 그 뒷벽에 그려진 백마를 보자 "야, 멋지다!"라는 감탄이 절로 나왔다. 마루에 걸터앉아 맞은편의 그 벽을 다시 쳐다보니 하얀 말이 말발굽 소리를 내며 뛰는 것 같았다. 방이나 부엌을 더 들여다볼 필요도 없이 이 집이 정말로 내 마음에 들었다.

마루에는 작은 탁자 하나가 있었는데, 탁자 곁의 벽 위에 걸려있는 마분지보다 더 두꺼운 종이에 그려진 또 다른 말을 보고는 이제 열 살이 채 안 된 내가 처음으로 정말로 '행복하다.'라는 짜릿한 느낌을 느꼈던 것 같다. 전에 살던 사람은 어떤 사람이었길래 이렇게 집안 여기저기에 말 그림을 그려놓았을까?

초가집과 기와집 그리고 양철 지붕 집들을 아무 원칙 없이 옹기종기 모아 뒤섞어 놓은 듯한 이 동네는 인구밀도가 높고 하루 한시도 조용할 날이 없이 항상 역동적이었다. 아침에는 인왕산에서 메아리처럼 들려오는 등산객들의 '야~호!' 하는 외침과 인근 부대에서 들려오는 군인들의 아침 점호 소리에 잠이 깨었다. 부실한 칸막이를 통하여 어디선가 어린아이의 울음소리와 이웃의 부부싸움 소리가 들려왔고, 등교하는 어린이들이 집 문을 나서 골목길을 지나는 소리가 이어지며 온 동네를 가득 채웠다.

해가 중천에 뜨면 이웃 간에 다투는 욕설과 뭔가 팔려고 목청을 높이는 장사꾼들의 고성이 뒤섞였다. 어느새 조용해지는가 싶으면 정오를 울리는 사이렌 소리가 우렁차게 울리고 얼마 안 지나 돌연 우마차가 지나가는 소리에 온 동네가 흔들거렸다. 오후가 되면 학교 수업에서 돌아온 아이들이 골목마다 가득 차 온 동네가 어린이 놀이터가 되었다. 해 질 무렵이 되면 대문을 열고 "○○야! 밥 먹어라!"라며 아이들을 찾는 엄마들의 목소리가 합창처럼 동네에 가득했다. 밤이 깊어지면 만취하여 귀가하는 남자들의 혀 꼬부라진 노랫소리가 골목 구석구석에 울려 퍼졌다.

당시 개인 집마다 수도를 갖출 수 없는 때인지라 동네 한가운데에 공동수도 하나가 있었는데, 사람들은 물이 나오기도 전에 미리 양동이를 갖고 나와 줄을 세워 놓았던 것이 기억난다. 물지게는 모든 가정의 필수품이었고, 공동수도에서 물을 받아 물지게를 지고 집으로 운반하는 장면을 동네 어디서나 흔히 볼 수 있었다. 연약한 몸매에 물지게를 지고 공동수도에서 집으로 뒤뚱거리며 물동이를 옮기시던 어머니의 모습이 생각난다.

저녁 식사가 끝나고 형과 내가 학교 숙제를 마치면 어머니와 우리 형제자매들은 함께 안방에 앉아 묵찌빠를 하거나 실뜨기를 하거나 어머니가 들려주는 이야기를 듣곤 했다. 어머니가 고향 개성에서 국민학교 다닐 때, 학교 선생님께서는 국어(일본어) 시간에 언제나 "갱이찌! 네 낭랑한 목소리로 읽어 보거라!"라며 항상 어머니가 책을 읽게 하셨다고 한다. 부처님 같은 인품을 지닌 외할아버지는 큰 키에 길고 허연 수염을 기른 현장백님이었는데, 6.25 동란 때 "너희들끼리 잠시 남쪽으로 피난 갔다 오거라. 나는 집을 지키고 있겠다."라고 하시며 혼자 개성에 남으셨다. 어머니는 외할아버지를 생각하며 "10여 년이 지나도록 소식을 듣지도 전하지도 못하고 있으니 잘 지내고 계시는지 걱정된다."라는 말씀도 자주 하셨다.

그뿐 아니다. 아버지를 만나 결혼하던 이야기와 만주로 가서 살던 이야기, 해방되어 기차를 타고 한국으로 들어오던 이야기, 아버지가 바람을 피워서 속상했던 이야기 등 넘치는 논픽션 드라마 소재로 우리가 넋을 잃고 듣게 하셨다. "참을 인자 셋이면 살인을 면한다.", "너희는 커서 형제간에 돈거래를 절대 하지 말고, 서로 보증을 서는 일도 절대 해서는 안 된다." 같은 교훈도 많이 들었다.

겨울날에는 이불을 뒤집어쓰고 누워 옛이야기를 듣곤 했다. 어린 자식들이 기다리는 집으로 가기 위해 열두 고개를 넘어가는 엄마가 고개마다 호랑이를 만나는 이야기였다 어머니가 "떡 하나 주면 안 잡아먹지!"라고 호랑이 목소리를 흉내 낼 때 우리는 겁먹은 비명을 지르며 이불 속으로 더 깊이 들어가려고 이불을 서로 끌어당기곤 하였다. 소설 같은 이야기를 어머니께 듣다 보면 어느새 잠자리에 들 시간이 되었고, 모두 함께 안방에서 누운 채 아버지를 기다렸다. 어머니는 안방 창을 통하여 골목길을 지나는 사람의 발자국 소리를 들으시다가 "아, 네 아버지 발걸음 소리다!" 하시면서 일어나 문의 빗장을 열어 나가시곤 하였는데 틀리는 일이 거의 없었다. 어떻게 아버지 발걸음 소리를 그렇게 정확히 구분할 수 있냐고 물어보면 어머니는 "네 아버지 발걸음 소리는 다른 사람들 발걸음 소리와 달리 빠르고 힘이 있어서 콩콩 하고 귀에 울리지."라고 하셨다. 아버지는 가끔 센베이 과자를 한 봉지 사서 들고 들어오셔서 선잠이 든 우리를 깨워놓기도 하셨다.

그때에는 장난감이나 TV는 없었지만, 동네 골목을 뛰어다니거나 인왕산 개울물에 뛰어들어 놀다 보면 어느새 하루가 쏜살같이 지나갔다. 전쟁이 끝난 지 얼마 안 되어서였는지, 동네 간 아이들의 패싸움이 잦았다. 창이나 칼로 쓸 수 있는 막대기나 방패로 쓸 수 있는 솥뚜껑 따위를 집에서 갖고 나오거나 길에 나뒹구는 돌을 모아서 전쟁처럼 격렬한 패싸움을 하곤 하였다. 나는 아직 어렸기 때문에 동네 형들을 따라다녔는데 정말로 긴장되고 위험하다고 느끼는 일이 많았던 것 같다. 통상 이러한 패싸움은 동네 집들의 유리창을 깨거나 하는 불상사가 일어나고, 어른들이 개입하여 중단되곤 하였다. 패싸움 외에도 우리는 모여서 다방구나 숨바꼭질, '무궁화꽃이 피었습니다' 놀이를 하였다. 국경일에는 남산에서 불꽃놀이를 하였는데, 어린아이들은 지대가 높고 전면이 훤하게 틔어 있어서 남산 불꽃놀이를 잘 볼 수 있었던 공동수도 옆한옥 대문 앞에 모여서 불꽃이 터질 때마다 환호성을 질렀다.

달 밝은 여름밤에는 때때로 동네 누나들이 중심이 되어 동네 골목 연극을 같이 했다. 중학생 또는 국민학교 고학년쯤 된 그 누나들이 국민학교 교과서에 있던 「미운 오리 새끼」 이야기를 갖고 우리에게 "나는 오리 엄마를 할 테니 너는 미운 오리 새끼를 하고 너는 백조 역할을 하는 거야!" 하며 지도하고 연습시켜 동네 즉흥 연극을 공연했다. 우리 어린이들은 배우이면서 관객이었다.

이 집에서 통인시장 가는 길로 50여 미터 가다 보면 눈깔사탕 파는 집이 나오는데, 용돈을 받고 몇 번인가 눈깔사탕을 사러 갔던 것이 기억난다. 가게 문을 열고 들어서면 사방이 어두컴컴한 가운데 진열대에 눈깔사탕이 가득했다. 그 진열대 뒤에 있는 방에는 항상 나이 드신 어

눈깔사탕 집

새 건물이 들어선 눈깔사탕 집

른 두어 명이 앉아 계셨다.

얼마 전 그 동네를 지나며 눈깔사탕 집을 찾아보았는데 흔적도 없었고, 그 터에는 빨간 벽돌 연립주택이 들어서 있었다. 여기저기 물지게를 지고 뒤뚱거리며 오가던 아낙네들도, 골목마다 가득하던 아이들도 이젠 눈에 띄지 않는다. 어둠이 깔린 후 어디선가 술 한잔 거나하게 마시고 온 동네를 들썩거릴 정도의 고성으로 노래를 부르며 골목길을 돌아 귀가하던 아저씨들도 찾을 길이 없다. 어디로 갔을까? 그들은 힘든 세상을 잘 이겨냈을까? 그 어려움을 딛고 무엇을 성취하였을까?

그 시절의 장난꾸러기 아이들은 어려운 환경에서도 혼신의 힘을 다쏟아 일하며 나라 발전에 크게 기여하였을 텐데, 이제는 모두 어디선가 평안한 노후를 지내고 있겠지.

외할머니 댁 가는 길

　우리 가족이 경기도 금촌에서 이사를 오기 전부터 외할머니는 서울 누상동에 살고 있었다. 언제부터 그곳에 살았는지는 정확히 알 수 없다. 나는 1956년, 만 네 살 때부터 누상동에 살았는데, 만 여덟 살부터 열 살까지 살았던 누상동 네 번째 집과 외할머니 댁은 100미터도 안 되는 가까운 거리였다. 심부름을 하거나 심심하면 언제든지 5분 내로 갈 수 있었다. 우리 집 문을 나와 몇 걸음 안 되어 오른쪽 길로 따라가다 보면 왼쪽에 할머니 댁 대문이 있었다. 항상 열려있어서 문을 두드릴 필요도 없이 언제든 출입이 가능했다. 그럴 수밖에 없는 것이 이 집에는 여러 가구가 같이 살고 있어서 출입이 빈번하다보니 대문을 잠가둘 수가 없었을 것이다.

　대문을 들어서면 오른쪽에 변소가 있고 왼쪽으로 조자네 집, 문 맞은편이 외할머니 댁이었다. 오른편에는 공자네 집이 있었다. 작은 마당을 두고 배치된 다가구 집이라서 서로 친척처럼 가깝게 지냈던 것 같

외할머니댁 가는길

다. 옆집에 숟가락, 젓가락이 몇 개인지 훤히 다 아는 사이였다고나 할까? 어느 날 외할머니께서 변소를 들여다보면서 코를 막고는 "공자 아버지가 아침에 변소를 갔던 모양이네. 온 똥이 술 냄새로 찌든 것 같네."라고 한시도 술 없이는 못 사는 주정꾼 이웃에 대해 한 말씀 하셨다. 공자 엄마는 어린 내 눈에 너무나 반듯하시고 교양 있어 보였는데, 특히 우리 어머니와 친해 친자매처럼 서로 위로를 하는 두 분의 대화를 귀를 쫑긋 세워 듣곤 했다. 시청에서 일하던 공자 누나는 그 어머니를 닮아서 무척 착했던 것 같다.

외할머니의 또 다른 이웃인 조자 엄마는 목소리도 크고 얘기를 거리낌 없이 하던 매우 재미있는 분이었다. 반면 조자 아버지는 머리가 대머리에 사오십 대의 연세로 과묵하고 점잖은 분이셨다. 나와 형이 할머니 집에 가면 둘을 불러서 "누가 형이냐?", "이다음에 커서 무엇이 될래?" 같은 질문을 던지고 대답을 들으시면서 즐거워하셨다. 조자 엄마는 자주 "광헌이 아버지는 길에서 만나면 90도로 머리 숙여 인사를 하시고… 정말 겸손하고 공손하신 분이다."라고 말씀하시며 아버지께서 인사하는 모습을 흉내 내셨다. 어머니는 어느 날인가 우리에게 저녁을 차려주시면서 "야, 점심때 조자네 식사하는 걸 보니, 조자 아버지가 생선 한 토막을 조자 엄마 그릇에 놓아주며 먹으라고 하는 게 참으로 보기 좋더라."라며 조자 아버지 인품을 칭찬하는 말도 하셨다. 조자 누나의 바로 밑에는 용석이라는 남동생이 있었는데, 우리와는 나이 차이가 많이 나는 형이어서 함께 논 적은 없던 것 같다. 내 여동생 성숙이는 조자 누나의 여동생 혜옥이와 나이가 비슷해 동네에서 여름에는 고무줄놀이, 겨울에는 널뛰기를 하며 함께 놀았다.

외할머니 댁은 방이 두 개에 부엌이 하나 있는 일자 모양의 집이었다. 왼쪽 방 입구에는 작은 툇마루가 있었고, 방으로 들어서면 왼편 벽에 책상이 있고 벽에는 창이 하나 있었다. 형과 나는 자주 그 책상 위에 올라서 창밖에 무엇이 있는지 내다보곤 했다. 창밖에는 옥수수나무가 듬성듬성 서 있었다. 그 방은 외삼촌들이 쓰는 방이었고, 그 방과 미닫이문으로 이어진 할머니 방은 부엌으로 통했다.

그 집에서 당시 20대 중반이었던 큰 외삼촌을 본 기억이 없는데, 아마도 직장 생활을 하느라 집에 늦게 돌아오기 때문이었을 것 같다. 20대 초반이었던 둘째 외삼촌은 약 배달 아르바이트를 하며 대학을 다녔는데, 가끔 자전거를 타고 배달 나가는 모습을 본 기억이 난다. 셋째 외삼촌은 갓 스물의 소년티를 못 벗은 청년이었는데, 그 집에서 우리를 언제나 반갑게 맞이해 주시던 분은 셋째 외삼촌과 외할머니였다. 우리는 작은이모가 셋째 외삼촌을 "꽁찌야!"라고 부르는 것을 듣고 '꽁찌 삼촌'이라고 불렀다.

삼촌들은 17세, 13세, 10세의 어린 나이에 전쟁을 겪고 고향을 떠나 배움의 기회를 제대로 가지지 못하였다. 외할아버지를 북에 남겨두고 남으로 내려오신 외할머니를 모시고 어렵게 사셨던 것 같다. 그나마 서울에서 일찍 자리 잡고 인쇄 사업을 하셨던 작은이모부의 도움을 받을 수 있었다. 그러나 이모는 친정식구들에게 도움을 주는 것이 시집 식구들에게 눈치가 보인다는 생각에 힘들어하시기도 했다.

　내 기억 속에 가장 오래된 외할머니의 모습은 우리 집이 서울로 이사 온 지 얼마 안 되었을 때, 그러니까 내가 다섯 살쯤 되었을 때이다. 누상동에서 외할머니와 함께 길을 가다가 내가 길에서 소변을 보게 되었다. 고추를 꺼내 담벼락을 향했는데 그만 소변이 내 바지를 적셨다. 외할머니께서는 불같이 화를 내시며 화통을 삶아 잡순 것 같은 목소리로 "사내자식이 그렇게 힘이 없어서 무엇을 하겠냐?"라며 세상 떠나갈 듯 야단을 치셨다. 어렸지만 무척 수치스럽고 가슴이 움츠러들어 주눅이 들던 그 상황이 나이가 들어서도 가끔 생각났다.

　호랑이 같은 외할머니는 55세에 6.25가 발발하여 남편을 고향에 남겨둔 채 6남매를 데리고 객지로 피난하였다. 6남매를 보호하는 정신적 지주이셨으며 불굴의 투지로 새로운 삶을 일구셨던 의지의 어머니이셨다. 남편과 생이별을 하고 70세 때에는 32세의 큰아들이 위암에 걸려 어린 며느리와 손자 손녀를 남겨두고 먼저 세상을 떠나는 아픔도 겪으셨다. 큰사위의 바람기에 고생하는 큰딸인 내 어머니를 항상 연민의 눈으로 바라보며 손자 손녀들이 잘되기를 바라셨다. 외할머니는 내가 공부를 꽤 잘한다는 것을 알고 무척 대견하게 여기셨다.

1965년 국민학교 졸업식에서

군대 휴가 때 경복궁에서

1965년 2월 내가 청운국민학교 졸업식 때 찍은 외할머니 사진을 보니 현재의 나와 같은 나이인데 훨씬 더 나이 들어 보인다. 군대에 입대하여 첫 휴가를 나왔을 때, 외할머니를 모시고 경복궁에 갔던 날이 생각난다. 그때 찍은 사진을 보니 외할머니의 표정이 매우 행복해 보인다.

1960년경의 외할머니 댁을 그리며, 인근에 있던 우리 집에서 외할머니 댁 가는 길도 기억나는 대로 그려보았다. 외할머니께서 툇마루에 앉아계시고, 둘째 외삼촌이 배달 아르바이트를 위해 자전거를 끌고 밖으로 나가는 모습도 그렸다. 그림 속의 우리 집에서는 어머니께서 마당을 쓸고 계시다. 이제는 온 동네가 흔적도 없이 사라졌지만 내 머릿속에 여전히 남아있다.

어머니의 고향집 근처에 있다는 개성 선죽교 다리

남북통일이 되면 선죽교 근처라고 하던 어머니의 고향 집에 찾아가 보고 싶다. 외할아버지의 묘소가 있다면 어머니의 사진을 들고 찾아가 술 한잔 바치며 인사드리고 싶다.

국민학교 입학과 소중한 만남

1959년 3월 혹은 4월 초에 서울 청운국민학교에 입학하였다. 이곳은 송강 정철이 태어난 집터라고 하며, 신선이 산다는 백운동천 계곡에서 흘러내리는 시냇물이 학교 교문 앞을 지나 옥류천과 합쳐지면서 청계천까지 흘렀고, 입학 무렵에는 교문 앞에 개울물을 건너는 작은 다리가 있었다. 조선시대 한양의 절경명소였던 청풍계의 흔적이 아직도 학교의 후문 북쪽 언덕길에 남아있다. 청풍계와 백운동에서 만들어진 '청운동'이라는 동네 명칭에서 학교의 이름이 지어졌다고 한다.

어머니 치마폭에서 벗어나 훌륭한 선생님을 만나고 새로운 친구를 많이 사귈 수 있었다. 정신과 육체가 크게 성장한 귀중한 시간이었다. 당시에도 유치원이 있었다고는 하지만, 유치원을 다닌 사람은 1%도 안 되는 극소수의 부잣집 자제들이었다. 입학 전 사전 학습을 한 일도 전혀 없었고, 다만 입학 하루 전에 주인집 동갑내기 형숙이의 언니가 둘을 불러 앉혀놓고 이름 쓰기와 1에서 10까지 세는 것을 가르쳐 주었다.

입학식에는 신입생뿐 아니라 학부모들도 모여들어 학교 운동장이 가득 찰 정도로 붐볐다. 동별 팻말에 따라 서서 반 배정을 받은 뒤, 배정된 반 팻말로 가서 해당 반의 교실로 안내되었다. 나는 1학년 9반에 배정을 받았고, 담임선생님은 안경을 쓴 조용한 성격의 김옥련 선생님이었다. 신입생 수가 1,000여 명이 되다 보니 한 반에 100여 명이나 되는 학생들이 콩나물시루처럼 촘촘히 앉아야 했다.

우리 학생들은 모두 왼쪽 가슴에 흰 손수건을 옷핀으로 부착하고 있었다. 대부분 코를 흘리고 있었고 심한 경우 숨을 쉴 때마다 누런 콧물이 콧구멍을 들락날락했다. 아마도 난방시설이나 영양 상태가 좋지 않기 때문이었을 것이다. 요즘처럼 휴지가 흔하지 않던 당시에는 아이들이 필수적으로 수건을 갖고 다녀야 했고, 분실하지 않기 위해 옷핀으로 고정했던 것 같다.

나의 첫 번째 짝은 신강순이라는 남학생이었다. 당시 한 반에 학생이 100여 명이나 되었는데, 남학생 수가 많다 보니 강순이와 내가 짝이 된 것 같다. 강순이나 나나 내성적인 성격이었지만 서로 친하게 지냈다. 특히 학교 수업이 끝나면 서로 어깨동무를 하고 집으로 갔는데, 가끔 학교 근처인 강순이네 집에 가서 놀다 귀가하기도 했다. 강순이는 착실한 성격으로 공부를 잘해서 훗날 경기 중고등학교와 서울법대를 졸업하고 국가고시에 합격하여 국가공무원으로 일하다가 은퇴했다.

　　60여 년이 지난 지금도 국민학교 담임선생님들의 성함을 선명하게 기억하고 있다. 선생님 존칭을 생략하고 성함을 기록해 보면 아래와 같다. 원래 성함만 기억하고 있었는데, 1965년도 내 일기장이 발견되어 반과 번호를 정확히 기록할 수 있게 되었다.

　　1학년 9반(14번): 김옥련　　　2학년 9반(16번): 박양순

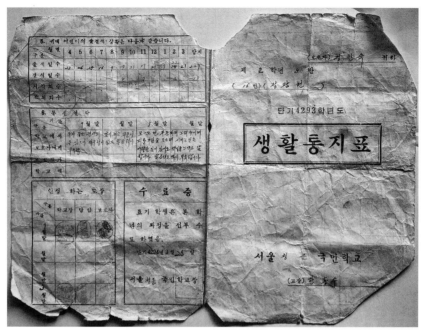
선생님 친필로 꼼꼼이 기록된 생활통지표

3학년 5반(28번): 홍풍자   4학년 2반(45번): 임익성

5학년 3반(43번): 양국환   6학년 2반(36번): 김진한

    당시에는 한 반에 100여 명의 학생들이 있었으니 현실적으로 선생님들이 학생 한 명 한 명 세심하게 돌볼 수는 없었을 것이다. 한 반에 20명이 채 안 되는 현재의 초등학교와 비교하면 그 당시 선생님들의 노고가 상상하기 어려울 만큼 컸을 것이다. 컴퓨터나 타자기도 없던 그 시절에 선생님들은 100여 명에 달하는 학생들의 생활통지표를 일일이

손수 작성하여 학기 말마다 학부모께 발송했다. 과목별 성적, 통지표에 있는 인성과 신체의 발달 상황, 기타 특기 등을 학생 한 명 한 명씩 수기로 기록하였던 선생님들의 초인적 열성에 경의를 표한다.

2학년 담임이었던 박양순 선생님은 자그마하고 통통한 체구에 얼굴형이 동그란 명랑한 분이셨다. 그때 같은 반에 이길영이라고 하는 소위 추앙(?)의 대상이 있었는데, 길영이는 항상 100점을 맞고 전교에서 수석을 했다. 나도 어느 날인가 학교를 파한 후 그 애를 목마를 태워 집까지 데려다주었던 기억이 있다.

이수만도 같은 반이었다. 학기 초에 수만이 할머니께서 커다란 주전자를 반에 갖고 오셨다. 그날 수업이 끝나자 선생님께서 수만이와 그날 당번인 나를 부르셨다. 선생님은 그 주전자를 가리키고 "주전자는 우리 반 전원이 사용하는 것이니 주전자에 쓰인 '2학년 9반 이수만'이라는 글자 중 '이수만'을 지워야 한다."라고 하시며, 수만이와 내가 함께 철봉대 모래밭에 가서 그것을 지우라고 하셨다. 오랜 시간 동안 그것을 지웠던 기억이 난다. 수만이와는 이후 중학교와 고등학교 그리고 대학교까지 같은 곳에서 공부했다.

3학년 담임이었던 홍풍자 선생님은 교대를 졸업하자마자 바로 우리 담임을 맡으셨다. 선생님은 우리가 특별한 아이들이라는 것을 여러 번 강조하셨다. 쉬는 시간이나 체육 시간이 끝나면 항상 우리를 자리에 앉힌 후 눈을 감게 했다. 어떤 때는 그 시간이 너무 길어 살짝 실눈을 뜨고 선생님께서는 무얼 하고 계신지 살피기도 했다. 체육 시간에는 언제나 하얀 체육복으로 갈아입으셨는데, 선생님은 언제 어디서 옷을 갈아입으시는지 궁금했다. 혹시 우리 눈을 감게 하고 그사이에 갈아입을 수도 있다는 생각에 나는 자주 실눈을 뜨고 선생님을 살펴보곤 했다.

나는 미술 시간에 그림을 잘 그린다는 칭찬을 받았는데, 어느 날 내 앞자리에 앉은 김지식이라는 아이의 그림을 보니 내 그림과 어딘가 달라 보였다. 그림의 선이나 색칠이 나에 비해 훨씬 세련된 느낌이었다. 내 그림이 두루뭉술하다면, 그 애의 그림은 스마트해 보였다고나 할까. 아마도 그 친구는 학교 밖에서 미술 수업을 받았으리라 짐작된다. 그 외에도 10여 년 후에 삼성에서 같이 근무했던 나용구, 법조인 백현기, 한용술, 채숙종, 박선숙, 방선애 등과도 같은 반이었다. 나는 처음으로 줄반장을 해 봤다.

4학년 담임이었던 임익성 선생님도 훌륭하신 선생님이셨다. 선생님은 매주 월요일 수업 시작 전에 세계 시사 강의를 해주셨다. 마침 쿠바 사태로 미국의 케네디 대통령과 소련의 흐루쇼가 격돌하고 있던 시기였다. 선생님께서는 칠판에 미국과 쿠바 지도를 그리고 당시 무슨 일이 벌어지고 있는지를 흥미진진하게 설명해 주셨다. 내가 세계 정세에 관심을 갖게 된 계기가 되었다.

　4학년 마지막 수업 날 선생님께서는 학생들에게 시험지를 한 장씩 나누어 주시고, 장래 희망을 자유롭게 써서 내라고 하셨다. 30여 분 후 학생들의 시험지를 수거하신 선생님께서는 100여 명 학생 한 명 한 명을 일으켜 세우고 그 학생의 장래 희망을 소개하며 선생님의 느낌과 장단점 등을 말씀하셨는데, 참으로 인상 깊은 마지막 수업이었다. 나는 "이창훈 선수처럼 세계적인 마라톤 선수가 되고 싶다."라고 적어 냈는데, 그걸 읽어 주시면서 "정광헌이는 왠지 모를 저력이 느껴지고 뭔가 큰일을 해낼 것 같다."라고 말씀해주셨다. 지나고 나서 생각해보면 이 말씀은 내 앞날에 대한 축복의 말이었고, 어린 나에게도 큰 격려가 되었다. 4학년부터는 남녀 반이 나뉘었는데, 서의호, 이온규, 권태헌, 강치홍, 이수만, 채희만, 이학진, 나용구, 이기붕, 신영수, 배성수 등 많은 친구와 같은 반이 되었다.

　5학년 담임은 양국환 선생님이셨다. 안경을 쓰고 다소 날카로운 인상이었는데, 수업 시간에 옆집에 살던 문창영이 선생님께 억울하게 혼나는 모습을 보고는 더 이상 선생님을 존경하는 마음을 가질 수 없었다.

　서울운동장인가 효창운동장에서 전국 국민학교 체육대회가 열렸을 때 같은 반이었던 이수만이 청운국민학교 응원단장이 되어 맹활약했다. 서의호, 강치홍, 채희만, 이수만, 이학진, 나용구, 최창식, 정상근, 신영수, 윤광호, 나용구, 백규서, 문창용, 한용술 등과 같은 반이 되었고,

학교 공부 외에도 과외를 하게 되었다.

6학년 담임은 김진한 선생님이었다. 안경을 쓴 중후한 중년의 모습이셨다. 나는 6학년 2반 어린이회장에 선출되어 일주일에 한 번 특활 시간에 자치활동에 필요한 것을 결정하는 반 어린이회를 주관하였다. 반장을 맡은 친구는 100여 명이나 되는 혈기 왕성한 급우들 통솔에 고생했다.

우리 반은 말썽꾼도 많고 항상 시끄러웠다. 특히 담임선생님께서 잠시 자리를 비워 자습을 할 때면, 순식간에 정말 아수라장이 되곤 하였다. 그날도 선생님께서 잠시 자리를 떠났다가 돌아왔는데, 난장판이 되어 있는 교실을 보시고는 일장 훈계를 하셨다. 그러고는 시험지를 한 장씩 나눠주면서 "우리 반이 공부를 열심히 하는 우수반이 되기 위한 방안"을 쓰라고 하셨다. 나는 당돌하게도 시험지에 제가 반장이 되어서 반이 잘되도록 한번 해보겠다고 써서 제출하였다.

10분 쉬는 시간 동안 선생님은 반 아이들의 의견을 하나하나 읽으셨다. 쉬는 시간이 끝나고 자리에 들어가 앉았는데, 담임선생님께서 "자, 오늘부터는 정광헌이 반장을 해봐라."라고 하시는 것이었다. 그렇게 해서 반장이 되었다. 이후 자습 시간마다 칠판 앞으로 나가서 떠들거나 소란을 부려 학습 분위기를 방해하는 학생들을 제지하거나 이름을 칠판에 적는 등 여러 방법을 다 해보았지만 큰 효과를 보지는 못했다.

다른 아이들과 마찬가지로 나 역시 중학교 입시 공부에 많이 지쳐 수업 시간에 많이 졸았다. 어느 날부터인가 선생님께서 매일 점심때마다 배달을 받아 드시는 우유를 내게 주셨다. "반장~ 나는 안 먹으니 너먹어라."라고 말씀하시면 죄송스러운 마음으로 받아들고 마셨다.

권강, 강희철, 서세원, 안세영, 김성무, 김광조, 이기봉, 이철우, 김성무, 이유신, 장순구 등이 같은 반이었다. 조인봉이라는 친구는 그의 형이 당시 유명한 축구 선수였는데 그 이름은 생각나지 않는다.

저학년 때는 한홍수 교장 선생님이셨고, 졸업할 때는 이강원 교장선생님이셨다. 나의 가장 오랜 친구, 60년 지기인 서의호 박사는 6학년 4반이었고 담임은 '학문을 은은히 닦으시는' 김학은 선생님이셨다. 내 이종사촌 누이 손현숙은 6학년 8반이었고 담임은 신건호 선생님이었다. 외모가 아브라함 링컨과 닮아서 우리가 링컨 선생님이라 불렀던 6학년 10반 담임은 주동범 선생님이었다.

당시 청운국민학교에서 첫째 가다(싸움꾼)는 천광철이었는데 키는 그리 크지 않았지만 몸매가 단단했다. 소문에는 당수(가라테) 유단자이고 천하무적의 싸움꾼이라고 했다. 이외에도 정말로 더 많은 이야기가 넘치는 국민학교 시절이었다.

그리운 담임선생님들은 이미 대부분 돌아가셨을 것 같다. 교대를 졸업하던 1961년 그 해에 우리 3학년 5반 담임을 하셨던 홍풍자 선생님은 만 19세이셨으니 살아계시다면 80세 정도 되셨을것이다. 더 늦기 전에 한번 찾아뵈어야겠다.

처음으로 절망을 느낀 날

국민학교 1학년에 입학하고 처음에는 종이에 크레용으로 선을 긋고 끍적거리는 것만 하다가 몇 달 후 숫자와 가나다를 배우기 시작했다. 과제물을 잘하거나 시험을 잘 보면 선생님이 시험지 위에 빨강색 색연필로 마루를 매겨주셨다. 마루 다섯 개를 매겨주시면 잘했다는 칭찬이었다. 마루 다섯 개를 맞은 시험지는 모두 어머니께 보여드려 기쁘게 해드렸다.

그날은 아라비아 숫자를 1부터 5까지 숫자마다 다섯번씩 쓰는 시험이 있었다. 1은 쉬웠다. 그러나 2부터는 다소 헷갈렸다. 선생님께 시험지를 내면서 곁의 친구들이 쓴 걸 보니 내가 3과 4를 엉뚱하게 거꾸로 써놓은 것을 알게 되었다. 쉬는 시간에 화장실 뒤 한적한 곳으로 가서 나뭇가지로 흙 위에 그 숫자를 다시 써보았다. "나는 이제 다되었다."라고 절망했다 "그래, 나는 불량한 어린이야."라고 깡패라도 된 듯 당시 유행하던 「아리조나 카우보이」라는 유행가를 낮게 불러보았다.

그 이후로 오늘까지 내가 느끼고 경험한 다른 좌절의 순간들이 많이 있었지만, 어느 것도 이 어린 날의 절망감보다 더 크지는 않았다.

그 시험지는 부모님께 보여드리지 않았다. 야단맞을 것이 걱정된 것이 아니라 실망시켜 드리고 싶지 않아서였다. 그 이후로도 지금까지 수많은 실수를 하고 좌절의 경험을 하였다. 나이가 들어서도 나는 부모님께 나의 실수나 고통을 그때그때 말씀드리며 도움을 부탁하지 않았다. 야단맞을 걱정에서가 아니라 실망시켜 드리고 싶지 않았기 때문이다. 결혼하고 나서도 직장에서 겪는 어려움이나 실패를 대부분 아내에게 이야기하지 않았다. 이 역시 나약한 모습을 보여 아내를 실망시키고 싶지 않았기 때문이다.

고등학교 3학년 봄에 돌연히 불면증으로 고생하였는데, 어찌해야 할지 몰라 당황스럽기만 하였다. 세 시간 자면 원하는 대학시험에 붙고 네 시간 자면 떨어진다는 의미의 '3당 4락'이라는 말이 유행할 정도로 극심한 입시경쟁 속에 많은 학생이 늦은 시간까지 공부하기 위하여 각성제를 먹고 졸음을 쫓으며 공부하던 시기였다.

그러던 어느 날 공부를 마치고 자리에 누웠는데 잠이 오지 않았다. 그다음 날도, 그리고 그다음 날도 그랬다. 그러다 보니 학교 수업 시간에는 꾸벅거리고 조는 일이 많았다. 할 수 없이 조금 더 일찍 잠자리에 들어 잠을 청해 봤지만 마찬가지였다. 계속 떨어지는 모의고사 성적을 보면서, 국민학교 1학년 때 느낀 그 절망감을 또다시 느꼈다. 그때 교실에서 시험지에 잘못 썼던 숫자를 운동장 구석의 흙 위에 나뭇가지로 다시 써보며 무엇이 틀렸는지 확인해보려 했듯, 잠 못 드는 내 상태를 곰곰이 생각해보며 무엇이 원인인지를 혼자서 찾아보려 하였다.

부모님께서 걱정하실까 봐 말씀도 못 드리고, 불면증 관련 책이나 잡지 기사들을 찾아보았다. 하나부터 천까지 세어본다거나, 지루한 내용의 책을 거꾸로 들고 읽어본다거나, 자기 전에 따끈한 우유를 한 잔 마셔보기도 했다. 보고 들은 비법들을 시도해보았으나 개선되지 않았다. 결국 서너 달이 지나고 가을이 되어 몸과 마음이 지칠 대로 지쳤을 때 깨달음이 왔다. "다른 친구들은 잠을 참으려고 각성제까지 먹으며 공부하는데 나는 왜 잠이 안 온다고 걱정하고 있는가? 잠이 오지 않는 다는 것이 얼마나 행운인가? 오늘부터 자지 말고 공부나 하자."라고 결심한 그날부터 불면증이 거짓말처럼 사라졌다. 성적을 만회하기에는 너무 늦었지만 그래도 참으로 다행이었다.

대학생 때에는 학생 운동 관련하여 3개월여 형무소에 수감된 적이 있었다. 교정에서 은밀히 체포되어 중앙정보부를 거쳐 수감되었으므로 거의 보름 이상을 부모님이나 학교에서 아무도 내가 어디에 있는지 몰랐다. 바로 옆 감방에 있던 살인 죄수가 나를 가톨릭에 귀의시키려 대부가 되어주겠다며 철장을 넘어 통방 대화를 나누었는데, 막상 약속한 날이 오자 나는 가톨릭에 귀의하는 것을 거부하였다. 그때 내가 내세운 이유는 "현재와 같이 나 자신이 비정상적으로 어려운 상황에서 하나님께 귀의하는 것은 떳떳하지 못하다. 내가 이곳을 나가 정상적으로 생활하게 되었을 때 귀의하겠다."라는 것이었다. 어려울 때 하나님께 의지하는 것이 당연한 일인데 하나님을 걱정시켜드리고 싶지 않다는 오만한 생각이었다. 부모님이 실망하거나 걱정하실까 봐 시험지를 숨겼던 생각이, 형무소에 수감된 내 모습을 하나님께 보여드려 실망시키거나 부담을 드리고 싶지 않다는 생각으로 이어진 것이었을까?

군대에서도 비슷한 일이 있었다. 훈련소에서 6주 기본교육을 마친 후 군 최하 말단 졸병인 이등병을 달고 후반기 교육으로 부산 병기학교에서 기공13기 교육을 12주간 받았다. 당시 학교장은 차기 장군 진급 예정자인 신석연 대령이었는데, 교육생들의 사고 방지를 목표로 교육 기간 중 일체의 면회, 외출, 외박을 금했다. 통상 6주 기본교육을 받은 후 자대에 배치가 되면 바로 외출, 외박이 일반적으로 허락되던 터라 집에서 궁금하게 생각하고 있었는데, 마침 ROTC 소위로 병기학교에서 근무하는 고등학교와 대학교 선배를 통하여 연락을 받았다. 며칠 후 그 선배가 정문 위병 장교를 서는 날 부모님이 오셔서 비공식적인 면회를 할 수 있게 도와주겠다는 것이었다.

처음에는 기뻤으나 그날이 되자 생각이 많아졌다. 그 선배 역시 이제 군 생활 1년도 안 된 초급 말단 장교인데, 학교장인 고참 대령의 지침을 어기고 나와 부모님의 면회를 은밀히 진행해도 될까? 동료들과 달리 나만 부모님을 면회하는 특권을 누리는 것이 정당한가? 만일 이 사실이 외부에 노출되면 위병 장교인 그 선배가 책임을 지고 처벌을 받게 될 텐데, 그 정도의 위험을 감수하면서까지 부모님을 만나는 것은 옳지 않다는 생각이 들었다. 몇 달만 더 지나면 공식적으로 허락된 면회와 휴가가 가능한데 그럴 필요가 없다는 결론에 도달하였다.

부모님이 병기학교에 도착하기 몇 시간 전 그 선배에게 면회하지 않겠다고 전달했다. 그리고 부모님께 전해드릴 편지를 써서 맡겼다. '면회를 하지 않는 게 좋을 것 같다. 이왕 부산에 오셨으니 부산 구경을 많이 하시고 편안히 돌아가시고, 저는 교육 끝나고 떳떳하게 휴가를 가서 만나 뵙겠다.'라고 말이다. 이성적인 판단이었지만 부산에 내려오셨다가 헛걸음을 하시게 되었던 부모님께서는 얼마나 허망하셨을까 싶다. 국민학교 때 부모님을 실망시키고 싶지 않아 시험지를 감췄던 것처럼, 군 졸병으로서 유약한 자식의 모습을 보여드리고 싶지 않았다.

이제 부모님은 모두 돌아가셨고, 나는 어느새 노년이 되었다. 이제와 생각해보면, 그때의 부모님께서는 실망시키지 않으려고 시험지를 감추는 속 깊은 자식보다는 망쳐버린 시험지를 들고 뛰어와 부모님께 보이며 어떻게 하면 좋으냐고 울먹이는 자식이기를 오히려 바라지 않으셨을까 하는 생각이 든다. 어려운 일에 부닥쳤을 때 남편으로서 체면을 유지하기 위하여 아내에게 의논하지 않았다는 내 독백에 아내 역시 섭섭한 마음을 가질 수 있겠다.

하여튼 부닥쳤던 좌절과 고통이 언제나 견딜 만해서 다시 일어설 수 있었음에 감사하며, 「지붕 위의 바이올린Fiddler on the roof」에 나오는 노래 「Sunrise Sunset」을 들으며 가사의 의미를 음미해본다.

해가 뜨고 해가 지고 해가 뜨고 해가 지고
쏜살같이 흘러가는 나날들
한 계절이 지나면 다른 계절이 오지
행복과 눈물로 가득 찬…

빈곤 속의 교육열이 나라 발전의 원동력이었나?

국민학교 때인 1959~1964년은 한국의 1인당 국민 소득이 70달러 정도에 불과했던 빈곤한 시기였다. 한국은 아직 전쟁의 화약 냄새와 파괴의 흔적이 치유되지 않은 채 곳곳에 남아있었다. 깡통을 들고 구걸하는 이들이나 검은 선글라스를 끼고 잘린 팔뚝이나 발목을 내밀고 위협하는 상이군인들이 온 동네를 돌아다니며 집집마다 문을 두드리고 밥과 돈을 요구하는 것은 매우 흔한 일상이었다. 나환자들의 구걸도 많았는데, "나환자들이 어린이를 납치하여 간을 빼먹는다."라는 소문이 어린아이들 사이에 떠돌았다.

하여튼 당시에는 밥을 굶는 이들이 많았고 매일 끼니를 걱정하는 집들도 흔했다. 쌀이 부족하다 보니 정부에서는 쌀과 보리를 섞은 혼식이나 분식을 장려하였는데, 선생님들께서 학생들의 도시락을 검사하고 혼식이나 분식이 아닌 경우는 주의를 주기도 하였다. 저학년 때는 미군이 대형 트럭을 학교 운동장에 주차해 놓고 학생들에게 분유를 배급하듯 나눠줬다. 그 분유를 집에 들고 와서 물을 섞어 뜨거운 불에서 찌면 딱딱하게 굳는데 이것을 과자처럼 이로 자르거나 혀로 녹여 맛있게 먹었다.

선생님 인솔하에 학년별로 자하문 밖 백사실에 송충이 잡으러 자주 갔다. 아마도 나라에 농약이 충분하지 않아서 고사리 같은 어린 손들의 수고가 필요했던 모양이다. 집에서 쥐를 세 마리 이상 잡아 쥐꼬리를 학교에 제출하는 숙제도 있었는데, 쥐가 어떻게 생겼는지도 모를 지금 어린이들은 이해하기 힘들 것이다. 당시를 생각해보면, 어느 집이든 천장에는 쥐들이 또 다른 가구를 이루어 함께 살고 있었고, 부엌에서 밥을 훔쳐먹는 쥐를 만나는 것은 매우 흔한 일이었다. 잠을 잘 무렵에 천장에서 쥐들의 움직임이 시끄러울 때는 베고 있던 베개를 몇 번이고 천장으로 던져 그들을 쫓아야 했다.

화장실은 변소 또는 뒷간이라고 불렀다. 어느 집이나 마당 한구석에 있었고, 변소문을 열고 들어서면 얼기설기 놓인 널빤지 사이로 배설물이 가득 차올라와 있었다. 어린아이 중 발을 잘못 헛디뎌서 그 속에 빠지는 경우도 많았다. 지금 같은 화장지는 찾아볼 수 없었고, 통상 날지난 신문이나 오래된 서적 또는 달력을 찢어 화장지 대신 사용하였다. 1년에 두어 번, 똥 푸는 사람을 불러 돈을 주고 배설물을 말끔히 치우곤 했다.

양변기에는 못 미치지만 개량형 수세식 화장실을 처음 본 것은 중학교 때인 것 같다. 지금 같은 수세식 양변기 화장실을 가정집에서 처음 본 것은 대학교 입학하고 나서 어느 부잣집에 가정 교사로 일하기 시작했을 때인데, 얼떨결에 들어가 일을 본 후 어떻게 사후 처리를 해야 할지를 몰라 한참 동안 이것저것 두드리고 눌러보다 어느 순간 물이 쏴하고 나오는 바람에 놀란 적도 있었다.

60년 전의 일인데 지금과 비교하면 참으로 빈곤하고 미개한 시기였다. 그렇게 가난하고 어려운 시절이었지만 자녀들에 대한 한국 어머니들의 교육열은 오늘날만큼이나 높았다. 한 학급에 100여 명의 학생이 함께 수업을 들었으니 천차만별의 학생들을 선생님들이 어떻게 세심하게 가르칠 수 있었겠는가? 이렇게 열악한 학교의 학습 환경에도 불구하고, 상급학교에 가기 위하여서는 입학시험이라는 치열한 경쟁을 통과하여야 했다. 파출부 일을 하며 자식들을 가르친 억척스러운 홀어머니 이야기가 흔했고 '우골탑牛骨塔'이나 '치맛바람'이라는 말이 생겨난 것도 이즈음이다. 지금 대부분 고인이 되셨거나 90대 중반 이상이 되신 이 어머니들의 교육열이 세계 최하위 빈곤국이었던 대한민국을 짧은 시간 안에 세계 10대 경제 대국으로 도약시킨 원동력이 되었다고 생각한다.

1964년 12월 7일에 실시된 서울시 중학교 전기 입학시험은 국어, 산수, 사회, 자연과 체육 실기(턱걸이, 달리기, 공 던지기) 등 다섯 과목이었다. 체육을 만점을 받더라도 필기시험에서 세 개 이상의 문제가 틀리면 소위 일류학교라고 하는 명문 중학교 입학시험에 불합격될 정도로 치열한 경쟁이었다. 이때 자연 과목 18번 문제로 인해 소위 무즙 파동이라는 큰 문제가 일어났다. 나 역시 경복중학교를 지원하고 이 시험을 치렀는데, 다행히 디아스타아제를 정답으로 써내서 다른 문제는 없었다.

아래의 사진과 같이 지문에서 엿을 만드는 과정이 지문으로 제시되어 있다.

① 찹쌀 1kg가량을 물에 담갔다가

② 이것을 쪄서 밥을 만든다.

③ 이 밥에 물 3L와 엿기름 160g을 넣고 잘 섞은 다음에 섭씨 60도의 온도로 5~6시간 둔다.

그리고 17, 18번 문제가 이어지는데, 17번 문제는 '엿기름이 녹말을 당분으로 변화시키는 것은 위의 여러 가지 일 중 어느 것인가? 그 번

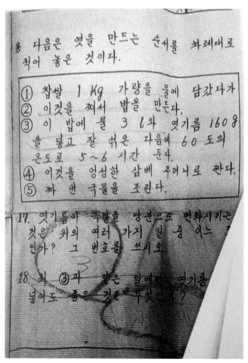

문제가 되었던 중학교 입학시험 문제지

호를 쓰시오.'이고 정답은 ③번이었다. 이어서 18번은 '위 ③과 같은 일에서 엿기름 대신 넣어도 좋은 것은 무엇인가?'이고, 보기는 '① 디아스타아제 ② 꿀 ③ 녹말 ④ 무즙'이었다.

문제를 출시한 서울특별시 교육위원회(현재 교육청)는 이 문제의 정답이 '① 디아스타아제'라고 발표했지만 많은 학생이 답을 '④ 무즙'이라고 적었다. 20여 명의 어머니가 서울시 교육위원회를 항의 방문하며 시위를 했고, 무즙으로 만든 엿을 만들어 보여주며 무즙도 정답으로 인정해야 한다고 주장하였다. 다음 해인 1965년 3월 30일 서울고등법원 특별부가 무즙도 정답으로 봐야 하며, 이 문제로 인해 불합격된 학생들을 구제하라는 판결을 내림으로써 무즙을 답으로 선택한 학생들을 추가 입학시키는 것으로 사태는 일단락되었다. 그리고 김원규 교육감과 교육부 차관이 책임을 지고 물러나며 이 문제를 제기했던 어머니들의 최종 승리로 끝났다.

당시 기사를 보면 서울 시내 초등학생 62만 명 중 무려 30만 명이 과외를 받았다고 한다. 나 역시 그러한 세류에 맞춰 친구들의 초청으로 과외 수업에 참여하게 되었다. 4학년 후반기 즈음 어느 날, 배성수라는 같은 반 친구가 "우리 누나가 나를 가르쳐주고 있는데 같이 공부하자."라며 수업이 끝나고 삼청동 어딘가에 있던 그의 집으로 나를 데리고 갔다. 일주일에 몇 번씩 한 두어 달 같이 공부를 했는데, 누나가 내게 잘해주는 것을 그 친구가 심하게 질투하며 응석을 부리는 바람에 계속하지 못하고 그만뒀다.

얼마 후, 아마 1962년 4학년 말 즈음에 이기봉이라는 친구가 "우리집에 가정 교사가 와서 가르쳐주고 계시는데 함께 공부하자."라며 나를 그의 집으로 데리고 갔다. 선생님은 경복고등학교 2학년이었다. 추운 겨울이라 그런지 양쪽 볼이 항상 발그스레했다. 공부도 재미있었지만 큰형뻘인 그 선생님을 만나는 것이 참으로 좋았다. 그 선생님과 나는 1962년 말에 시작하여 몇 개월 정도 함께 공부했던 것 같다. 그리고, 그 이후로 한 번도 만난 적은 없지만, 당시 선생님이 항상 입고 있던 교복 왼편에 부착된 이름표에 있던 최동인崔東仁이라는 이름을 오래도록 기억했다. 그것으로 보아 어린 내가 그 선생님을 특별하게 생각했던 것 같다.

2003년 초 삼성물산을 그만두고 개인 사업을 하다가 어느 상장회사에서 일하게 되었다. 2005년 9월부터 12월까지 3개월간 경영 고문으로 출근을 했는데, 그 회사의 사업 관련 파일을 들여다보며 2006년 1월에 예정된 사장 취임을 준비하던 여유로운 시기였다. 오랜만에 한가한 시간을 보내며 이런저런 일들을 정리하다가 불현듯 최동인崔東仁이라는 이름이 머리에 떠올랐다. 서가에 있던 경복고등학교 동창 명단을 뒤적이며 시간을 역산하여 보았다. 내가 4~5학년일 때 그분이 고1이나 고2였다면 나와는 7년 차이이고 그렇다면 그분은 39회일 가능성이 컸다. 동창 명단에서 39회 졸업생 명단을 훑어보았다. 예상대로 그분의 성함이 있었고, 집 주소와 전화번호도 기록되어 있었다. 두근거리는 심정으로 전화를 걸었다. 잠시 신호음이 울리더니 "여보세요." 하는 목소리가 들려왔다. "최동인 선생님입니까?" "그렇습니다. 누구신지요?" "네, 저는 정광헌이라는 사람입니다. 선생님이 고등학교 때 저는 국민학교 4~5학년이었는데, 그때 이기봉이라는 친구 집에서 선생님께 과외 수업을 몇 개월 받은 적이 있습니다." "네! 제가 고등학교 때 과외 아르바이트를 한 적이 있지요. 어렴풋이 기억이 나는 것 같습니다. 그런데 내 이름을 어떻게 아직 기억하고 계시는가요?" 그렇게 하여 며칠 후 내 사무실에서 뵙기로 약속했다. 그분은 은행에서 일하다가 은퇴하여 이제는 쉬고 있다고 하셨다.

며칠 후, 약속한 날짜 시간에 그분이 내 사무실을 찾아오셨다. 차 한잔을 함께하며 이야기를 나눴는데 내가 어릴 적 보았던 풋풋한 그 소년은 어느새 초로의 낯선 노인이 되어 있었다. 우린 그저 서로 처음 만난 사람처럼 인사를 하고는 42년 전의 공동의 추억을 되살려보려는 듯 이런저런 이야기를 한 시간여 나누고 헤어졌다. 내가 생각했던 그 소년이 이 초로의 신사임이 틀림없는데, 아무리 애를 써도 그 둘을 한 사람으로 연관시키기에는 너무나 긴 세월이 흐른 듯했다. 과거는 과거대로 두면 족한 것이다. 과거를 굳이 현재와 연관시키려는 것은 부질없는 짓이었다.

그 시절에 어머니께서 내게 공부를 강요하거나 과외 공부를 시켜주신 적은 없다. 우리 집은 경제적으로 넉넉하지 않고 내가 스스로 찾은 과외 공부 기회에 대하여 자초지종을 들으시면 항상 반대 없이 허락하여 주셨다. 친구들이 하는 과외 수업에 초대받아 참여했기에 그때 내

아직도 그대로 남아있는 친구 이기봉의 집

가 수업료를 냈는지는 기억이 분명치 않다.

　얼마 전 서촌의 어린 시절 친구를 만났는데, 이 글을 내 블로그에서 읽었다면서 그때 자신도 포함하여 세 명이서 함께 과외공부를 했다고 하였다. 그런데 왜 그것이 기억나지 않는지 모르겠다. 그 친구는 우리 집이 이사 간 이후에도 20년 이상 더 오래 서촌에 살았는데, 그래서인지 나보다 서촌의 옛 모습을 더 상세히 기억하고 있는 듯했다. 그 친구가 나를 그때 함께 공부했던 이기봉네 집으로 안내해주었다. 옛날 모습 그대로 남아있는 그 집을 보면서 감개무량하였다.

인왕산을 베개 삼아 풀피리 불어주던 선생님

내가 5학년이던 1963년 어느 날, 같은 반 친구가 "나하고 우리 집에서 공부 같이 안 할래?" 하고 물어왔다. 학교 수업이 끝난 후 함께 그의 집으로 가게 되었는데, 그의 집은 인왕산의 수성동 계곡 방향으로 가다가 윤동주 하숙집 못 미쳐 왼쪽 길가에 있는 이층집이었다. 사실 그때는 윤동주 하숙집이 그 근방에 있다는 것을 전혀 몰랐는데, 최근 서촌이라는 이름으로 그곳이 관광지가 되면서 붙은 안내판을 보고서 알게 되었다.

그 집에서 곱슬머리에 햇볕에 그을린 듯한 검은 얼굴, 그리고 작은 키의 젊은 김경식 선생님을 처음으로 뵈었다. 너무나 평범하고 선생님 같지 않은 외모였지만, 쳐다보는 눈초리에서 나오는 부리부리하고 강렬한 눈빛이 인상적이었다. 저음의 굵은 경상도 사투리가 무척 묵직하게 들렸다.

아버지께서는 경기도 금촌에서 서울로 이사했던 1956년에 주식회사 삼양공무사 자재과에 입사해서 7년째 근무하고 계셨고, 그동안 우리 가족은 한 칸짜리 방에서 출발하여 형숙이네, 백호정 근처 분꽃 집, 말 그림이 있던 누상동의 네 번째 집을 거쳐 다섯 번째 집인 옥인동 47-410번지로 이사 와서 살고 있었다. 형제들도 모두 잘 크고 있었고 집도 커져 이제는 제법 안정된 것 같았지만, 실은 여전히 풍족하지 못하였다.

김 선생님은 당초 그 친구의 모친과 먼 인척이었던 친분으로 부산에서 상경하여 그 집에 숙식을 하면서 개인 가정교사를 했다. 우리의 과외 수업도 처음에는 그 집에서 시작했다. 점차 공부를 함께하는 학생 수가 늘어나면서 장소를 통인시장 쪽에서 가까운 누상동 2층 다다미방으로 이전하였다. 나와 신영수, 윤광호, 서중석, 강치홍, 서의호, 한계춘, 문창영, 백규서 등 모두 남학생이고 장난들이 심하여서 어느 선생님이든 통솔하기가 쉽지 않았을 것이다.

김 선생님은 어린 우리에게 사나이의 태도와 '의리'를 많이 강조하셨는데, 그래서인지 단체 기합을 많이 받았다. 그리고 원산폭격이라든지 "이 악물어!" 한 후에 주먹으로 뺨을 가격하는 체벌 또는 '빳다'라고 하는 체벌 등 다양한 체벌을 수시로 이겨낼 준비를 하고 수업을 들어야 했다. '빳다'는 우리가 엎드린 상태에서 몇 대를 때릴지 선생님 말씀을 들은 후, 제법 굵은 나무 몽둥이로 엉덩이에 정해진 수대로 타작을 당하는 것이었다. 나는 비교적 잘 참는 편이었다. 맞으면서 아무 소리도 안 내고, 다 맞은 후에는 일어나 머리를 들어 하늘을 보며 꾹 참는 나의 모습이 두꺼비 같다고 하여 두꺼비라는 별명을 지어주셨다.

그해 연말이 가까울 즈음에 김 선생님께서는 인근에서 여학생들의 과외 수업을 하던 이강자라는 성함의 여선생님을 알고 지냈다. 어느 날 김 선생님은 우리에게 12월 24일 크리스마스 이브 때에 그 여학생들과 함께 모여 크리스마스 파티를 하기로 했다고 말씀하셨다. 우리는 모두

"좋아요!"를 외쳤고 그날을 기다렸다.

　마침내 크리스마스이브 저녁, 우리 남학생들과 몇 명의 여학생들이 그 2층 방에 모여 크리스마스 파티를 하게 되었는데, 김 선생님과 이 선생님께서 처음으로 파티를 해보는 우리를 지도(?)해 주셨다. 그때 함께했던 여학생들은 최미아, 한동춘, 유화덕으로 기억한다. 선생님께서 한 명씩 호명하면, 선생님 말씀같이 '총알처럼' 앞으로 뛰어나가 자기 이름 소개를 하고 노래를 한 곡씩 불렀다. 나머지 사람들은 손뼉을 치면서 따라 부르기도 하였다. 과자와 음료수도 준비되어 있는데 아마도 이강자 선생님이 준비하셨을 것이다. 파티가 무르익자 '사치기 사치기 사차뽀'라는 놀이도 하였다. 그날의 분위기는 얼떨떨하면서도 재미있었다. 아버지께서 백화양조에서 일하셨던 백규서가 「산토끼」 노랫말을 거꾸로 한 「끼토산 야끼토」를 불러 큰 인기를 끈 게 이때였을 것이다.

　그 후 우리는 이 여학생들과 과외 공부를 합쳐서 함께하게 되었고, 이어서 몇 개월 후 김경식 선생님과 이강자 선생님은 서울예식장에서 결혼하여 부부가 되셨다. 우리 학생들 모두는 당연히 결혼식에 참석하여 축하를 드렸다. "우리 땅딸이 선생님, 결혼 축하드려요!"라는 플래카드를 크게 써서 들고 갔는데, 그것을 식장에서 펼쳤는지 아니면 접은 채 들고만 있었는지 정확히 기억이 안 난다.

　우리 누구도 김 선생님이 서울 오시기 전에는 무슨 일을 하였는지 아는 사람이 없었다. 어느 대학에서 무슨 전공을 하셨는지, 고등학교만 졸업하셨는지, 아이들을 가르쳐본 경험이 있으신지에 대하여 우리끼리 이야기해본 적도 없었다. 집에서도 누구도 물어보지 않았다. 지금에 와서 생각하면 참으로 이해가 안 되는 측면도 있으나, 그 당시만 해도 대학 나온 사람이 별로 없었고 국민학교를 졸업하지 못한 분들도 많은 때였으니 그럴 법도 했다. 아직도 나는 김 선생님의 과거에 대하여 별로 아는 바가 없다.

그러던 어느 날, 아이들 사이에서 "김 선생님은 몇 년 전 부산에서 깡패였다."라는 이야기가 입에서 입을 통하여 퍼졌다. 장국진이라는 친구의 아버지께서 몇 년 전까지 부산에서 형사로 일을 하셨는데, 국진이를 과외 수업에 데려다주다가 김 선생님과 마주쳤다는 것이다. 그런데 국진이 아버지와 김 선생님은 이미 서로 아는 사이였으며, 수년 전 국진이 아버지가 깡패 조직원이던 김 선생님을 체포했던 인연이 있다는 것이었다. 그 이야기에 우리는 서로 고개를 끄떡이면서, 선생님께서 사나이의 의리를 강조하고 아이들에게 폭력 같은 체벌을 가하는 것이 그러한 과거 때문일 수 있겠다고 생각했다.

선생님의 독특한 수업 방식도 의심스러웠다. 여학생들과 합반 이전의 이야기지만, 선생님은 아이들에게 산수 문제를 내주신 뒤 아이들을 두 그룹으로 나눠서 한 그룹은 서의호에게, 또 한 그룹은 내게 맡기고 공부방을 나가셨다. 문제를 다 풀었을 즈음에 의호와 내가 각 그룹별로 채점을 해서 틀린 아이들에게 설명해주는 식이었는데, 설명이 다 끝나도록 안 들어오시는 경우도 종종 있었다. 그런 날은 우리끼리 공부방을 놀이터로 만들며 난장판을 만들었는데, 이것이 극한에 이를 무렵 선생님은 방문을 요란스럽게 열어젖히고 들어오셔서 불같이 화를 내셨다. 그리고 단체 기합이 시작되었다. 엉덩이에 멍이 들어도 아무도 집에 가서 말하지 않았던 것 같다. 기합에 대하여 항의하는 부모를 보지 못하였으니 그렇게 생각할 뿐이다. 그 시절에는 열 살이나 된 자식의 엉덩이를 검사해 멍을 발견해내고 선생님께 항의할 만큼 정신적으로 시간적으로 한가한 부모가 없었다. 아이들도 그런 일로 부모를 성가시게 하고 싶지 않았고, 부모들도 아이들이 잘못했을 때 선생님께 맞는 게 당연하고 그 정도는 아이들 스스로 감당해야 한다고 생각했다. 이제 생각해보니 나용구, 백규서, 장국진 등은 함께 공부하다가 얼마 지나지 않아 그만뒀는데 그러한 문제 때문이었는지도 모른다.

가끔 김 선생님은 우리를 인왕산으로 데리고 가셨다. 가는 길가에 널려있는 아무 풀이나 나뭇잎을 따서 입에 넣고는 풀피리를 구슬프게 연주하셨다. 동요뿐 아니라 가요와 민요까지 자유자재로 연주하시는 모습을 보며 우리도 흉내를 내보았지만 소리를 제대로 내는 것이 불가능했다. 산을 어느 정도 올라가서 평평한 풀밭을 만나면 우리 모두를 그 풀밭에 눕게 하시고, 시를 낭송하거나 풀피리를 연주하셨다. 햇살에 눈이 부셔 살짝 눈을 감고, 시 낭송과 풀피리 연주를 듣다가 어느새 잠이 들려 할 때 "일어서!" 하는 선생님 구령에 잠을 깨곤 하였다.

1964년 6학년이 되어서도 김 선생님과의 과외 수업은 계속되었다. 학생 수가 늘어나서 과외 장소를 이전하였는데, 현재의 자하문로 47번지와 48번지 사이일 것으로 생각된다. 지금은 자하문로가 하나의 큰 차도이지만 당시에는 두 개의 길이었고, 그 길 가운데에 작은 주택들이 있었다. 현재의 자하문로 48번지 방향으로 문이 있어서 그 문을 열면 바로 왼편에 있는 큰 방이 우리의 공부방이었다. 오른편에는 부엌과 작은방이 있었다. 그 집에는 김 선생님 부부와 김 선생님의 장모, 장인(이 선생님의 모친과 양부)과 이 선생님의 남동생 이강일이 함께 살았다.

우리는 학교를 마치면 바로 이 집으로 와서 함께 놀다가 선생님의 수업을 들었다. 저녁 6시가 넘어 어머니들께서 집에서 밥을 지어서 국이나 반찬도 함께 갖고 오시면 수업을 멈추고 저녁 식사를 함께하였다. 어머니들은 아이들이 식사를 다 할 때까지 기다렸다가 빈 그릇을 갖고 집으로 가셨다. 어느 날 저녁 준비가 늦어져 어머니께서 서둘러 갖고 뛰어오시다가 밥그릇을 들고 언덕에서 굴렀는데, 밥그릇을 놓치지 않으려다가 다리가 크게 까져 피가 나는 부상을 당하셨다. 부상을 치료할 생각도 못 하고 서둘러 시간에 맞춰 저녁을 내게 갖다주셨는데, 아무 내색도 않고 내가 밥 먹기를 기다리시는 중에 김 선생님께서 피 흐르는 것을 발견하셔서 응급처치를 하셨다. 그 상처가 치료된 후에도 꽤 오래도록 어머니의 다리에 상처가 남아있었다.

나의 이종사촌인 손현숙도 과외 공부에 함께 다니게 되었다. 어릴 때부터 누가 오빠냐 누나냐 라는 질문을 받는 소꿉친구로 지내며 같은 국민학교에 다녔지만, 집 밖에서는 '남녀칠세부동석'이라는 사회 분위기 탓에 서로 모르는 사이처럼 내외하였다. 그리고 이유신, 이재웅, 오증한, 창영이 친척 여학생도 새롭게 들어왔다. 그해 여름 방학 동안에는 김 선생님의 아이디어로 세검정 외딴집을 하나 얻어서 선생님 부부와 그 식구들 그리고 열댓 명의 우리 6학년생들이 합숙을 하며 함께 공부했다.

당시는 북악터널(1971년 완공)이 없던 때였고 유일한 대중교통은 마장동에서 오는 60번 버스로, 효자동을 거쳐 세검정까지만 운행되었다. 세검정에서 내려 꼬불꼬불 나무와 꽃과 풀이 무성한 흙 길을 20~30분을 걸어야 그 마을에 도착할 수 있었다. 마을 입구에는 큰 개울이 흘러 뚝(보트장)을 이루고 있었고, 그 개울에 놓인 허름하고 긴 나리를 선너야 그 집에 이르세 뵈있다. 아마도 북익디널로부디 세검정 방향 100여 미터 반경 안의 어느 지점이었으리라 생각된다.

선생님은 별도의 비용을 받지 않으셨고, 다만 학생들이 각자 먹을 쌀만 추가로 갖고 오게 하셨다. 어머니들은 교대로 날짜를 정해 맛있는 음식을 만들어 방문하셨고, 토요일에는 모든 학생이 각자의 집으로 귀가하여 쉬다가 일요일 저녁에 돌아오게 하셨다. 산골이나 마찬가지여서 모기가 많았고, 우리는 대형 모기장을 치고 함께 잤다. 아침마다 김 선생님의 "기상! 기상!"하는 외침에 눈을 뜨고 인근 시냇가로 가서 세

119

수를 하고 이를 닦았다. 그러는 동안 이 선생님과 그 모친께서 아침 식사 준비를 해놓으셨다. 우리는 줄을 서서 밥과 국을 배식받아 마루에 차려진 상에 둘러앉아 먹었다. 식사 후 휴식 시간이 끝나면 넓은 마루에 다시 모여 앉아 매미 소리와 함께 선생님의 강의를 들었다. 짧은 휴식 시간마다 우리는 근처 냇가로 달려가 발을 담그고 놀았다. 이렇게 아침부터 저녁 식사까지 하루 세 끼니를 제공하며 가르치셨는데, 지금 생각해 보면 두 선생님의 그 열성과 헌신이 어디서 나왔는지 짐작하기 조차 힘들다.

1964년 여름 세검정 산골에서 김경식 선생님과 친구들과 합숙 중

수업 후 체능 연습으로 땀을 많이 흘렸던 어느 날, 저녁 배식 시간에 이강자 선생님이 이재웅이라는 친구에게 "오늘 밥 많이 먹어라!"라고 하시면서 밥을 떠 주셨는데, 내 이종사촌 현숙이가 이강자 선생님 곁으로 가서 무슨 이야기를 하는 것 같았다. 나중에 들어보니 "선생님, 우리 광헌이도 많이 주세요!"라고 했다고 한다. 이 이야기는 특식 당번으로 오신 우리 어머니와 이모에게 이강자 선생님께서 말씀해주셔서 나도 알게 되었다. 항상 내외를 한다고 현숙이를 모른 체하던 나에게는 현숙이의 수줍음을 무릅쓴 용기가 놀랍고 고마웠다. 동갑내기 소꿉친구이자 이종사촌인 현숙이는 예쁘고 공부도 잘하였다. 숙명여중고를 나온 뒤 성균관대 도서관학과를 졸업하여 경제기획원 도서관에 취업 중 부잣집 자제와 결혼하였으나 안타깝게도 첫아이(현재 생존) 출산 중 하늘나라로 갔다. 살아있다면 여전히 나와 서로 마음에 맞는 사촌이자 친구로 연락을 하며 지냈을 것이다.

뜨겁던 시절이 지나고, 그해 1964년 12월 7일에 우리는 그 유명한 무즙 파동의 중학교 입시를 치르며 과외 공부를 해산하였다. 우린 중학생이 되어서도 자주 만나 우정을 나눴고, 김 선생님 댁에도 가끔 들렀다. 우리가 자라듯 김 선생님의 경력도 쌓여갔다. 선생님은 경복학원에서 국어강사를 하시면서 교재도 많이 집필하셨다.

김 선생님과 이 선생님은 내가 어린이에서 소년이 되어가는 시점에 내 안에 숨어있던 장점을 찾아내어 감탄하며 칭찬하여 주고 자존감을 높여 주셨다. 유년의 부끄러움을 벗어나 타인들 앞에 손을 들고 나를 표현하는 자신만만한 소년이 되게 해주신 고마운 선생님들이시다.

그런데 마지막으로 뵌 것이 신입 사원 시절인 1979년이었던가? 아니, 내가 결혼식을 올린 1984년에 예식장에서 뵌 것도 같다. 어느새 40여 년 세월이 훌쩍 지나도록 연락 한번 못 드렸다는 것을 깨달았다. 일주일간 우여곡절을 거치며 간신히 선생님의 처남의 미국 전화로 연결이 되었다.

그리고 한 달 전, 선생님께서 작고하신 것을 알게 되었다. 사모님(이강자 선생님) 전화번호를 알려달라고 다시 부탁을 드렸는데 무슨 이유인지 알려주지 않았다. 선생님 자제분의 이름과 현재 모 학원에서 유명 강사라는 믿을 만한 정보를 얻어서 그 학원에 수차례 전화와 편지를 보냈는데 아무 회신이 없었다.

수개월 후 그 자제분에게서 전화가 왔다. 이 선생님을 만나뵙고 싶다는 내 이야기는 감사하고 잘 알겠지만 그럴 수가 없다는 것이었다. 단호한 거절에 실망하여 그 사유를 따지듯 물었다. "어머니께서는 현재 치매 상태로 다른 분을 만나실 수 있는 상황이 아닙니다."라는 그분의 설명에 할 말을 잊고 머리가 멍해졌다.

그 후 서촌 옛친구를 만나 함께 통인시장 근처를 지나다가 60여 년 전 함께 과외 공부를 했던 그 2층 다다미방 건물(옥인동 102-6)이 아직도 그대로 남아 있다는 말을 듣게 되었다. 서둘러 그곳으로 가보니

60여 년 전과 변함없는 과외 공부 2층 다다미방

주변은 몰라볼 정도로 모두 변했는데 유독 그 건물만 그대로 남아있었다. 2층의 다다미방은 창틀 하나 변치 않고 그대로였다.

2층으로 오르는 문을 힘껏 당겨보았으나 잠겨 있었다. 문틈 사이에 귀를 대어보니 어린 시절의 나와 친구들의 장난기 어린 목소리가 꿈결처럼 들려오는 것 같았다. 김 선생님의 굵직한 경상도 사투리와 풀피리 소리도 함께….

우리 동네 서촌

옥인동 우리 집

1962년 청운국민학교 4학년 2학기 즈음에 누상동 넷째 집에서 옥인동 47번지 410호로 이사하였다. 나는 이 집에서 국민학교와 중고등학교를 졸업하고 대학에 다니다가 1974년 9월 17일 군에 입대할 때까지 거의 12년을 살았다. 그리고 약 2년 후, 군에 복무 중이던 1976년에 우리 집은 서촌을 떠나 미아동으로 이사했다.

옥인동 집은 누상동과 신교동 사이에 있었는데, 누상동에서 걸으면 10여 분 거리였다. 우리가 돌문이라고 부르던 윤덕영 별장(벽수산장壁水山莊) 정문 기둥을 통과하고 신교동 방향으로 계속 걸으면 오르막 언덕길을 만나는데, 그 언덕길 오른쪽에 위치해 있었다. 그곳에서 청운국민학교나 경복중학교를 가려면 다시 계단으로 내려가 신교동과 맹아학교를 지나 10여 분 걸어야 했다.

집 구조는 평범했다. 안방, 건넌방, 부엌, 마루와 마당 그리고 장독

대와 변소로 구성되어 있었다. 형과 내가 중학생이 되었을 무렵, 아버지께서 안방 뒤쪽(신교동 방향) 자투리땅에 축대를 쌓고 방을 두 개 더 들여서 형 방과 내 방을 만들어 주셨다. 그때 자투리땅과 축대로 연결되어 있던 신교동 부잣집 주인 내외가 붕괴 위험이 있다면서 격렬하게 항의하던 것이 기억난다. 그들은 대학교수였는데, 아버지는 "많이 배우고 가진 것들이 더 몰상식하네."라고 혀를 차시면서 그 두 개의 방을 힘들게 들이셨다. 몇 년 전에 근처를 지나면서 그때까지 붕괴하지 않은 채 그 축대 위의 방들이 무사한 것을 보면서 교수 부부보다 아버지께서 옳았다는 생각을 해보았다.

안방과 마루 사이엔 미닫이문이 있었고, 안방에서 작은 여닫이문을 통해 부엌 안으로 내려갈 수 있었다. 부엌에는 이 미닫이문 외에도 마당으로 직접 연결된 큰 부엌문이 따로 있었다. 그때는 냉장고가 없어서 물뿐 아니라 먹을 것들이 모두 부엌에 보관되어 있었다. 저녁때 물을 먹으려면 안방에서 작은 여닫이문을 열고 부엌으로 가야 했다. 어느 날 밤, 형이 물을 먹으려고 여닫이문을 열고 깜깜한 부엌으로 들어가려다가 놀라서 "으악! 도, 도둑이야!" 하며 소리를 질렀다. 마당을 통해 부엌으로 잠입하여, 그 여닫이문에 귀를 대고 집안 동정을 살피던 도둑과 마주친 것이다. 누워계시던 어머니가 일어났을 때 도둑은 이미 대문을 열고 뛰어나가고 있었다. 그때 크게 놀라서인지, 이후로도 어린 시절에 도둑 관련된 꿈을 꾸면 배경은 언제나 이 옥인동 집이었다.

겨울이면 어머니께서 난방을 위하여 부엌 안의 연탄 아궁이에 연탄

불을 시간에 맞춰 갈아 넣으시던 것이 생각난다. 연탄 두 장을 구멍을 서로 맞춰서 아궁이마다 넣고, 다 타서 하얗게 된 연탄을 집게로 꺼내서 문밖에 세워두었다. 추운 겨울이 가까워지면 연탄을 몇백 장씩 한꺼번에 구입해 마당 구석에 세워놓고 겨울을 대비하였다. 겨울에 눈이 내리거나 길이 얼어서 미끄러울 때는 그것들을 부수어 길에 뿌렸다. 어머니를 돕는다고 몇 번 연탄집게로 탄을 들어내려 시도해봤지만 쉽지 않았다. 어떤 경우는 위아래 연탄이 들러붙어서 두 개를 분리하려다 모두 깨지기도 하였다. 중고등학교 시절에는 잠자는 사이에 방바닥 틈새로 연탄가스가 스며들었는데, 새벽녘 두통을 느끼고 깨어나서 엉금엉금 기어서 방 밖으로 탈출하여 어머니의 동치미 국물 응급처치(?)로 간신히 깨어난 적도 두세 번 있었다. 연탄가스는 특히 비 오는 날에 방으로 스며드는 빈도수가 높았다. 당시 연탄가스 중독은 우리 집뿐 아니라 대한민국 대부분의 주택에서 발생했고, 많은 사람이 병원에 실려 가거나 사망하기도 했다.

지금 젊은이들은 구공탄이 어떻게 생겼는지 잘 모르겠지만, 그 당시 연탄은 겨울 난방이나 취사의 필수품이었다. 당시 유명한 코미디언 후라이보이 곽규석과 구봉서는 "미국에는? 원자탄!", "소련은? 수소탄!", "한국은? 구공탄!"이라며 스스로를 비하하는 만담을 했다. 여기에 동감하며 깔깔대고 웃을 만큼 국민 모두가 우리나라는 후진국이라는 걸 알고 있었다. 선진국과는 쳐다볼 수도 없는 격차를 가진, 대책 없이

못 살던 60년 전 한국이었다.

    부엌 천장 위에는 온갖 잡동사니로 가득한 작은 벽장이 하나 있었다. 이곳으로 들어가려면, 부엌으로 가는 안방 여닫이문 옆벽 중앙에 있는 미닫이문을 열고 올라가야 했다. 이 미닫이문을 열고 간신히 발을 디딜 만한 벽장 턱을 밟은 후 작은 나무 계단을 올라야 벽장에 들어갈 수가 있었다. 벽장에서 일어서면 천장에 머리를 부닥치게 되어서 허리를 굽히거나 앉아 있어야 했다. 벽장은 물건이나 책이 가득한 종이 상자들과 망치, 톱, 대패 그리고 못이 들은 연장 그릇들 그리고 오래된

달력 등등의 잡동사니로 가득했다. 기억이 분명치는 않지만 어떤 상자
에는 은밀히 깊이 보관된 권총과 총탄 묶음도 있었다. 아마도 6.25 전
쟁 중에 습득하고 보관하던 것으로 생각되는데, 나중에 어딘가에 버렸
다는 이야기를 어머니께 들은 것 같다. 그뿐 아니라 아버지께서 우리가
누상동에 살 때 집으로 들고 왔던 유성기도 거기에 보관되어 있었고,
흘러간 옛 노래를 담고 있는 SP판도 많이 있었다. 처음 봤을 때 너무도
신기하여 어머니 도움으로 이 유성기에 흘러간 노래들을 자주 들었다.
노래를 틀려면 유성기를 열고 태엽 감는 기기를 꺼내어 유성기의 측면
태엽 구멍에 넣어서 태엽을 감는다. 그리고 레코드판을 올려 회전하게

한 후 그 판 위에 바늘을 놓으면 구성진 노랫소리가 울린다.

부모님께서 노래하시는 것을 들어본 적은 없지만, "너희 아버지는 술도 안 드시지만, 노래는 정말 못하신다."라는 어머니 말씀으로 아버지께서는 노래를 못한다는 것은 알고 있었다. 어느 날인가, 어머니께서 유성기를 꺼내어서 송민도의 「나 혼자만이」라는 곡을 들으시면서 가늘지만 높은 톤의 아름다운 목소리로 따라 부르시는 것을 들었다.

"나 혼자만이 그대를 알고 싶소. 나 혼자만이 그대를 갖고 싶소."

이 글을 쓰던 어느 날 형과 전화 통화를 하다가 옛날 우리 집에서 엄마가 유성기 틀어놓고 노래하시던 게 기억나는지 물었더니, "아~ 그래! 「나 혼자만이」라는 노래를 부르셨지."라며 금방 기억하였다. 아련한 기억을 공유할 수 있는 형이 있어서 참으로 다행이었다.

안방과 건넌방 사이에는 마루가 있고, 마루에는 마당으로 통하는 미닫이문과 윗집 방향으로 뚫린 비닐이 창문이 하나 있있다. 창문과 잇집 사이에는 두 집을 가르는 벽이 거의 우리 집에 붙어 있는 듯 가까웠고, 벽의 높이도 눈높이보다 낮았다. 그래서 윗집 아주머니와 우리 어머니는 수시로 창문을 통해 마주 보며 오래 이야기를 나누곤 하였다. 서로 별채의 집이었지만 이 창문 하나를 통하여 마치 한 지붕 아래 한 식구처럼 온갖 이야기와 음식을 나누며 친하게 지냈다.

우리는 그 집을 승철이네라고 불렀다. 그 창문 아래 마루에는 라디

오가 있는 천일사(?) 전축이 놓여 있어서, 어머니는 우리가 아침에 일어날 시간에는 동요 같은 흥겨운 노래 방송을 틀어놓았고, 또 정오 사이렌 소리가 나면 정오 뉴스를 크게 틀어 세상 소식을 들려주었다. 그것이 어린 나이에도 세상 물정에 관심을 가지게 하는 역할을 했던 것 같다.

저녁 식사 후에는 어머니께서 라디오 연속극이나 교양 프로를 즐겨 들었는데, 나도 자연히 곁에서 그런 프로들을 귀담아들었다. 그중에 아직도 생생히 기억나는 방송이 몇 개 있다. 하나는 4학년 때인 1962년에 KBS에서 방영된 사극 방송드라마 「안시성의 꽃송이」이다. 당나라 30만 대군의 침략을 물리치는 안시성의 고구려인 이야기인데, 안시성의 성주인 양만춘 장군의 지략뿐 아니라 안시성의 젊은 연인의 사랑 이야기도 들어있었다. 너무 재미있어서 매일 저녁 그 방송 시간을 기다리며 들었던 것 같다. 지금 그 시절을 생각해 보면, TV 드라마와 달리 성우들의 목소리와 음향만을 들으면서 그 장면들을 상상하고 이해하여야 하는 라디오 방송을 들으면서 상상력을 키울 수 있었기에 무척 유익했다고 생각한다.

제일 좋아하던 명랑 교양프로는 강소천 박사(아동문학가), 엄익채, 한국남 박사(산부인과 의사), 정연희 박사, 안의섭 박사(만화가), 이서구 씨 등이 나와 서로의 재치를 뽐냈던 「재치 문답」과 전영호 아나운서의 사회로 양주동 박사, 김두희 박사(경제학자), 한복남 박사, 조풍연(언론인), 이석우 씨 등이 단골손님으로 나와 일주일에 한 번씩 방송되던 「유쾌한 응접실」이었다. 이 교양 프로들 덕분에 열 살밖에 안 된 내가 격조 있고 유머러스한 지식인들의 대화를 접하고, 양주동 박사 같은 석학의 재담을 경청할 수 있었다.

1961년 12월 KBS TV 방송국이 개국하여 TV 방송을 하고 있었지만, TV 수상기 보급이 널리 안 되었기에 대부분 가정에서는 저녁 식사 이후에 식구들이 모여서 라디오 방송을 청취하던 시절이었다. 1962년부터 1963년에 걸쳐 흑백 TV가 보급되기 시작했는데, 1963년 장충체

육관 개관으로 프로레슬링 경기가 본격적으로 시작되면서 TV 시청이 더욱 각광을 받았다. 우리 집에는 아직 TV가 없었지만 우리 윗집 승철이네에 TV가 있어서, 레슬링 경기가 있는 날이면 형과 함께 윗집에서 염치없이 레슬링 경기를 관람하였다. 우리뿐 아니라 온 동네의 아이들과 어른들까지 그 집 안방에 모여 경기 내내 환호성과 박수로 응원을 하며 관람하였다. 어떤 날은 경기 시작 전부터 그 집의 흑백 TV에 나오는「전투Combat」라는 미국 영화를 재미있게 관람하고 레슬링 경기를 본 후, 그 집에서 이부자리를 깔 때까지 앉아서 TV를 넋을 놓고 보았던 것이 기억난다. 이제 생각해 보면 어린아이였지만 참으로 염치없는 짓이었고, 승철이 부모님과 그 형제자매(순희, 혜순, 승철, 승국, 승진)들이 우리에게 베풀어 주었던 인내와 관용에 깊이 감사를 드린다.

내가 봤던 최초의 한국 TV 드라마는「눈이 내리는데」라는 일일연속극이었다. 이순재 씨인가 송재호 씨가 남자 주인공이었고, 한국 전쟁 속에서 한 여인과 군인의 사랑을 그린 드라마였다. 그 드라마를 우리 집 마루에서 어머니와 형제들과 함께 보았던 것 같다. 기록을 찾아보니 이 드라마는 1964년 12월 7일에 TBC 동양 텔레비전 방송국을 개국하면서 개국 기념으로 방영이 시작되었다고 한다. 그렇다면 우리 집에서 TV를 장만한 것은 1964년 12월이나 1965년 1월 정도였으리라고 추측이 된다. 1964년 12월 7일 경복중학교 입학시험을 마치고 합격자 통보를 받았을 12월 하반기부터는 아무 부담 없이 마음껏 TV를 시청하였을 것이다. 아직도 기억나는 그 드라마의 주제곡인 「눈이 내리는데」를 불러본다.

눈이 내리는데
산에도 들에도 내리는데
모두 다 세상이 새하얀데
나는 걸었네 님과 둘이서
밤이 새도록 하염없이 하염없이

아~ 지금도 눈은 내리는데
산에도 들에도 내리는데
모두 다 세상이 새하얀데
아~ 지금도 눈은 내리는데
산에도 들에도 내리는데
모두 다 세상이 새하얀데

내 방 창문으로 들어온 북악산

옥인동 집 마루의 왼편에는 또 다른 미닫이문이 있어서 건넌방으로 연결되는데, 이 방은 형하고 내가 쓰다가 안방 뒤에 방 두 개를 새로이 들인 후로 여동생이 썼다. 마루에서 이 방에 들어서면 왼편 벽에 또 다른 미닫이문이 있었다. 그 문을 열면 마당으로 통하는 다른 미닫이문이 있고, 두 미닫이문 사이에는 작은 마루가 있었다. 작은 마루의 오른편 구석에는 다듬잇돌이 있고 그 곁에는 다듬잇방망이가 두 개가 있었다. 가끔 어머니가 다듬이질할 때 들리던 리드미컬한 소리가 타악기 연주 소리처럼 정겨웠던 것이 생각난다. 두 방망이를 교대로 두드리는 소리가 시끄럽기는커녕 그 곁에 누워서 잠이 들 수 있을 정도로 마음에 안정을 주었다고나 할까. 그 다듬잇돌은 지금 어디에 있을까?

미닫이문을 열고 마당으로 나가면 왼편으로 제법 높은 장독대가 있고, 그 장독대에는 간장, 된장, 고추장이 들은 항아리들이 항상 채워져 있었다. 이 집에는 한때 황구(개)도 마당 한구석을 차지하고 누워있었다. 마당에서 다시 부엌으로 통하는 미닫이문을 열고 들어서면 왼편으로 아궁이가 세 개 정도 있고 오른편에는 또 다른 미닫이문이 있었다. 그 미닫이문을 열면, 아래 집과의 벽 사이로 좁은 통로가 나오고, 그 통로의 끝 왼편에는 새로 만든 방의 여닫이 출입문이 있었다. 그 문을 들어서면 바로 형의 방이 있고, 그 방에 붙어 있는 방이 내 방이었다.

내 방에 들어서면 오른편에 큰 창문이 하나 있었는데, 그 창문에서 고개를 내밀어보면 창문 바로 아래로 2~3미터 폭의 자투리땅이 있었다. 한때는 이 자투리땅에 닭장을 만들어 닭을 키우기도 했다. 이 창을 통하여 시선을 멀리 쳐다보면 장대한 북악산의 전경이 눈에 들어왔다. 창문에서 한 걸음씩 뒤로 물러서면 점차 창틀 안이 산으로 가득 차는데, 마치 북악산이 커진 것 같은 착각을 일으킨다.

고등학교 입학시험을 며칠 남긴 1968년 1월 21일, 서의호와 강치홍이 우리 집에 놀러 와 저녁을 먹고 나서 내 방에서 이야기를 나누고 있을 때 무언가 폭발하는 것 같은 큰 소음에 놀라 그 창을 열고 내다보았다. 이미 해가 져서 어둑해진 가운데 세검정 가는 길의 과학수사연구소 부근에서 번쩍이는 불꽃이 보였고 폭음도 계속 들렸다. 그러더니 야광탄이 터지는지 북악산 전체가 대낮처럼 밝아졌다가 어두워지기를 반복하였다. 이것이 소위 김신조 등 북한의 무장 공비 일당 31명이 청와대 습격을 시도하여 벌어진 1. 21 사태였다.

대문을 열고 나가면 바로 대여섯 걸음 길 건너에는 김은수가 살던 단칸 셋방 입구와 작은 계단이 보였다. 그의 어머니께서는 춘천에서 서울의 고등학교로 유학 온 막내아들을 위해 이 집을 세 얻어 3년 동안 함께 살았는데, 아들과 같은 고등학교에 다니는 나를 처음 만나신 날 "광헌아, 은수를 잘 돌봐다오."라고 말씀하셨다. 은수는 착실하게 학업에 정진하였고 모친의 기대에 부응하여 외무고시에 합격 후 전문 외교관의 삶을 살았는데, 아쉽게도 2009년 젊은 나이에 하늘나라로 갔다. 그 어머니께서도 천국에 가신 지 벌써 30여 년이 지났다.

대문의 오른쪽으로 계속 올라가면 어릴 때 '하와이 교회'라고 부르던 교회가 나오고 인왕산 줄기로 통한다. 왼쪽 길은 시내로 연결되는데, 누상동으로 가는 내리막 언덕길과 신교동을 통해 청운동으로 가는 계단길로 나뉜다. 누상동으로 가는 내리막길은 돌문, 통인시장, 진명여고를 거쳐 광화문으로 연결되었는데 이 언덕이 제법 가팔라서 눈이 올 때는 조심스럽게 걸어야 했다. 국민학교 6학년 때 내가 과외 공부하던 곳으로 저녁 식사를 가지고 오던 어머니가 넘어져서 다리에 피가 나는 부상을 입으셨던 곳이 이 언덕이다. 그때 어머니는 언덕에서 넘어져 구르면서도 저녁 식사를 품에 안고 늦지 않게 저녁을 갖다주셨다.

대문에서 왼쪽으로 5미터쯤 내려가 다시 왼쪽으로 몇 걸음 가면 신교동으로 내려가는 계단을 만난다. 그 계단 길은 신교동을 지나 청운동, 효자동 그리고 청와대와 자하문 밖으로 이어졌는데, 국민학교 4학년이던 1962년부터 군대 가던 해인 1974년까지 12년을 거의 매일 하루도 빠짐없이 오르내리던 정든 길이다. 고교 시절, 학교까지 도보로 10분 정도 걸리는 거리였는데 매일 아침 8시 수업 시작 10분 전에 집을 나서면 인근에서 하숙하던 친구들과 마주쳐서 가방을 껴들고 지각하지 않으려 함께 뛰어 내려갔던 그 길이다.

신교동에서 바라본 계단길, 옥인동 산동네 집들이 보인다

    몇 년 전 상영됐던 영화「기생충」에서 부자 동네와 빈민 동네를 나누는 계단을 보고 이 신교동 가는 계단이 저절로 떠올랐다. 왜냐하면 작은 주택들이 올망졸망 모여있는 옥인동 산동네와 큰 저택들이 늘어서 있는 신교동 부촌 사이의 경계에 이 계단이 있기 때문이다.

    비가 오든 눈이 오든 하루도 거르지 않고 등하교 길에 이 계단을 오르내렸다. 간혹 도시락을 잊고 학교에 가다가 다시 계단을 뛰어 집으로 돌아와 도시락을 챙겨 들고 다시 이 계단을 뛰어내려 학교로 간 날도 있었다.

이 계단 오른쪽은 공터를 막아놓은 담장으로 막혀있었는데, 늦은

2020년 3월 8일 인왕산에서 내려다본 옥인동 집

2021년 3월 6일 허물어진 옥인동 집

봄에는 무성한 아카시아나무 가지들이 담장을 넘어 꽃을 피우고 그 향기가 계단을 오르내리는 사람들을 황홀하게 하였다. 그래서인지 요사이도 어디서 짙은 아카시아 향기를 맡게 되면 이 계단이 생각난다.

은퇴 후 다소 여유롭던 시기, 주말이면 가끔씩 인왕산에 올랐다. 인왕산 정상에서 쉬면서 항상 성냥갑만 하게 보이는 이 집을 찾아보고 내려다보는 것이 즐거웠다. 그런데 2021년 초 어느 날인가 동생 동헌이로부터 카톡을 받았다. "오늘 일이 있어 옛날 동네 갔더니 우리 집이 없어졌네." 그 후 나도 몇 번 가서 보니 누군가 우리 집과 윗집, 아랫집을 허물고 새집을 짓고 있었다. 그래서인지 올해는 한 번도 인왕산에 오르지 않았다. 이제는 인왕산에 오르더라도 옛집을 찾아볼 수 있는 즐거움을 맛볼 수 없게 되었으니 참으로 아쉽다.

누상동 작은이모네

1956년 4살 때, 서울로 이사 온 이후 가장 가깝게 지낸 것은 외할머니 댁과 작은이모 댁이었다. 그중에서도 작은이모 댁은 또래의 이종사촌들이 있어서 가장 가깝게 지냈다. 일주일에 몇 번씩이나 작은이모 댁에 놀러 가곤 하였다. 아버지의 부모, 형제분들과 친척은 모두 이북에 계셨고 외할머니와 외삼촌, 이모들만이 남한으로 넘어와 살고 계셨으니 외가와 가깝게 지내는 것은 당연한 일이었다. 특히 작은이모 댁에는 내 연년생 친형보다 한 살 위인 대우 형, 나와 동갑인 현숙이, 내 동생들과 같은 나이인 천우와 양우가 있었기 때문에 더욱 가깝게 지냈다.

작은이모 집은 현재의 박노수 미술관의 전면에서 50~60미터 앞골목 길가에 있었다. 지금은 새로운 건물이 들어서 있는데, 지도로 그 위치를 추정해 보면 아마도 종로구 옥인 3길 5-5번지(구주소 : 종로구 누상동 967-2번지)인 것 같다. 바로 옆 건물인 옥인 3길 5-1번지(구주소 : 종로구 누상동 95번지)일 수도 있겠다는 생각도 들지만, 그곳은 아마 현숙이의 소꿉친구인 채희순네 집터일 것으로 판단된다. 채희순은 현숙이나 나와 동갑으로 국민학교 입학 전에 몇 번 본 적은 있지만 그 이후에는 전혀 만난 적이 없는데, 불현듯 그 이름이 기억나는 것이 참으로 신기할 뿐이다. 아마도 어린 시절에 현숙이가 나의 소중하고 가까운 친척이자 친구였기 때문에 현숙이와 친한 옆집 친구 채희순의 이름도 똑같이 매우 소중하게 생각하고 기억하고 있었던 것이 아닐까 생각한다.

이모부는 고향이 원래 진주인데, 해방 후 경찰공무원으로 일을 하시면서 개성경찰서로 발령을 받았다. 그때 개성경찰서 전화교환원으로 일하시던 '개성 최고의 미인(이모부의 말씀)'인 이모를 만나 결혼을 하셨다고 한다.

우리가 국민학생일 때 이모부께서 운영하시는 인쇄소를 몇 번 가본 적이 있어서 그 장소를 기억하고 있다. 상호는 '신화인쇄소'였고, 위치는 옛날 화신백화점에서 안국동 방향으로 걷다가 인사동 가는 골목을 지나 몇 발자국 걸으면 오른편 길가에 있었다. 얼마 전에 지나다 보니 아직 큰 건물들이 들어서지 않은 채 작은 필방 등이 들어서 있었다.

그곳에서 길 건너 맞은편에는 서울예식장이 있었는데, 지금은 다른 건물이 들어서 있다. 당시 외삼촌들과 과외 공부 선생님 등 많은 분이 이 서울예식장에서 결혼했다. 서울예식장에서 신신백화점 방향으로 다시 내려가다가 오른쪽 골목으로 들어서면 '소아낙원小兒樂園'이라는 이름의 어린이 유료 놀이 시설이 있었다.

아버지가 1956년 10월 10일부터 1965년 6월 1일까지 다니던 삼양 공무사는 화신백화점에서 종로2가 방향으로 가다가 왼편 골목 안에 있는 어느 건물에 있었다. 아버지께서 어느 날인가 형과 나를 데리고 그 건물로 들어가 엘리베이터를 태워 사무실을 구경시켜 주셨다. 지금 같은 엘리베이터가 아니라 사방이 쇠창살로 막혀있고, 밖이 훤히 내다보이는 엘리베이터였다. 엘리베이터를 타고 아버지 손을 꽉 잡고 있으니 철커덩 소리를 내며 움직이기 시작했고, 밖의 건물 벽이 땅으로 내려앉는 것 같아 잠시 현기증이 났다. 그리고 그해 봄, 1962년 5월 12일에 막 운행하기 시작했던 남산케이블카를 함께 탔던 것 같다. 아버지와 외출했던 몇 안 되는 소중한 기억이다.

이모 댁에서 수성동 계곡은 걸어서 불과 10여 분 거리였으나 국민학교 입학 전에 그곳에 갔던 기억은 없다. 그러나 국민학교 입학 후에는 셀 수 없을 정도로 인왕산 개울과 계곡, 동굴에서 놀고 암벽을 기어올랐다. 지금도 인왕산은 멀리서 쳐다보기만 해도 고향에 온 듯 내 마음이 편안해지는 산이다.

이모 집 대문을 나와 오른쪽, 현재의 박노수 미술관 방향으로 몇 걸음 내려가 왼편으로 돌면 수성동 계곡 가는 길이다. 2~3분 더 걸으면 왼편에 '윤동주 하숙집'이 있는데, 어릴 때 그곳을 지나다니면서도 그곳이 윤동주 하숙집인 줄은 몰랐다. 어린아이들뿐 아니라 어른들도 그것을 아는 이는 없었던 것 같다. 설사 알고 있었다 하더라도 가난을 감

종로구립 박노수 미술관 (윤덕영이 딸을 위해 건축한 집)

당하기에 여념이 없던 그 시절에 이미 세상을 떠난 시인의 학창 시절 하숙집에 의미를 두고 그것을 세상에 알릴 만한 가치가 있다고 생각하진 않았을 것이다.

박노수 미술관은 1930년대에 윤덕영이 딸을 위하여 지었다고 한다. 내가 대학생이었던 1972년에 박노수 화백이 소유하여 살기 시작했고, 2012년에 박노수 미술관으로 개관되었다. 내가 어렸을 때 그 동네에서 가장 큰 대문을 가진 집이었는데 이 집에 누가 살고 있는지 궁금했다. 누군가 해공 신익희 선생의 집이라고 해서 그런 줄 알았는데 실제로는 윤덕영의 딸과 관련된 이가 살고 있지 않았을까 생각한다.

우리 집이 1956년 서울로 이사할 때 서촌에 자리 잡은 이유는 이곳에 먼저 정착한 이모가 50미터 내외 거리에 있던 셋집을 구해줬기 때문일 것이다. 그 이후 이사했던 집들도 모두 이모 집에서 이삼백 미터 내외였으니, 이모 댁을 자주 찾아가는 데 아무런 어려움이 없었다.

국민학교 1학년 무렵 어느 날인가 혼자서 이모 댁 대문을 열고 들어섰는데 마침 이모부께서 계셨다. 당시 40대 초반이었던 이모부는 매우 인자하고 현명하신 분이셨는데, 인쇄소를 경영하면서 비교적 안정된 생활을 하고 계셨다. 재주도 많으셔서 기타와 피아노도 잘 치셨다. 마루에 앉아 계시던 이모부께서 집안의 안부를 몇 마디 물어보시더니 이모에게 도화지와 연필을 갖고 오라고 하시면서, "그래, 그림을 잘 그린다면서. 한번 그려봐. 무얼 그릴까? 그래, 저기 마당에 수도 보이지? 수도를 한번 그려봐라."라고 하셨다.

나는 이모부 곁에 몸을 꾸부리고 앉아 칭찬을 들은 만큼 잘 그려야겠다는 마음으로 그림을 그리기 시작하였다. 어느새 내 곁으로 다가와 내 손과 도화지를 응시하는 현숙이를 보면서 정말 멋지게 그려서 그애를 놀라게 해줘야겠다는 생각뿐이었다.

수도관은 그런대로 그린 것 같은데, 수도관을 감싸며 마당에 세워져 있는 나무함은 아무리 해도 그려지지 않았다. 고무를 달라고 하여 지우고 다시 그려봐도 제대로 그려지지 않았다. 나를 주시하는 눈들 앞에서 너무나 당황스러웠다. 왜 안 될까? 결국 채 다 그리지 못한 상태에서 "자~알 그렸네!" 하는 이모부의 구원의 말에 얼른 자리를 털고 일어났다. 그리고 현숙이와 함께 대문 밖으로 나가 옆집 희순와 놀았던 것 같다.

지금 생각하면 그때까지 나는 시험지에 동물이나 과일, 사람 얼굴을 평면적으로 그려왔는데, 갑자기 멀리 떨어져 있는 수도를 그리려니 어려울 수밖에 없었으리라는 생각이 든다. 원근과 입체 개념도 없던 내가 멀리 떨어져 있는 입체 사물을 잘 그리려 했으니 얼마나 어려웠을까 상상이 된다.

그때 당황했던 내 모습과 이미 고인이 된 현숙이와 이모부 모습도 그리고, 누상동 이모 댁의 마루에서 보이던 마당의 수도와 펌프도 그려보았다. 이 그림을 그리고 3개월 후에 돌아가신 이모님의 명복을 빌어본다.

필운동 작은이모네

이모님 댁은 이종사촌 남동생 천우(1955년생)가 국민학교에 입학하기 전해인 1961년 즈음에 누상동에서 필운동 배화여고 앞으로 이사하였을 것으로 생각된다. 천우는 누상동 아이들이 다니던 청운국민학교가 아닌 매동국민학교에 다녔기 때문에 그렇게 추정할 수 있다.

그때 내가 국민학교 3학년쯤이었던 것 같은데, 내가 대학교 다닐 때도 그곳에 사셨으니 10년 이상을 그곳에 사셨다. 그 집은 누상동 집과 달리 마당이 없는 2층짜리 적산가옥이었으며, 한옥에 있는 대문 대신 여닫이문 출입구가 있었다. 출입구를 열면 정면에 2층으로 올라가는 계단이 눈에 띄고, 계단 밑으로는 화장실 출입구가, 오른편으로는 안방이 있었다. 그 집을 기억나는 대로 그려보았다. 1층 계단의 왼편으로 작은방이 하나 있었던 것 같은데, 그림에서는 생략했다.

그림처럼 검은색 계단을 오르면 2층 방에 이르는데, 그 방에는 다다미가 깔려 있었다. 온돌방에 익숙한 나는 한겨울에 그 방에 올라가 앉아있자니 무척 추웠다. 하여튼 그 계단을 오르락내리락하는 것은 새로운 경험이었다. 더욱이 여서일곱 계단을 오르면 그 계단이 오른편으로 굽어지면서 다다미방으로 연결되는 것이 재미있었다.

미닫이문을 열고 밖으로 나가 골목길을 10여 걸음 나가서 왼편으로 올라가면 50여 발자국이 채 안 되어 배화여고 정문 앞으로 연결되었다. 현재 배화여중 뒤편의 담장을 넘어서면 누상동으로 연결되는데, 누상동에 살던 어린 시절에는 배화여중 일대가 논밭이었고 누상동 쪽으로 어떤 경계나 담벼락이 없어서 수시로 그 공터에 가서 놀았다. 언젠가 그곳의 거름 밭에 빠져 옷이 완전히 오물투성이가 된 적도 있었다.

그때 배화여고에 대하여 알았던 것은 육영수 여사가 졸업한 학교라는 정도였다. 그 안에는 필운대라고 불리는 바위가 있고, 그곳이 조선 중기의 명신 이항복이 장인인 권율 장군으로부터 물려받아서 살던 집터라는 것을 최근에 알게 되었다. 필운은 이항복의 호에서 연유되었는데 이는 중종 32년 명나라 사신 오희맹이 인왕산을 필운산이라고 부른 데서 비롯되었다고 한다. 이항복의 후손은 이후 구한말까지 대대로 필운대 인근에 살았다. 일제의 침탈이 본격화되던 구한말에 전 재산을 처분하고 전 가족이 중국 동북 지방으로 이사하여 독립운동에 헌신한 우당 이희영의 6형제가 바로 이항복의 직손이라고 한다.

배화여고 정문에서 왼쪽 길로 접어들면 바로 매동국민학교 정문이 나온다. 매동국민학교는 1895년 소학교령에 따라 개교한 우리나라 최초의 공립 보통학교이다. 이종사촌 동생들은 모두 매동국민학교를 졸업했는데, 현숙이는 청운국민학교를 졸업하였다.

당시 청운국민학교와 매동국민학교 학생들 간에는 무슨 라이벌 의식이라도 있었던지, 서로에 대하여 비하하는 노래를 부르곤 하였었다. 예를 들면 청운국민학교 학생들은 "매동 매동 거지 떼들아! 깡통을 옆에 차고 청운학교로!"라는 가사로 불렀으며, 매동국민학교 학생들은 또 그 가사를 반대로 하여 불렀다. 특별히 서로 미워할 일이 없었는데 왜 서로 거지라며 비하했었는지 이해할 수가 없다.

당시 매동국민학교는 정문을 들어서 대여섯 계단을 올라야 평평한 운동장에 올라서게 되는 구조였다. 그 계단이 시작되는 왼쪽 구석에 작은 구내 이발소가 있었다. 나는 누상동에서부터 그곳까지 걸어와서 이발했는데, 항상 뒷머리와 옆머리는 짧고 단정하게 하고 앞머리 이마를 덮어 눈썹까지 올 정도로 다소 길게 하는 상고머리였다.

매동국민학교에서 100여 미터를 더 가면 1920년에 개관되었다고 하는 한국 최초의 공립 도서관 '종로도서관' 앞에 도착하는데, 고등학교 방학 때에 줄을 서서 기다려 선착순으로 입장하던 일이 생각난다. 특히 추운 겨울날에는 문을 열기 전에 도착하여 손을 호호 불며 입장을 기다렸다. 종로도서관에서 100여 미터를 내려가면 사직단(사직공원)의 정문에 도착하게 된다. 이곳이 일제에 의해 공원이 되기 전에는 나라의 토지를 관장하는 신인 사社와 곡물을 관장하는 신인 직稷을 모시고 제사를 지내는 곳이었다. 어릴 때는 그런 것도 모른 채 그냥 사직공원이라고 불렀다.

사직공원을 들어서면 정면에 커다란 미끄럼틀이 있었고, 미끄럼틀을 지나 오른쪽에는 어린이 야외수영장이 있어서 더운 여름철에 문을 열곤 하였다. 그리고 한여름 밤에는 미끄럼틀 곁에 하얀 천으로 무대막을 세우거나 미끄럼틀 위에 대형 TV를 설치했다. 그러면 많은 사람이 모여 영화나 TV 방송을 시청하기도 하였다. 이곳 외에도 한여름 밤에 중앙청(현재의 광화문 안)의 앞마당에서는 대형 무대막을 치고 영화를 상영하기도 했다. 더위에 지친 서울 시민들이 그곳에 구름처럼 모여 땅바닥에 앉아서 흑백 영화를 관람할 수 있었다.

1968년 1월 21일 김신조 등 북한의 공비들이 청와대 습격을 기도하였던 1. 21사태 이후 인왕산 중턱을 가르는 길을 만들어 인왕산 통행을 통제하면서 많은 변화가 일어났다. 그 이전에도 지금처럼 사직공원에서 황학정 활터를 거쳐 인왕산 정상을 올랐다가 수성동 계곡을 지나 누상동으로 내려오거나 수성동 계곡에서 시작하여 인왕산 정상을 거쳐 사직공원 방향으로 내려오다가 황학정이 내려다보이는 바윗길에 앉아 바람결에 땀을 식히면서 활 쏘는 이들을 구경하곤 했다.

지금도 황학정 정면을 향했을 때 오른쪽에는 그 바위 언덕길의 모습이 남아있지만, 김신조 사태 후 새로 만들어진 길이 사용된 후로는 사람들이 지나다니지 않는다.

이종사촌인 대우 형은 이모가 낳은 첫아들로 나보다 두 살이 많은 1950년생 호랑이띠였다. 어렸을 때부터 이모 부부와 외할머니로부터 큰 사랑과 기대를 받았다. 길에서 우연히 만나는 어른들이 이구동성으로 그 녀석 참 잘도 생겼다고 칭찬할 만큼 잘생긴 용모였다. 그러나 공부에 대한 관심보다는 서양의 팝송이나 연예계에 대한 관심이 많았고, 어떤 일에 구속되기보다는 항상 자유롭게 살고 싶어 했다.

6.25 전쟁으로 폐허 속에 살아남은 우리 부모 세대들은 손에 남아 있는 것이 아무것도 없었다. 그저 이 치열한 싸움을 이겨내고 생존하는 문제에 전념해야 했다. 6.25 전쟁의 소용돌이 속에서 가까운 부모 형제와 사별하며 하루하루 절망을 견뎌내야 했고, 휴전된 후에는 폐허가 된 땅에서 일용할 양식도 없는 굶주림의 세월을 보내야 했다. 이런 불안한 시대에 자신과 가족의 안정을 보장받기 위해서는 오로지 자식들을 공부시켜 출세시키고 권력이 있는 사람으로 만들어야겠다는 공통된 꿈과 희망을 품게 되었을 것이다. 그래서 당시에는 가난한 집안에서 태어나 밥을 굶어가며 공부하여 고시에 합격하고 판검사가 되는 것이 전형적인 성공스토리였다. 당시 성공을 거둔 영화 「마부」에서도, 늙은 마부(김승호)의 아들(신영균)이 공부를 열심히 하여 고등고시에 합격한다는 내용이 나온다. 당시 부모들은 누구나 자기 아들이 공부를 잘해서 어려운 집안을 일으켜 세우는 역할을 해주길 바랐고, 우리 이모도 마찬가지였으리라 생각한다.

그러나 대우 형은 그런 부모님들의 기대 속에 갇혀 지낼 만큼 평범하지 않았고, 자신의 끼를 이해하지 못하는 이모부와 이모를 따르지 않았다. 이모는 낙담하며 대우 형의 끼를 억누르려 하였지만, 그럴수록 대우 형은 더 빗나가는 것 같았다. 이모는 대우 형이 나쁜 친구들을 사귀어서 엇나간다고 걱정을 많이 하셨다.

어느 날인가 이모 댁에 놀러 갔다가 2층 다다미방에서 새 동화책들을 발견하고 그중에 『돌아온 래시』라는 동화책을 꺼내 정말로 재미있게 읽었다. 이모님이 보시고 "대우는 책 한번 펼치지 않는데, 너를 절반이라도 닮았으면 좋겠다."라고 하셨다. 공부가 체질에 맞았던 나와 체질이 다른 대우 형을 비교하는 말씀을 하시니, 그 말을 대우 형이 들었다면 마음이 많이 상했을 것 같다.

하여튼 대우 형 방은 언제나 레코드판이 가득하였고 항상 서양 팝송이 흘러나왔다. 대우 형은 언젠가 내게 "세상에는 공부 말고도 할 일이 많단다."라고 말하였다. 아마도 이어서 "나는 자유롭게 살고 싶다."라고 말하고 싶었으리라. 어느 날인가는 역학에 대하여 이야기를 하면서 나와 누이동생의 인생을 글로 풀어주었다. 나중에 알고 보니 그때 대우 형은 역학 공부를 열심히 하고 있었다.

20대 후반의 나이가 되었을 때, 대우 형은 혈혈단신 미국 이민 길을 떠났다. 한국 사회의 갑갑함을 뒤로하고 자유와 꿈의 나라 미국에서 살기를 택했다. 그곳에서 결혼하고 아들을 낳은 지 얼마 안 되었을 때 내가 미국 뉴욕 출장 중에 전화를 걸어서 만났는데, 채소 가게와 햄버거 가게를 하면서 자유를 만끽하며 사는 모습이 보기에 좋았다. 그 후에도 두세 번 출장길에 만났다.

한 20여 년 전 대우 형은 환갑이 채 되기도 전에 돌아가셨다. 앞서 말했듯 친구 부부들과 저녁 모임을 하다가 피곤하다며 차에서 잠깐 쉬겠다고 나갔는데 돌아오지를 않아 가서 차 문을 열어보니 운전석에 누운 채 숨져 있었다고 한다.

미국 장례식에 갈 상황이 안 되어 가보지는 못하였다. 그런데 지난달 어린 시절 옥인동 친구를 오랜만에 만났는데, 뜻밖에 대우 형 이야기를 듣게 되었다. 대우 형은 젊은 시절에 워낙 끼가 많아서 당대의 끼 많은 젊은이들과 교류를 했고, 그중에는 대우 형이 이름을 지어준 유명한 음악인도 있다는 것이었다. 그러면서 그분을 한번 함께 만나보자고 하였다. 만일 대우 형이 풍요로운 요즈음 세상에 태어났었더라면 한국에서 그의 꿈을 실현하고 유명한 예능인의 삶을 살았으리라고 생각된다.

필운동 이모 댁은 내가 고등학교를 졸업하고, 처음으로 술에 만취되어 찾아갔던 곳이기도 하다. 대학교 입학시험 합격자 발표가 나고 고등학교를 졸업식을 마친 1971년 2월 어느 날 오후에 고교 동창인 김 모수에게 전화가 왔다. "어떻게 지내느냐?"라는 안부와 함께 "요사이 술도 마셔보았느냐?"라고 물었다. 고등학교를 졸업하였으니 술도 마셔보고 싶었지만, 사실은 그런 자리에 참석할 기회가 없었다. 그러나 "이미 여러 번 술자리에 참석했었다."라고 허세를 부리며 대답하였다. 결국 저녁때 서대문 독립문 근처에서 만나 함께 술을 마시자고 약속을 했다.

저녁 무렵 독립문에서 만나 당시 그 근처에 많던 작은 막걸리 집으로 들어갔다. 주인아주머니가 "얼마나 드릴까요?"라고 물어보는데 우리는 둘 다 대답을 못 하고 서로를 쳐다보았다. 막걸리 주문을 병으로 하는지 리터로 하는지를 몰랐으니, 이미 여러 번 막걸리를 사서 마셨다고 이야기했던 나와 그 모두 허풍을 떨었던 것이다.

하여튼 간신히 눈치를 채고, 한 되는 너무 적을 것 같아서 "두 되 주세요."라고 주문을 하였다. 그리고 둘이서 주거니 받거니 하며 양푼에 따라서 막걸리를 꿀꺽꿀꺽 마셨다. 서로 경쟁심에 냉수를 마시듯 제법 많이 마셨는데도 취기가 오르지 않았다.

한 시간이 훨씬 넘었을 즈음에 화장실을 가기 위해 자리에서 일어나면서 걸음걸이가 다소 비틀리는 것을 느꼈다. 우리는 더욱 호기를 부리며 몇 되인가를 더 시켜서 마셨다. 그리고 계산을 하고 어깨동무를 하고 길거리의 건물들 위로 보이는 남산에 올라가기로 하였다. 밖의 밤공기는 제법 차가웠는데 서로를 의지하며 남산을 향하여 백여 걸음을 걸었다. 사직공원으로 구부러지는 길 곁에 있던 대신중학교 근처 어느 계단에서 잠시 쉬어가기로 하고 털썩 주저앉았는데 그 친구는 어느새 큰 대자로 눕더니 눈을 감아버렸다. 나는 황급히 그를 흔들어 깨웠지만 벌써 잠이 깊이 든 것 같았다. 그리고 나도 그 계단에서 잠이 들었다.

얼마나 시간이 지났는지 모르겠으나, 간신히 눈을 뜨고 그를 흔들어 깨웠다. 그를 부축하여 사직공원을 지나면서 이모 댁에 가서 이 친구네 집에 전화를 걸어 데리러 오게 해야겠다는 생각이 들었다. 하여튼 무사히 이모 댁에 도착하여 친구 집에 전화를 걸어서 그를 데려가게 한 후 나도 옥인동 집으로 돌아왔다.

다음 날, 졸업선물인 만년필이 없어진 것을 알고 친구에게 전화했더니 그도 역시 졸업선물로 받은 시계를 잃어버렸다는 것이었다. 고등학교를 졸업하고 처음으로 친구와 막걸리 집을 찾아가 과음을 하고 추운 겨울 길바닥에서 잠들었다가 귀중한 졸업선물들을 잃어버린 것이다. 쓸쓸한 추억이 깃든 기억 속에 살아 있는 그 필운동 이모집을 그려보았다.

저녁 무렵 기타를 둘러메고 집으로 돌아오는 대우 형의 모습도 그려보았다.

누하동 목욕탕의 추억

서촌은 고층 건물이 많지 않아 지대 높은 곳에서 쉽게 남산을 볼 수 있었다. 맑은 날에는 남산 옆으로 한강이 햇빛에 반사되어 반짝거리는 것이 보였다. 한 번도 가본 적은 없었지만, 한강이 얼마나 크고 물이 많은지 배를 타고 건너야 한다는 것을 어른들에게서 들어서 잘 알고 있었다.

한강이라는 풍요한 젖줄이 있었음에도 당시 서울은 물이 그렇게 풍족하지 않았다. 수도 시설은커녕 우물 펌프가 있는 집도 흔치 않아서 대부분의 동네 중앙에 공동수도가 설치되어 있었다. 공동수도에 물이 나오는 시간도 하루에 한두 시간으로 제한되어 있어서 사람들은 이른 아침부터 공동수도 앞에 양동이를 줄지어 놓곤 하였다. 순서를 어기고 물을 먼저 받으려 하다가 싸움이 일어나기도 하였다. 집집마다 있는 양동이와 물지게는 공동수도에서 물을 받아 집으로 운반하기 위해 없어서는 안 될 필수 도구였다. 양쪽 무게의 균형을 맞춰 물지게를

지려면 상당히 요령이 필요했는데, 서투른 사람은 집으로 운반하는 중에 귀한 물의 절반 이상을 땅에 흘려버리는 일도 있었다. 그렇다 보니 공동수도 부근에는 물 한 지게에 얼마씩 돈을 받고 물을 날라주는 물장수가 있었다.

가정마다 목욕탕이 있는 것은 상상도 할 수 없던 시절이었다. 한여름 무더위 속에 집에 도착하면 어머니께서 양동이에 물을 받아 바가지로 목물을 해주셨다. 우물 펌프가 있는 집에서는 펌프질로 물을 직접 등에 쏟아부어 주셨다. 에어컨은커녕 선풍기도 없어서 겨우 부채 바람에 의존해 무더위와 싸워야 했다. 깊은 밤, 극성스러운 모기를 피해 마루에 모기장을 치고 누워 잠을 청하면 어느새 어머니께서 열대야의 뜨거운 땀을 부채질로 식혀주었다. 다행스럽게도 서촌에는 인왕산이 있었다. 누상동과 옥인동에 인접한 수성동 계곡만 가더라도 꽤 깊고 많은 물이 흘렀다. 물장난하고 헤엄을 치며 물고기도 잡았다. 더 깊이 산으로 들어가면 물이 흐르는 작은 동굴들도 있었다. 아마도 이런 동굴들이 그 유명한 인왕산 호랑이들의 거처가 되지 않았을까 생각한다.

그때는 마당을 서로 공유하는 다가구 주택이 많아서 옷을 훌훌 벗고 마당에서 미역을 감기도 쉽지 않았으니, 많은 이들이 인왕산 계곡과 약수터를 찾아 더위를 식혔다. 특히 해가 질 무렵이면 동네 친구들이나 식구들과 함께 물이 흐르는 인왕산 동굴을 찾았다. 양초를 들고 와 동굴 한구석에 불을 붙여놓고 미역을 감았다. 그리고 개울물에 담가두었던 수박이나 과일을 함께 들며 더위를 식혔다. 동네 아이들끼리 손전등을 들고 산에 오르기도 했는데, 동굴에서 목욕하는 처녀들을 놀래주거나 참새를 잡으려는 생각이었다. 어렸을 때 동네 친구들과 손전등을 들고 몇 번 시도해보았는데, 손전등 불빛에 터지는 고성의 비명에 놀라 숨을 헐떡이며 도망치던 일만 생각난다.

겨울이 되면 난방이 잘 안 되는 가옥 구조로 인해 창문에는 성에가 가득 끼고 지붕에는 고드름이 주렁주렁 열렸다. 개울물도 얼어붙고 동굴도 고드름과 살얼음으로 가득 차 더 이상 산에서 미역을 감을 수 없었다. 목욕은 고사하고 머리 감는 것도 쉽지 않았다. 학교 가기 전에 세수하는 것도 어머니가 물을 덥혀서 양푼에 담아서 주시면 부엌에서 고양이 세수를 하였다.

다행히 아버지께서 목욕을 너무 좋아하셔서 일요일마다 빠지지 않

고 누하동 목욕탕을 갔다. 덕분에 우리 형제들은 일주일에 한 번 정도는 머리를 감을 수 있었다. 어머니께서는 아버지가 목욕을 즐기는 것은 젊이 시절 일본인들과 같이 일하면서 생긴 습관이라고 하셨다.

일요일 목욕탕은 언제나 만원이었다. 바가지로 몸에 물을 끼얹은 후 뜨거운 탕 안으로 들어가서 때를 불려야 했다. 너무 뜨거워서 먼저 발을 들여놓은 후 아주 천천히 몸을 집어넣고 목만 내놓은 채 오랫동안 앉아 있어야 했다. 그런데 탕 안에는 목만 내놓고 중이 염불을 외듯이 "하나, 두울, 세엣⋯." 하며 끊임없이 소리를 내는 분들이 꼭 몇 분씩 있었다. 그 소리는 거의 높낮이 변화가 없어서 듣다 보면 나도 모르게 잠이 들 것처럼 지루했다. 왜 그런 소리를 내는지 묻고 싶었지만 물어보지는 못했다. 거의 잠들 정도가 되면 아버지가 나오라고 하여 억센 손으로 빨래처럼 때를 빼주셨다. 우리도 아버지 등에 비누를 바르고 수건으로 때를 밀어드렸다.

요즘 목욕탕은 비누와 수건을 제공해 주어서 목욕탕에 갖고 갈 필요가 없지만, 예전에는 꼭 챙겨 들고 가야만 했다. 내가 아버지와 함께 다니던 누하동의 목욕탕은 여탕과 남탕이 벽으로 나뉘어 있는데, 그 벽이 2미터가 채 안 되었고 그 벽 위로 천장까지 삼사십 센티미터 정도는 터져 있었다. 그래서 "영자 아버지! 수건하고 비누 받아요! 던져요!" "받았어요?"라는 소리가 수시로 들려왔다. 경제적으로 어려웠던 당시에 수건과 비누를 식구들 수대로 들고 다닐 수 없었던 것이다.

어려운 시절이었지만 아버지를 따라 형과 같이 누하동 목욕탕에 다니던 일이 그리워진다. 60여 년이 지난 지금 수건과 비누를 무상으로 제공하는 한국의 목욕탕을 생각하며 격세지감을 느낀다.

중학생이 되고 나서는 아버지와 함께 목욕탕을 가지 않았지만, 목욕할 때는 나도 항상 그 누하동 목욕탕을 찾아갔다. 아버지께서는 연세가 드셔서도 여전히 목욕을 좋아하셨다. 세월이 흘러 집 안에 수세식 화장실과 욕조가 설치되고 온수가 나오게 되었을 때에도 여전히 대중 목욕탕을 즐겨 찾으셨다.

우리 집 아이들이 내가 아버지를 따라 목욕탕에 다니던 나이였을 때, 나는 독일 주재원으로 파견되어 4년 정도 독일에 살게 되었다. 독일은 한국보다 훨씬 살기에 쾌적한 곳이었지만, 가끔 누하동 목욕탕을 생각하며 아들들과 함께 때를 서로 밀어줄 수 있는 목욕탕이 없는 것이 아쉽기는 했다.

주재원 생활을 마치고 1997년 12월 13일에 귀국한 후, 12월 15일부터 2주간 주재원 귀임 연수 교육에 참가했다. 그리고 12월 31일 오후에 형제들이 본가에 모여 아버지께서 퇴근하여 들어오시길 기다렸는데, 늦도록 들어오시지 않으셨다. 모두 궁금해하고 있는데 전화가 울려서 내가 받았다. 낯선 목소리가 아버지 성함을 대면서 혹시 전화 받는 사람이 어떤 관계이냐고 물어왔다. 둘째 아들인데 누구시냐고 물었더니 경찰이라고 하면서, 아버지께서 돌아가셔서 일단 병원에 모셔놓았다고 하는 것이다. 참으로 믿을 수 없는 전화였으나 사실이었다.

아버지는 81세였지만 워낙 건강하고 여전히 사업을 하고 계셨다. 그날은 강추위가 몰아닥친 무척 추운 날이었는데, 직원들에게 "올해 마지막 날이라 회사 옆 목욕탕에서 목욕하고 집으로 돌아갈 테니 일찍들 귀가하세요."라고 말씀하시고 목욕탕에 가셨다고 한다. 샤워를 마치고 바로 뜨거운 탕 안으로 들어가셨는데 그대로 고개를 물속으로 떨구고 계셔서 옆에 있던 분이 탕 밖으로 들어냈으나 돌아가셨다 한다. 목욕탕이 있는 건물에 병원이 있어서 의사가 바로 내려와 진찰했으나 이미 사망하신 뒤였다. 장례 며칠 후, 그 의사를 찾아가 사망진단서를 받아보니 오후 4시 10분경 심장부정맥이 발생하여 5분 후 사망하신 것으로 기록되어 있었다. 경찰관이 달려와 일단 근처 병원 장례식장에 모셔놓고 유품을 정리한 뒤, 양복에 있던 작은 수첩에서 가족들의 주소와 전화번호를 발견하고 연락을 해온 것이다.

그 건강과 활력으로 능히 백수하실 것으로 믿었다. 본인 스스로 "나는 골골 앓다가 죽느니, 어느 날 갑자기 죽을 거다."라고 하시던 평상시 말씀대로 돌아가셨다. 너무나 좋아하시던 목욕을 하시다가 따뜻한 목욕통 안에서 돌아가셨다고 위로해본다. 목욕을 너무 좋아하셨던 것이 화근이었을까? 당시에는 너무나 놀랐지만, 병 한번 앓지 않고 짧은 순간에 하늘나라로 가신 것도 아무나 누릴 수 없는 큰 복이 아닌가 하는 생각이 든다.

천지가 놀이터, 만물이 장난감

지금과 비교하면 50~60년 전은 놀잇거리가 많지 않아서 어린아이들이 할 일 없이 지루한 하루를 보냈을 것 같지만, 사실은 그렇지 않았다. 현재와는 다른 놀이 방법과 놀잇거리가 많아서 그 시절 어린이들의 하루도 지금처럼 바쁘고 흥미진진하였다.

친구들을 만나는 방법부터가 달랐다. 요사이는 친구들과 만나고 싶으면 바로 휴대전화를 실어 약속하여 만나지만, 휴대전화가 없던 당시에는 시간을 내서 친구 집까지 찾아가 "○○야, 놀자!"를 목청 높여 외쳐야 했다. 대부분 친구가 문을 열고 나와 함께 놀아주었지만, 어떤 때는 친구가 없거나 그 집이 비어 있어서 아무 응답도 못 받고 집으로 돌아와야 했다. 무슨 일인지 궁금했지만 그다음 날 다시 찾아가 "○○야, 놀자!"를 외치는 수밖에는 다른 방법이 없었다.

즉시 휴대전화로 확인할 수 있는 지금이 더 편리해진 것은 사실이다. 그러나 그때도 나름대로 의미가 있는 좋은 시대였다고 생각한다.

바로 확인할 수 없어서 불편하긴 해도 여유를 갖고 친구의 사정을 상상하면서 내일을 기다릴 수 있는 인내심과 남에 대한 배려심을 키울 수 있었기 때문이다.

요사이 어린이들은 혼자서 휴대전화나 컴퓨터 게임을 하면서 노는 데 익숙하지만, 그 당시에는 대부분 골목길로 나와 함께 모여 놀곤 하였다. 놀이 상대는 대부분 친구이거나 자연 속에 살아있는 생명체였다. 지금 어린이들은 휴대전화나 컴퓨터 속의 캐릭터 같은 가상의 생명체와 노는 데 더 열중하고 있는 듯하다.

고기능의 반도체와 센서로 만든 현대의 장난감이 사용자의 지시나 동작에 따라 마치 살아있는 것처럼 반응하는 것을 보면 깜짝 놀랄 정도다. 그에 비해 당시의 인형이나 자동차 등 옛날 장난감들은 그저 무생물에 불과하였다. 그래서 당시 어린이들은 장난감보다는 친구들과의 놀이나 동물들과의 교감을 지금보다 더 즐겼던 것 같다.

이러한 시절에 가까운 곳에 인왕산이 있다는 것은 서촌 아이들에게 커다란 축복이었다. 언제든지 주변의 산과 개울로 달려가 동식물을 관찰하며 놀 수 있었다. 산에 오르지 않더라도, 누상동 끝자락에 있는 수성동 계곡에만 가도 커다란 가재를 쉽게 잡을 수 있었다. 잡는 법이 서툴어도 개울물에서 첨벙대며 가재들과 씨름을 하다 보면 저절로 잡는

방법을 터득하게 되었다. 밤이 되면 손전등을 들고 동굴 탐색을 했다. 나뭇가지에 앉아 졸고 있는 참새들에게 손전등을 비추면 참새들이 깜짝 놀라서 꼼짝 못 하고 포획되곤 했다.

겨울이 되면 눈 내린 산길을 미끄러지며 토끼 발자국을 찾아다녔다. 혹시 호랑이가 남겨놓았을지 모르는 흔적들을 찾느라 점심을 거르기도 하였다. 어떤 날은 동네 아이들이 두 패로 나뉘어 전쟁 놀이를 했다. 화강암으로 이루어진 인왕산에서 적당한 거리에 있는 두 개 바위를 각 패거리의 진지로 지정하고, 일정 시간동안 솔방울 탄약을 비축한다. 그리고 합의된 시작 시각에 맞춰서 소위 진지 탈환전을 벌이는 것이다. 탈환전은 실전처럼 치열하다. 전방을 향하여 솔방울을 던지고, 집에서 들고 온 냄비 뚜껑을 방패 삼아 상대의 솔방울 세례를 피한다. 그러다 갑자기 바위 뒤에서 "와!"하는 소리와 함께 솔방울이 날아오면 "야, 포위당했다. 도망가자!"라며 바위를 뛰어내려 다른 바위로 기어 올라갔다. 그렇게 놀던 것이 며칠 전의 일인 것처럼 기억에 생생하다.

그때에는 6.25 전쟁이 끝난 지 얼마 되지 않았기 때문이었는지, 동네 어린이들 간의 패싸움도 많았다. 집에서 긴 나무 장대, 대나무 등등 무기가 될 만한 것은 모두 들고 나와 치열한 전투(?)를 치렀는데, 결국 동네 구멍가게나 개인 집의 유리창을 깨고 나서야 어른들의 중재로 싸움을 그치곤 하였다. 손으로 직접 만든 활과 화살을 들고 나오기도 했는데, 나중에 어린이들 사이에 누군가 우산대를 갖고 진짜 총과 화력이 유사한 총을 만들었다는 소문도 들려왔다.

겨울이 지나고 따뜻한 봄볕이 비추기 시작하면 참새들이 떼를 지어 전깃줄이나 마당에 내려앉는다. 아이들 간에는 이들을 잡는 방법도 전해져 내려왔다. 우산대만 한 길이의 나무에 긴 줄을 매 마당에 세우고 그 위에 대나무 바구니 한 귀퉁이를 걸쳐 거꾸로 세운다. 그 아래 쌀을 몇 알 놓은 후 긴 줄을 잡고 마루에 앉아 기다리면 어느새 참새들이 쌀알 근처로 다가서고, 쌀알을 쪼아 먹는 순간 줄을 당기면 영락없이 그 안에 갇힌 참새를 잡을 수 있다는 것이다. 나도 여러 번 시도해보았으나 성공하지는 못했다.

살아있는 새를 잡으려는 어린아이들의 놀이를 두고, 그때까지 남아 있던 인간의 수렵 습성이라고 거창한 의미를 부여할 수는 없을 것이다. 어쨌거나 현재에 비해 그 시대에는 스스로 무언갈 잡아보려는 욕심으로 행동하던 경우가 많았다. 아마도 가난하고 배고픈 생활에서 기인한 것이었으리라고 생각한다.

집 마당과 천장에서는 흔하게 쥐를 볼 수가 있었고, 부엌에 놓인 밥이나 반찬을 이들에게 털리는 일도 흔했다. 손으로 잡기에는 그들이 너무 재빠르다 보니 등장한 것이 쥐약과 쥐덫이었다.

우리는 부모님이 맛있는 음식 덩이에 쥐약을 섞어서 쥐덫에 매달

고, 그것을 쥐들이 잘 다니는 길목에 갖다 놓는 것도 보았다. 쥐덫에 놓인 음식을 먹으려고 덫에 들어간 쥐가 철커덕 소리와 함께 쥐덫의 문이 닫히면 탈출하려고 애를 쓰는 모습을 가까이 다가가서 관찰하기도 하였다. 음식과 쥐약을 함께 먹고 쓰러진 쥐는 쓰레기장에 버렸지만, 음식만을 먹은 듯 움직이는 쥐는 고양이 앞에서 쥐덫을 열어 고양이가 그 쥐를 처리하게 하였다.

부모님들께서 이런 일들에 대해 별도로 설명을 해주시지는 않았지만, 우리는 묵묵히 지켜보면서 우리의 인생에도 이러한 덫이 있으며, 덫에 걸리면 우리도 영락없이 죽임을 당할 수 있다는 것을 깨우쳤다.

스스로 조심하는 법을 배우며 생명체는 유한하다는 인생 공부 시간이 되기도 했다.

이렇게 살아있는 생명체와 놀 뿐 아니라, 주변의 생활 소품을 활용해 장난감도 직접 만들어 놀았다. 그 대표적인 것이 실패(실을 감아놓는 도구) 탱크이다. 나무로 만든 실패의 양쪽 바퀴 부분을 타이어 면처럼 올록볼록하게 칼로 다듬은 뒤 고무줄과 초와 성냥개비를 준비한다. 고무줄을 접은 후 접힌 가운데 부분에 초와 성냥개비를 끼우고 실패의 가운데 구멍으로 밀어 넣는다. 그리고 반대 구멍에서 그 고무줄을 받아내어서 다른 성냥개비를 끼어서 고무줄을 묶으면 탱크가 완성된다. 초위에 있는 성냥개비를 손으로 여러 번 돌린 후에 탱크를 내려놓으면, 고무줄이 풀리는 힘으로 탱크가 앞으로 굴러 간다.

정월 대보름날 밤에는 쥐불놀이를 하고 놀았다. 통조림 깡통에 구멍을 뚫고 어깨높이만큼 빨랫줄을 묶은 뒤 깡통에 불쏘시개와 지푸라기 등을 넣고 불을 붙인다. 그런 후, 여러 명이 함께 불이 타고 있는 깡통을 돌리면 정말 장관을 이루었다.

부채 바람으로 열기를 식힐 수 없던 여름밤이면, 아이들은 집 안에 머물지 않고 골목길로 뛰어나와 '무궁화꽃이 피었습니다'나 '다방구'로 더위를 잊었다. 한겨울 찬바람에 손이 트는 것도 개의치 않고 '딱지치기', '구슬치기'와 '자치기', '팽이치기'로 친구들끼리 경쟁을 벌였다. 며칠 전 오랜만에 만난 서촌의 어린 시절 친구가 "어릴 때 네 형한테 구슬치기에서 구슬을 많이 잃었다."라며 회상하는 말을 들었다. 그 말에 당시 동네 구슬치기 명인(?)으로 온 동네의 구슬을 다 쓸어모아 신주머니에 가득 채워 집으로 들어오던 형의 손이 겨울철 내내 찬 공기에 터져 있던 것이 생각났다.

지금처럼 전자 게임은 없었지만, 이런 놀이들이 게임 못지않게 성장에 큰 자극이 되었다. 살아있는 주변과의 교감과 경험으로 우주를 이해하게 된 귀중한 순간들이었다. 이러한 순간순간의 체험들이 모여서 「오징어 게임」 같은 불세출의 영화를 한국에서 한국인의 손으로 제작할 수 있게 된 것이 아닐까?

만화방의 추억과 「라이파이」의 회고

국민학교에서 한글을 익히면서부터 길거리의 간판 글자를 눈에 띄는 대로 읽으려고 애썼다. 길거리 간판에는 복덕방, 내과, 소아과, 빵 등등 생활과 밀접한 단어들이 있었지만, 책은 다양한 단어가 어우러진 문장이 있어 간판보다 읽기가 어려웠다. 그런데 만화는 글자뿐 아니라 그림도 함께 있어서 이해하기가 훨씬 편했다.

만화를 처음 본 것이 언제였던지 무슨 만화였던지를 돌이켜 생각해 보아도 정확히 기억할 수가 없다. 아마도 한글을 먼저 익혔던 형이 어디선가 만화를 얻어 들고 집에 와서 같이 보게 되었을 것이다. 혹은 휴지로 쓰라고 변소에 놓아둔 만화책을 우연히 보았을 수도 있다.

당시에 화장실을 변소라고 불렀는데, 양변기가 도입되기 전이라 그냥 땅을 깊이 파고 그 위에 널판지를 몇 개 걸쳐 놓은 정도로 허술하였다. 변소 한 귀퉁이에는 부드러운 화장지 대신 작게 찢은 신문지나 헌 책 쪼가리가 못에 걸려있었다. 그러므로 변소에서 만화를 처음으로 접했을 가능성이 매우 크다. 아니면 아버지께서 구독하시던 동아일보의 4단 만화 「고바우」를 국민학교 입학 훨씬 전부터 보고 있었을 수도 있다. 하여튼 만화와의 첫 만남은 1959년 국민학교 입학 때쯤이었을 것이다.

형에게 전화를 걸어 물어보았다. "우리가 어렸을 때 만화책들을 어떻게 볼 수 있었나?" "누상동 이모네(박노수 미술관 근처) 가는 골목 만화 가게에 자주 갔던 일 기억 안 나냐? 만화 가게에 동네 형이나 친구를 따라가서 곁에 앉아 함께 보았지. 아니면 오래된 만화들을 친구에게서 빌려서 집에서 보았고." "그래! 기억나. 「라이파이」 신권이 나오기 며칠 전부터 가슴이 뛰었지." "그리고 명절날에 우리 가족의 유일한 친척 아저씨 댁(용산집)에 가면 큰 정원에서 보물찾기를 시켰고, 거기서 '만화'라고 쓰인 쪽지를 찾아내면 아저씨께서 만화를 사주셨지."

만화방 앞에 내걸린 알록달록한 만화 광고를 보며 설레었던 만큼이나, 국민학교 입학식 날에는 처음 받아본 교과서로 가슴이 뛰었다. 1학년 1학기 국어, 산수, 사회, 자연. 잉크가 채 마르지 않은 듯 새 책의 냄새가 코를 자극했는데, 그 특이한 휘발성 냄새로 교실이 가득 찬 것 같았다. 이후에도 학기나 학년이 바뀌기 전 여름방학과 겨울방학이 시작되는 날이면 항상 새 책을 받았고 그 냄새를 맡으며 새롭게 배우게 될 책들을 가방에 담았다. 학교를 졸업하고 사회생활을 할 때도 주유소 같은 데에서 비슷한 냄새를 맡게 되면 왠지 내가 새로운 일에 도전하는 것 같은 기분을 느끼곤 하였다.

1학년 국어 교과서는 '어머니 어머니 우리 어머니, 아버지 아버지 우리 아버지, 아가 아가 우리 아가'로 시작되었다. 선생님께서 국어 시간마다 칠판에 붙인 한글 낱말 카드를 큰 소리로 먼저 읽으시면, 무려 100여 명이나 되던 우리 반 친구들은 낯선 한글을 눈에 익히며 큰 소리로 따라 읽었다.

교실 칠판 위의 벽 중앙에는 태극기와 이승만 대통령의 사진이 항상 걸려있었고, 그것은 의심할 나위 없는 우리의 존경의 대상이었다. 매일 저녁 6시부터 KBS에서는 "우리나라 대한나라 독립을 위해 여든 평생 한결같이 몸 바쳐 오신 고마우신 리 대통령 우리 대통령, 그 이름 길이길이 빛나오리다."라는 「이승만 대통령 찬가」가 어린이 합창단의 노래로 흘러나왔다. 등하교 시간에도 학교의 대형 스피커를 통해 인근 주민까지 잘 들을 수 있을 만큼 크게 방송되었다. 지금이라면 독재를 위한 세뇌라며 항의하는 사람도 있겠지만, 당시에는 누구도 그렇게 생각하지 않았다. 모두 굶주려 있었고 나라의 존망이 여삼추 같다고 생각하던 만큼, 온 국민이 누군가를 중심으로 하나로 뭉치지 않으면 죽는다는 데에 이견이 없었기 때문이었다.

그저 보잘것없는 변방의 신생 독립국에 불과했던 대한민국은 일인당 국민 소득이 80불도 안 되는 가난하고 낙후된 나라였다. 국민의 주관심사는 오로지 '가난에서 탈출하고 생존하기' 그리고 '전쟁 피해 복구하기'였으니, 아이들 역시 큰 꿈보다는 그런 범주 안에 생각이 머물러 있었다. 만화들도 대부분 가난한 환경에서 항상 패배하거나 이별하는 비극적인 이야기로 슬픈 감정을 안겨주는 내용들이었다.

그런데 어느 날 형과 함께 보게 된 만화 「정의의 사자 라이파이」의 내용은 달랐다. 어려운 현실을 넘어서 상상하지 못했던 이야기들로 가득 차 있었다. '라이파이'라고 하는 한국의 젊은 주인공이 우주 악당들의 세계 정복 음모를 분쇄해 나가는 이야기이다. 믿기 어려워도 이 얼마나 신나는 이야기인가? 더욱이 그의 머리에 두른 두건 정면에 쓰인 'ㄹ'자는 그가 한국인임을 상징했다. 'ㄹ'자가 새겨진 두건을 쓰고 빛보다 빠른 제비기를 타고 오대양 육대주를 누비는 라이파이, 그는 세계를 지켜내는 자유와 평화의 수호신이며 한국판 슈퍼맨이었다. 세계와 우주의 흉악한 갱단들을 비롯해 세계제국 황제의 야욕을 키워오던 피너 3세, 잉카제국의 후예로 영생의 나라 그린스타를 꿈꾸는 녹의 여왕 그리고 전 세계를 정복하려는 십자성의 앗타 대왕 등 자유와 평화를 위협하는 악당들을 무찌르는 영웅이었다. 라이파이는 가난과 궁핍에 찌든 당시의 현실을 사는 우리에게 세계와 우주를 배경으로 박진감 넘치는 액션을 보여주었다.

우주과학자 김철호 박사가 갱단에 의해 자가용 안에서 살해당한 어느 부모의 시신 속에서 어린 라이파이를 발견하고 친자식처럼 길러 조수로 기온다. 그러나 라이파이와 김박사의 딸 제비 양이 자리를 비운 사이 포악한 갱단이 김 박사를 살해하고 연구소를 불태워버린다. 이에 분노한 라이파이가 세계 인류의 평화와 안전을 위해 싸우기로 결심하고 태백산 비밀요새를 근거지 삼아 정의를 지키는 영웅으로 활동하게 된다.

「라이파이」는 항상 박진감 넘치는 전개로 어린이들과 청소년들의 마음을 휘어잡았다. 신간이 나오는 날이면 만화 가게 앞에 줄을 서서 기다리는 것이 당연한 일이다.

"미국은 원자탄, 소련은 수소탄! 한국은 구공탄!"이라고 스스로를 비하하며 비웃던 우리나라의 청소년들에게 라이파이는 새로운 희망과 용기를 선사하였다. 라이파이는 듣지도 보지도 못한 놀라운 최첨단 무기로 무장한다. 급히 이동해야 할 위기의 순간에는 손 무전기로 무선 연락을 보내어 초강력 방탄의 초음속 제비기를 불러내고, 제비기가 내려주는 케이블(밧줄)을 타고 제비기에 오르내린다.

집에 유선전화기도 없고 국내선 비행기도 많지 않던 그 시절, 타잔이라는 캐릭터가 알려지기도 전이었던 그때, 만일 라이파이가 없었

다면 어떻게 감히 이런 것들을 상상하며 꿈이라도 꿔 볼 수 있었을까? 「라이파이」는 가난과 슬픔의 사슬에 묶여있던 세계 최빈국 어린이인 우리들의 관심과 안목을 현실의 한계를 뛰어넘어 세계와 우주로 넓혀주고 꿈과 기백을 심어주었다. 그리고 상상의 나래를 펼쳐 21세기라는 시대를 뛰어넘어 22세기의 초과학적 기술에 대한 호기심과 희망으로 비상시킬 수 있게 하여주었다.

너무 재미있어서 몇 번씩 읽어보고 라이파이, 제비 양, 제비기를 눈 감고도 그릴 수 있을 정도로 흉내내어 그리고 또 그렸다. 당시 국민학교 담임선생님들께서 우리나라의 자랑은 '가을의 푸른 하늘'이라고 이야기하실 정도로 별 자랑거리가 없던 이 나라에 「라이파이」가 있다는 것이 자랑스러웠다. 제비기를 조종하는 제비 양은 미모가 출중한 젊은 누나의 모습이었는데, 2100년대가 배경인 만큼 옷차림도 이국적이었다. 태백산에 있다는 비밀도 요새도 특히 나의 시선을 끌었다. 사람의 얼굴 모양을 한 바윗덩어리로 이루어져 있었는데, 제비기가 출동하거나 돌아올 때 입 부분에서 활주로가 갈게 나와서 이착륙을 도왔다. 그러던 어느 날 인왕산을 쳐다보다가 인왕산 좌측에 돌출된 암석이 바로 라이파이의 요새같다는 생각을 해보았다.

보면 볼수록 틀림없는 라이파이 요새의 모습이었다. 어느 때부터인지 나는 확신을 갖고 그 바위를 라이파이 요새라고 불렀다. 하지만 그

라이파이의 요새라고 믿었던 인왕산 부처바위

것을 확인하러 그 바위에 올라가보려 하지는 않았다. 그 바위는 우리 동네 누상동 쪽보다는 인왕산 너머 독립문 쪽에서 올라가야 했기 때문일 것이다. 또한 숨겨져 있어야 하는 은밀한 라이파이 요새의 비밀을 깨는 것보다는 지켜주어야 한다고 생각했던 것도 같다.

그로부터 60여 년이 지난 2020년 봄에 불현듯 그 바위가 정말「라이파이 요새」인지 확인을 해봐야겠다고 생각했다.「라이파이」가 사라진 지 60년이 다 되어서 요새는 이미 텅 비어 있을 것이니 별문제 없을 것 같았다. 어쩌면 먼지에 덮인 제비기가 발견될지 모르는 일이었다. 이른 아침 식사를 마치고 지하철을 타고 독립문역에서 내려서 인왕산을 오르기 시작했다

길가에 산수유가 가득히 피어 천지를 노랗게 물들였다. 한참을 올라와 요새 쪽을 올려다보니 누상동에서 보던 그 모습은 어디로 가고 산

수유나무 사이로 그냥 커다란 바윗덩이 하나만 보였다. 나는 더 이상 오르는 것을 그만두었다. 어린 시절 굳게 믿었던 라이파이 요새에 대한 믿음을 깨고 싶지 않았다. 앞으로도 계속 내 머리속에 그곳이 라이파이 요새로 남아있길 바랐다. 그 안에 먼지가 뽀얗게 쌓여 있을 제비기를 상상하며 언젠가 내가 그 먼지를 말끔히 닦아내고 기다란 활주로를 통과하고 날아서 잉카제국의 녹의 여왕을 만나러 갈 수도 있으리라는 가능성을 무참히 포기하고 싶지 않았다. 그동안 내가 '라이파이 요새'라고 믿고 기대했던 모든 것을 순식간에 잊어버리고 싶지 않았다고 말하는 것이 더 솔직한 표현이 될 것 같다.

당시 약관 20세였던 젊은 만화가 산호(1939년생)는 「라이파이」를 시리즈 연속극처럼 일정 기간을 두고 계속 저작, 출간하였다. 자료를 찾아보니, 내가 국민학교 1학년 때인 1959년부터 제1부 『정의의 사자 라이파이』가 1권부터 7권까지 출간된 이래, 3학년 때인 1962년까지 제2부 『피너 3세와 라이파이』, 제3부 『녹의 여왕과 라이파이』, 제4부 『십자성의 신비와 라이파이』 등 총 4부작 32권이 출시되었다고 한다. 이것들은 나를 포함한 수많은 청소년의 환호와 갈채를 받았다.

만일 1960년대 초반에 김산호의 「라이파이」가 없었다면, 내 또래 한국인의 현재는 아마 많이 달랐을 수도 있다고 생각한다. 우리에게 꿈과 희망을 심어주고 우리의 어린 시절을 풍요롭게 해줬던 만 20세의 어린 만화가의 예지력과 천재성에 다시 한번 깊이 머리 숙여 경의를 표하고 싶다.

그리고 외치고 싶다. "라이파이여! 영원하라! 김산호 선생 만세!"

* 한국 만화의 전성기인 그 시절을 풍미한 만화로는 산호의 『라이파이』뿐 아니라 박기준의 『두통이』, 김종래의 『엄마 찾아 삼만리』, 김경언의 『칠성이와 깨막이』, 추동성의 『짱구박사』, 신동우의 『날쎈돌이』, 박기당의 『어사 박문수』 등이 있다. 여학생들은 민애니, 엄희자, 박수산 등 순정만화 작가들의 『엇갈린 모정』, 『유리의 성』을 보며 눈물을 흘렸다는데 나는 그 만화에 관심이 없었던지 기억하지 못한다. 장르도 과학, 역사, 명랑 등으로 다양했고, 만화의 한 장면만 봐도 작가를 구별할 수 있을 정도로 그림체가 독특했다.

자하문 밖 자두 서리

옥인동이나 누상동의 하루는 해가 뜨기도 전부터 항상 인왕산에서 들려오는 "야~호~!" 하는 등산객들의 고함으로 시작되었다. 그리고 동시에 어디선가 "하나, 둘, 하나, 둘~!" 하며 구보하는 군인들의 함성도 들려왔다. 선잠에서 깨어 이부자리에 누운 채 그 소리를 듣다 보면 "얘들아! 일어나라! 밥 먹고 학교 가야지!" 하는 어머니의 목소리가 들려왔다. 어느새 햇살이 창틀을 통해 방으로 들어와 비추는 것을 느끼며 눈을 뜨고 일어나곤 하였다.

가방을 들고 대문을 열고 나가면 문 앞부터 출근하는 이들과 학교 가는 학생들로 길거리가 가득 차 있었다. 국민학교 친구들은 대부분 청운동, 효자동, 누상동, 누하동, 옥인동, 신교동, 통인동, 통의동, 체부동 등 인근에 살고 있었는데, 이수만이나 백규서처럼 자하문 밖에 사는 친구들도 몇 있었다. 서촌에서 자란 내가 자하문 밖이라는 동네가 있다는 것을 알게 된 것은 학교 수업이 끝난 후 이 친구들 집에 놀러 가면서부터였다.

원래 자하문은 한양도성 사소문 중 하나인 창의문彰義門의 별칭인데, 자하문 너머 북쪽 동네인 부암동, 구기동, 평창동, 신영동 등을 통칭하여 자하문 밖 동네라 하여 '자문 밖'이라고 불렀다. 자문 밖은 서촌에서 가깝지만 시골처럼 한적했다. 청운동에서 자하문(창의문) 밖으로 넘어서면 옹기종기 민가들이 모여있고, 언덕배기 위에는 능금 밭과 자두밭이 계곡에 있는 세검정까지 이어져 있었다. 숲도 우거지고 계곡물도 풍성하여 풍광이 아름다워서였던지, 국민학교 저학년 때에는 백사실白沙室 계곡으로 학교 소풍을 여러 번 갔던 기억이 있다. 한여름에는 산림을 보호한다는 목적으로 학년별로 백사실에 가서 송충이 잡기를 한 적도 있다. 백사실에는 수려한 경치 속에 제법 큰 한옥 한 채와 연못이 있었는데 작년에 가보니 그 터만 남아있었다.

세검정이라는 정자는 인조반정을 주도했던 이귀와 김류 등이 모여서 칼을 씻으며 결의를 다졌다고 하여 '칼을 씻은 정자'라는 뜻의 '세검정洗劍亭'이라고 부르게 되었다고 한다. 그들은 1623년 3월 12일 창의문彰義門의 빗장을 부수고 도성으로 들어가 곧바로 창덕궁昌德宮을 장악하여 인조반정을 성공시키고 광해군을 폐위시켰다. 또한 1968년 1월 21일에는 박정희 대통령을 암살할 목적으로 북한에서 남파하여 서울에 잠입한 31명의 무장 공비가 이 창의문을 지나 청와대로 향하다가 불심검문을 받고 총격전을 벌이기도 했다. 세검정 인근은 계곡물과 암석이 풍부하여 한지를 만들기 좋은 환경이었는데, 조선시대에는 양질의 한지를 제조하는 조지서造紙署라는 관청이 있었다고 한다. 1960년대까지만 해도 이곳 계곡의 암석 위에서 한지를 말리고 제조하는 모습을 흔히 볼 수 있었다.

서촌에서 자문 밖을 가려면, 인왕산을 넘어서 창의문 방향으로 걸어 내려오거나 청운국민학교에서 10여 분 걸어서 기다란 계단을 올라 창의문에 도착하는 방법이 있었다. 또는 통인시장에서 세검정 방향으로 가는 60번이나 135번 버스를 타고 갈 수도 있었다. 그때 버스비가 10원이었던 것으로 기억하는데, 친구 집에 놀러 갈 때는 대부분 걸어다녔다.

원효여객에서 운영하던 60번 버스는 마장동에서 왕십리, 종로, 국민대학, 통인시장을 거쳐 세검정까지 운행되었고, 135번은 마포에서 서울역, 광화문, 국민대학 통인시장을 거쳐 세검정까지 운행되었다. 학교가 도보로 10분 내외의 거리라 통학 시 버스를 탈 일은 없었지만, 가끔 타보면 당시 버스 차장 아가씨들의 괴력은 지금 생각해도 감탄할 정도였다. 승객을 가득 태우고 문을 닫지도 않은 채 출발하곤 했는데, 그런 버스 문에 매달려 손님들을 배로 밀어 넣던 10대에서 20대 초반의 아가씨들의 모습은 한국인의 끈질긴 생활력 자체였다. 당시에도 동방예의지국답게 노약자에게 자리를 양보하는 것은 기본이었지만, 공중도덕 수준은 그리 높지 않았다. 버스 안에서 담배를 피우는 것이 보통이었고, 심지어는 비 오는 날 창문이 닫혀있는데 스스럼없이 담배 피우는 경우도 많았다. 지금은 밀폐된 공간에서 남이 피우는 담배 연기를 마시면서 덜커덕거리는 버스를 타고 가는 것을 상상할 수도 없을 것이다.

당시 대부분의 사람들은 웬만한 거리는 걸어 다녔다. 웬만한 거리라 함은 누상동에서 광화문이나 시청 또는 서울역 정도까지 거리인데,

이제는 대부분 버스나 택시로 이동하는 거리가 된 것 같다. 당시 매일 같이 서촌의 길거리에서 볼 수 있던 학생들의 등하교 장면은 이제는 더 이상 볼 수 없게 되었다. 등하교 시간에는 서촌의 길들이 경기상고, 경복고, 진명여고, 배화여고 학생들로 가득 찼다. 당시 모두 교복을 입을 때라서 하나같이 같은 색 교복에 가방을 들고 학교를 향하거나 집으로 돌아가던 장면이 눈에 선하다. 언제인가, 하교 시간대에 중앙청에서 옥인동 우리 집을 향해 걸어간 적이 있었는데, 광화문에서 국민대학을 거쳐 청와대로 올라가는 길이 온통 검정 교복에 하얀 카라를 한 진명여고 학생들의 하교 행렬로 가득 차 있었다. 눈길을 어디로 돌려야 할지 모르고 그 행렬을 거슬러 집으로 갔던 일이 아득히 생각난다. 물론 나도 교복을 입고 있었는데, 여학생들의 모든 시선이 내게 집중되는 듯하여 몸 둘 바를 모르게 하는 순간이었다. 참으로 멀고도 길게 느껴졌던 시간이다.

1962년 어느 여름날, 동네 친구들 여섯 명이 자문 밖으로 놀러 갔는데, 자두밭 근처에서 갖고 있던 동전을 모두 털어 자두를 몇 봉지인가 사서 맛있게 먹었다. 너무 맛이 있어서 더 먹고 싶었지만 이미 동전을 모두 써버리고 남은 돈이 없는 형편이었다. 우리는 세 명씩 두 편으로 나누어서 한 편은 망을 보고 또 다른 편은 자두밭에 들어가 서리를 하기로 하였다. 항상 그랬듯이 우리는 덴찌를 하여 편을 나누었다. 덴찌는 아주 간단했다. 여럿이 다 함께 둘러서서 "덴~찌!"라고 외치며 손

등 혹은 손바닥을 내밀었다. 몇 차례 되풀이하다가 손등을 내민 사람과 손바닥을 내민 사람 수가 같아지면 편 가름이 이루어졌다.

나는 서리를 하는 조에 편성되었다. 달리기를 잘하는 편이었던 나는 같은 조에 편성된 달리기가 느린 한 친구를 마음속으로 걱정을 하였다. 혹시 붙들리게 되면 함께 날쌔게 도망치는 것이 어려울 것 같아서였다. 자두밭에 조금 깊이 들어가 보니 나무마다 자두가 주렁주렁 열려 있어서 우리가 따봐야 티도 안 날 것 같았다. 우리는 열심히 자두를 따서 빈 봉투에 담기 시작했다. 순식간에 자두 봉투가 가득 찼고, "야, 이제 나가자!"라며 낮은 목소리로 외친 후 함께 길 쪽으로 뛰어나갔다. 그런데 얼마 되지 않아 그만 내 발로 설렁줄을 건드려 깡통들이 짤랑짤랑 소리를 내며 흔들리는 실수를 하게 되었다. 우리는 뒤도 돌아보지 않고 달려서 길로 나갔다. 기다리던 친구들과 함께 한숨을 몰아쉬며 길을 빠져나가려는데, 한 어른이 길을 막아섰다.

"너희들 그 자두 어디서 따오는 거냐?"

"샀는데요!"

"어디 이리 가져와 봐! 내가 보면 우리 자두인지 아닌지 알 수 있지."

우리는 갖고 있는 자두 봉투를 그 어른께 보여드렸다.

그분은 봉투에서 자두 하나를 꺼내 들어 차분히 살펴보더니, "야,

이놈들이 거짓말을 하네! 이것은 우리 자두가 틀림없는데 어디 거짓말을 하고 있냐!"라며 노발대발했다. 어머니께서 언젠가 내게 남의 집 과일을 서리하다가 주인에게 들키면 옷을 다 벗겨 나무에 묶어놓는다고 말씀하셨던 것이 떠올랐다. 우리는 순순히 "잘못했습니다."를 반복하며 용서를 빌었다.

"너희들 저 아랫마을 보이지? 저기 보이는 파란 기와집이 우리 집인데, 그 집 마루에 모두 갖다 놓고 가라! 알았지! 아저씨가 여기서 보고 있을 거니까 도망갈 생각하지 말고!"

우리 여섯 명은 "잘 알겠습니다!"를 복창하고, 언덕배기에서 굽이굽이 내려와 그 파란 기와집을 간신히 찾아서 마루에 금쪽같은 자두 세 봉지를 놓고 나왔다. 우리 주머니에는 동전 한 닢도 남아있지 않았다. 우리는 허기진 배를 움켜쥐고 터덜터덜 걸어서 귀가하였다. 그날 있었던 일은 어머니께도 말할 수 없었다. 한동안 우리 여섯 명끼리만의 비밀이었고 서로 만나도 이 일을 언급하지 않았는데, 아마도 서로 민망해서였던 것 같다.

그런데 지금 아무리 기억하려 해도 그때 함께 갔던 친구들의 얼굴이나 이름이 전혀 생각나지 않는다. 아마도 기억에 남기지 않고 빨리 잊고 싶은 일이었던가 보다.

통인시장 가는 길

누상동과 옥인동에 살 때 어머니가 통인시장에 가는 길을 자주 따라다녔다. 냉장고가 없었던 때인지라 신선한 채소류나 사과 등 과일을 사기 위해 한 달에 몇 번은 통인시장에 갔다. 금천교 시장도 멀지 않았지만, 단골 쌀가게에서 쌀을 사러 가실 때 외에는 대부분 통인시장을 이용하셨다.

통인시장은 1941년 효자동 인근 일본인들을 위한 공설시장으로 설립되었다고 한다. 시장 입구에 들어서면 좌우로 좌판이 줄지어 서 있었는데, 지금과 달리 천장이 없고 가게마다 별개의 건물 또는 별도의 천막이 있는 수준이다. 비가 오면 장 보던 이들이 가게로 비를 피해야 했다. 시장의 바닥도 배수시설이 없는 그냥 흙바닥이어서 비 오는 날 시장을 한 바퀴 돌면 신발 안에 빗물이 가득 차고 진흙투성이가 되었다.

어머니를 따라 시장 가는 것을 좋아했던 이유는 시장에 볼거리가 많기 때문이었다. 콩나물 등의 채소와 콩과 두부를 파는 가게부터 각종 과일 가게, 고기를 파는 정육점, 생선 가게들뿐 아니라 그 자리에서 바로 부쳐주는 부침개 같은 먹을거리들도 질펀하게 널려있었다. 살아있는 닭들의 푸드득거리는 날갯짓뿐 아니라 호객하는 상인의 구성진 목소리가 어우러져 소란스러우면서도 잠시도 시선을 한곳에 머무를 수 없을 정도로 활기찼다. 비좁은 시장길을 서로 어깨를 부닥치며 오고 갔는데, 그곳에서 우연히 모친을 따라 나온 학교 친구들과 마주치기도 했다. 어머니들의 장바구니는 지금처럼 다양하지 않았고, 대부분 짚이나 대나무를 엮어 만든 망태기였다.

요사이에는 망태기라는 말이 익숙하지 않지만, 50여 년 전까지만 해도 주변에서 흔히 들을 수 있는 단어였다. 어린아이가 부모 말을 안 듣거나 떼를 쓰고 울면 어른들이 흔히들 "망태 할아버지가 와서 잡아간다."라고 하셨다. 망태기를 짊어지고 말썽부리는 아이를 찾아다니는, 키가 크고 사납고 무서운 할아버지다. 누구도 본 적이 없지만 누구나 다 아는 두려움의 대상이었다.

"망태 할아버지는 말 안 듣는 아이를 잡아다 망태기에 집어넣고 어딘지 먼 곳으로 데리고 가 혼을 내준대. 우는 아이는 입을 꿰매 버리고 떼쓰는 아이는 꽁꽁 묶어 호랑이에게 던져준대. 정말 무서워."라고 생각하며, 앞으로도 절대 만나는 일이 없기를 바랐다.

나이가 조금 더 들면서 넝마주이들이 등에 커다란 망태기를 매고

화재로 소실되기 전 언커크로 사용 중인 백수산장(뾰죽당)

집게로 넝마를 줍는 모습을 보면서 망태 할아버지도 아마 비슷한 방식으로 말썽부리는 아이들을 망태기에 구겨 넣을 것이라고 생각했다. 현실에서 자주 보던 어머니의 망태기나 넝마주들이의 모습에서 망태 할아버지의 모습을 쉽게 연상할 수 있었다.

신교동에 인접한 인왕산 턱의 옥인동에서 통인시장을 가다 보면 오른편에 '뾰죽당' 또는 '언커크UNCURK'라고 부르던 붉은색 벽돌의 아름다운 서양 건물이 있었는데, 국제연합 한국 통일부흥위원회(United Nations Commission for the Unification and Rehabilitation of

Korea)에서 사용하고 있었다. 더 내려가면 길 양편에 커다란 돌기둥이 세워져 있었는데, 그것을 돌문이라고 불렀다. 누구도 그 돌기둥이 왜 그곳에 있는지 이야기해 주는 사람이 없었다.

조선시대에는 인왕산 수성동 계곡에서 흘러내린 옥류동천 본류 일대를 인왕동仁王洞이라 했고, 내가 살던 옥인동 47번지 일대를 옥류동玉流洞이라고 불렀는데, 이 둘을 합하여 옥인동玉仁洞이라는 지명이 생겨났다고 한다. 조선 정조 때 평민 시인인 천수경(1756~1818년)은 옥류천 변 소나무와 큰 바위 아래에 집을 짓고 당호를 송석원松石園이라 지었다. 인근 중인 출신 시인들 모임이던 옥계시사玉溪詩社의 이름도 송석원시사松石園詩社로 바꾸어 문학 모임을 활발하게 했다고 한다. 시는 상류 계층의 양반들만 즐겼다고 생각했는데 그렇지가 않았던 모양이다.

옥계시사가 송석원시사로 불리게 된 이후, 송석원시사는 위항문학委巷文學(꼬불꼬불한 거리/골목의 중인 문학)을 대표하는 시사로 여겨졌으며, 당시 시인이 이곳에 참여하지 못하면 수치로 여길 만큼 유명하였다고 한다. 송석원 시사에서는 원래 작은 규모로 시회詩會를 열었는데, 점점 사람들이 많아지자 매년 봄가을에 중서부中書府의 연당蓮堂에서 백전白戰을 열어, 적게는 30~50명에서 많게는 수백 명의 중인들이 시를 지었다고 한다. 무기 대신 종잇장으로 싸운다는 뜻인 백전은 그 인기가 대단하여, 밤중에 순라군에게 잡혀도 백전에 간다고 말하면 풀려났다고 전해진다.

이렇듯 송석원 시사의 백전이 위항문학을 상징할 만큼 유명해지자, 점차 천수경의 집 주변을 모두 송석원으로 부르게 되었다. 송석원은 소나무와 바위로 상징되는 경관이 뛰어났다. 천수경 사후 송석원의 주인은 장동 김 씨와 여흥 민 씨를 거쳐 1910년경에 조선 순종의 계비, 순정효 황후의 큰아버지 윤덕영이 되었다. 그는 일본에 협조한 대가로 일본 자작 칭호와 함께 받은 은사금 46만 원을 들여 송석원 일대(옥인동 47번지)를 사들였고 옥인동 땅의 절반 이상을 소유했다고 한다. 그는 1913년부터 자신의 옥인동 대지에 프랑스 귀족 별장 설계도를 바탕으로 한 프랑스풍 건물인 양관洋館이 중심이 된 벽수산장이라는 대저택을 짓기 시작하여 1935년에 완공하였다. 뾰죽당이라고 불리우던 이 양관은 지상 3층, 지하 1층의 800평 규모였으며, 첨탑이 있는 아름다운 건물이었다.

양관은 한국 전쟁 전후에 국제연합 한국 통일부흥위원회UNCURK 청사로 쓰이다가 1966년 4월 5일 보수공사 도중에 화재로 전소되었고, 1973년 6월에 철거되었다. 화재 당시 온 동네가 시끄러웠고, 300여 미터 떨어진 곳에 살던 나도 불꽃의 매연을 느낄 정도였다. 동네 사람들이 응접실 천장에 있던 유리 수족관의 금붕어까지 모두 소실되었다고 이야기하던 것이 기억난다.

현재 옥인동 47-27번지(필운대로 7길 6-17)와 옥인동 47-33번지

(필운대로 63) 앞에 남아있는 돌문은 윤덕영의 저택 벽수산장 입구의 정문 기둥 흔적이다. 1910년 한일합병 조약 체결에 앞장섰던 대가로 평생 부귀를 누리며 산 윤덕영의 대저택은 이제 다 무너져버렸고, 주변에 흐르던 옥류천도 도로에 덮여 흔적도 찾을 길 없다. 그가 소유했던 옥인동의 넓은 땅도 모두 오래전에 사유지로 분리되었고, 1817년 4월 김정희가 암석에 새겨놓았다던 글씨 역시 흙에 묻혀 발견되지 않고 있다고 한다. 오래 지속되리라 생각되었던 권세가의 흔적이 일이백 년의 짧은 시간에 이슬처럼 사라져버린 것이다. 어린 시절 그 뾰죽당 근처에 20여 년 살면서도 윤덕영 이름을 한 번도 들어본 적이 없었으니, 나라를 팔면서까지 받은 대가로 그 건물을 세우기 위해 진력했던 그의 인생은 참으로 허무한 것이었다는 생각이 든다.

돌문 근처에 있는 군인아파트는 조선 후기 진경산수화의 대가인 겸

윤덕영 저택의 대문(돌문) 돌기둥의 흔적

재 정선이 52세부터 세상을 떠나는 84세까지 살았던 그의 집 인곡정사의 터로 알려져있다. 그가 인곡정사를 그린「인곡유거仁谷幽居」라는 작품에는 인왕산 기차바위의 모습이 인곡정사 터에서 보이는 모습 그대로 그려져있다고 한다.

돌문을 지나면 돌문 밖이 나오는데, 통인시장까지는 걸어서 3분 내외 거리이다. 돌문에서 왼쪽 자하문로 방향으로 뻗은 통인시장의 북쪽 거리를 3~4분 걸으면 왼편에 동네에서 제일 큰 병원인 순화병원이 있었다. 원래 1910년에 전염병 환자 격리병원으로 세워졌고, 1959년부터 서울중부시립병원으로 개명되었지만 주민들은 여전히 그 병원을 순화병원이라고 불렀다. 지금은 종로구 보건소가 들어서 있다.

인근에 옥인파출소가 있는데, 그곳을 지날 때면 항상 생각나는 친구가 있다. 같은 동네에 살던 국민학교 친구로, 날쌔기로 유명한 싸움꾼이었다. 중학생 시절 어느 날 그 친구에게 고관 댁의 아들이 싸움을 걸어와서 코피가 터지고 쓰러질 정도로 때려주었다고 한다. 곧 옥인파출소로 연행되어 앉아 있는데, 막노동을 하던 그의 늙은 아버지께서 파출소 입구에서부터 "잘못했으니 용서해 달라."라며 허리를 숙이고 들어오셨다. 그 친구는 그 모습을 보고 다음부터는 절대 싸움을 하지 않았다며 눈물을 글썽였다.

옥인파출소에서 몇 발자국 더 걸어가면 길의 오른쪽에 건물이 하나 있는데, 지금은 없어졌지만 '특무대'라고 불렸던 군 특수기관의 건물이었다. 정부 수립이 된 후, 특별조사과, 특별정보대SIS, 방첩대CIC, 특무부대SOU 등으로 명칭을 변경하면서 육군의 대간첩 업무와 관련 범죄 수사를 관장하던 기관이다. 1960년 육군 방첩부대로 이름이 바뀌고, 1968년에는 육군 보안 사령부가 되었다.

특무대 길 건너편에는 제법 큰 규모의 이완용의 집이 있었다. 그 집은 해방 후 미 군속들에게 불하됐다고 하는데, 1948년 이완용의 집 가운데 가장 중심에 위치한 옥인동 19번지의 바깥채는 이화여전 영문과를 나와 미군정 통역관을 하던 김수임이라는 비련의 여인이 살았던 것으로 잘 알려져 있다.

1911년 경기도 개성에서 태어난 김수임은 어려운 여건 속에서 이화여자전문학교 영문학과를 졸업했다. 이후 능통한 영어 실력과 뛰어난 미모를 바탕으로 미 군정기 때 헌병 대장 존 베어드 대령과 동거하면서 독일 유학파 엘리트 공산주의자인 이강국과 애인 사이로 지냈다. 이강국은 북한 정권에서 초대 외교부장으로 발탁됐던 인물인데, 김수임은 그의 지시에 따라 1949년 '미군 철수 계획'과 같은 중요 기밀을 북측에 넘기고, 남한에서 수배를 받던 그를 월북시킨 혐의 등으로 1950년 3월 체포되어 6월 15일 사형당했다. 실제 그녀는 간첩행위를 하지 않았는데, 수사기관에서 강압 수사로 억지 자백을 받았다는 주장도 있다.

누상동 쪽 입구에서 통인시장으로 들어가서 양쪽에 늘어선 상점들과 진열된 상품들을 구경하며 걷다 보면 어느새 반대편의 자하문로 통로로 나가게 된다. 통로를 나서면서 길 건너편 좌측으로 지물포가 있었는데, 이제는 곱절로 넓어진 큰길 '자하문로'만 눈에 들어올 뿐 옛 지물포는 보이지 않는다. 원래는 자하문로의 중앙에 작은 가게들과 개인 주택들이 일렬로 늘어서서 자하문로를 둘로 나누고 있었는데, 가운데 있던 점포와 주택들이 모두 철거되어 길이 두 배로 넓어진 것이다.

그 지물포는 창호지, 장판지, 시험지 등 각종 지물을 살 수 있는 큰 가게였다. 그곳에서 키가 크고 한복을 입고 양손을 옷소매에 넣은 채 언제나 무표정하게 서있는, 그리고 수염은 전혀 없는 노인을 마주치곤 하였다. 우리는 그분을 '내시 아저씨'라고 불렀다. 진짜 내시였는지 확인해 본 적은 없었다. 누가 먼저 그 호칭을 썼는지 모르나 그분 모습이 왠지 내시인 것 같다고 생각했다. 그때 쉰 중반은 되셨을 것으로 생각되는데, 그렇다면 벌써 100세가 넘는 나이가 되셨을 테니 이미 하늘나라에 가 계실 것 같다.

옛 통인시장을 그리면서 지물포 앞에 이분을 그려 넣는 것을 잊지 않았다. 이 그림을 본 국민학교 친구가 메시지를 보내왔다. "야! 기막히다! 지물포 내시 아저씨도 그대로 있네!" 나는 즉시 회신을 보냈다. "어! 너와 내가 통하는 게 있네! 그 내시 아저씨가 우리 가슴속에 60년도 넘게 살아계셨구나!"

아마 우리가 살아있는 한 계속 우리 가슴속에 살아계실 것이다. 우리 동네 옥인동, 거기에 살던 친구들과 어른들, 허물어진 건물들까지 옛 모습으로 계속 기억될 것이다.

　모두들 이 동네를 서촌이라고 부르지만 군대 입대 전까지 20여 년을 살았던 내게는 낯선 이름이다. 그냥 우리 동네라고 부르는 것이 편하다. 이곳의 골목마다 갖가지 사연이 깃들어 있고 쌓여 있다. 동네의 모습이 변해가고 옛 건물들이 무너지고 새로운 길과 건물이 들어서고 있지만, 그 옛 모습과 사연들은 이곳에 살던 우리들의 기억 속에 남아 있으리라!

전차 운전사가 되고 싶던 아이들

어머니는 우리 형제들을 보고 '찌끄러기'라고 하셨다. 그도 그럴 것이 20세에 결혼하셔서 서른이 넘어 우리를 낳으셨기 때문이다. 당시의 열악한 의료 수준과 만주에서의 해외 주거 환경으로 20대에 낳은 대여섯 명의 형들은 낳자마자 사망하거나 다섯 살을 넘어 살지 못하였다. 가끔 "첫 번째 애가 살았으면 벌써 고등학생일 텐데…"라고 하시며 아쉬워하셨다. 여럿을 출산하신 끝에 네 명을 건지셨으니 '찌끄러기'라고 말씀했던 것이다.

아버지와 어머니는 20대 초반에 결혼하셨고, 나는 10여 년이 늦은 서른셋에 결혼하였지만, 아버지보다 2년 빠른 서른넷에 첫아들을 갖게 되었다. 하지만 부모님보다 적은 두 명의 자식만 두고 있다. 자식을 많이 갖는 것을 야만시하듯 여기저기 내걸렸던 '둘만 낳아 잘 기르자'라는 정부 산아제한 표어의 영향도 있었겠지만, 한때 우리 부부는 아이 하나로 만족하자고 생각한 적도 있었다.

해외 근무를 마치고 귀국한 대학 동창을 오랜만에 만나 이야기하던 중 지금 아들이 하나이고 둘째 계획은 아직 없다고 했더니, 아들에게 남겨줄 유산이 많으냐고 물었다. 그렇지 않다고 했더니, 이 험한 세상에 아이 혼자 남겨두는 건 부모로서 무책임한 일이라고 했다. 적어도 한 명의 형제나 자매라도 함께 남겨줘야 한다면서 둘째를 갖기를 권유하였다. 꼭 그의 말 때문만은 아니었겠지만 나는 아들 하나를 더 두게 되었다. 어느새 결혼한 큰아들은 아들 하나, 딸 하나를 두고 있는데, 최근 아이를 낳지 않거나 하나만 갖는 젊은이들의 풍조를 생각하면 다행이라고 생각한다.

옛날 어머니들은 대부분 가사만 전담하였지만, 자녀 수가 많다 보니 자녀 모두를 하나하나 세세히 돌보는 데에 한계가 있을 수밖에 없었다. 그래서 어머니 손이 미치지 못할 때는 형제자매들이 서로 돌보기도 하였다. 요즈음 젊은 어머니들은 예전과 달리 대부분 맞벌이를 하고 있지만, 자녀 수가 적어지고 유치원이나 학원 등 외부 위탁기관의 다양화와 IT통신기기를 활용한 원거리 통신기술의 발달로 집 밖에서 일하면서도 더욱 세세하게 자녀를 관리하는 것 같다. 심지어는 군대에서 아들이 받는 훈련의 강도에 대한 비판뿐 아니라 자녀 직장의 부당한 인사고과에 항의까지 한다고 한다.

1960년대의 아이들은 형제가 많다 보니 집 안에서도 어렵지 않게 부모의 시선을 피하고 간섭에서 벗어나 스스로 혼자 무언가 할 수 있는 여유를 가질 수 있었다. 아이가 집 대문을 열고 외출하고 나면 부모는 더 이상 어떤 관여도 할 수 없었고, 모든 일을 아이 자신의 결정에 맡기고 그저 귀가할 때까지 기다릴 수밖에 없었다. 지금은 부모와 아이들이 언제 어디서든 휴대전화로 연결되어 있고 아이들은 부모의 품을 벗어날 수가 없다. 아이들은 부모의 끊을 수 없는 관심과 간섭에 숨이 막히는 상황일 것 같다.

문 밖에 나서면 부모의 관심과 간섭이 물리적으로 차단될 수밖에 없었지만, 부모의 말씀이 아이들 머릿속에 남아 비뚤어지지 않고 올바르게 처신하게 하였다. 부모님이 내게 많이 해주셨던 말씀은 "겸손해라", "정직하고 성실해라", "참을 인 자가 셋이면 살인을 면한다.", "뱁새가 황새 따라가면 가랑이가 찢어진다", "형제간에도 보증을 서지 마라" 등과 같이 인간의 기본자세에 대한 매우 포괄적이고 추상적인 내용들이었다.

인왕산 턱에 있던 옥인동 집 대문을 나서면, 오른쪽으로는 인왕산으로 연결이 되고 왼쪽은 시내 방향으로 이어졌다. 오른쪽 산 방향으로 100여 미터 더 오르면 하와이 교회를 마주치게 된다. 미국 하와이 한인교회 소속 교포들이 이승만 박사에게 서울에 하와이 한인 독립 기념교회를 세울 것을 건의하여, 육군 공병단과 각계의 후원으로 1958년에 '하와이 한인독립기념교회'라는 이름으로 설립되었던 역사적인 교회라고 한다. 이후 '하와이 교회'라고 불렸는데, 1964년 '서울교회'로 이름이 변경되었다.

이 교회의 넓은 마당은 한여름에 동네 아이들의 놀이터가 되었다. 언제부터인가 저녁 시간이 되고 주변이 어두워지면 누군가 교회 안에 들어와 뚜뚜 하며 무전을 치는 소리가 들린다는 소문이 떠돌았다. 이에 동네 아이들은 간첩을 잡자고 결의하고 저녁때마다 교회 건물 뒤에 숨어서 감시하며 그해 여름을 보냈다. 우리는 모두 반공교육으로 정신 무

돌문안의 옥인동 언덕길을 넘어 우뚝 서있는 하와이교회

장이 철저히 되어 있던 꼬마들이었으니 그럴 만도 하였다.

옥인동 산동네는 지대가 높아서 맑은 날에는 구태여 머리를 들지 않더라도 바로 눈높이에 남산 정상이 앞산처럼 선명하게 바라보였다. 그래서 국경일에는 온 동네 사람들이 문밖으로 나와 함께 언덕배기 집 앞에 모여 서서 밤하늘을 수놓는 불꽃놀이를 감상하였다. 평일에는 숙제를 마치고 동네 근처에서 친구들과 놀았지만, 학교가 쉬는 공휴일에는 인왕산이나 사직공원, 또는 자하문 밖까지 가기도 했다. 어떤 때는 효자동 전차 종점을 지나 청와대, 삼청동까지 가서 놀다 오기도 했다.

자동차 길에서 가장 우리의 시선을 끈 것은 전차였다. 전차 지붕은 전선과 접촉되어 있고 바퀴는 선로와 연결되어 있었다. 댕댕댕 하는 소리를 내면서 가기도 하고, 전선과 연결된 부분에서는 가끔 불꽃이 튀기도 하였다. 어두워진 서울 거리를 불꽃과 소리를 내며 달리는 전차는 어린이들에게는 매우 환상적이었다.

어른들은 그 시절 아이들에게 "커서 무엇이 되고 싶냐?"라는 질문을 많이 하였는데, 대부분 어린이들은 대통령이나 장군, 또는 기업 사장 중 어느 하나가 되고 싶다고 대답하였다. 전쟁이 끝난 지 얼마 안 된 폐허 속의 후진국에서 어린이들이 권력과 무력과 재력을 갈망하는 것은 너무나 당연했다는 생각이 든다. 그런데 한 친구가 "전차 운전사가 되고 싶다."라고 대답하여 순진한 내 마음을 흔들어 놓은 적이 있었다. 내가 왜 혼란스러웠는지 지금 생각해보면 아마도 어린 마음에 전차 운전사는 멋있어 보이지만 권력이나 무력이나 재력과는 무관한 것 같은데, 돈이나 힘보다 멋을 선택한 그 친구를 이해할 수 없었던 것 같다.

내가 고등학교 1학년이던 1968년에 전차 운행이 중단되었다. 그러니 그 친구는 전차 운전사가 되려는 희망을 이룰 기회를 가질 수가 없었다. 예술가가 되리라 생각했던 그 친구는 어느 해운회사에 취직하여 일하다가 그 회사의 미국 지사에 주재원으로 나가 일했는데, 한국으로 다시 돌아오지 않고 아직도 미국에서 살고 있다.

미국인 발명가 토머스 에디슨(1847~1931년)이 1882년에 세계 최초로 전기사업을 시작한 지 5년 후인 1887년에 대한제국 정부(조선)는 에디슨 전기회사로부터 경복궁 내에 백열등 750개를 켤 수 있는 규모의 발전기를 구매하여 전기를 가동하기 시작하였다. 그리고 12년 후인 1899년 4월 8일 서대문에서 홍릉(청량리) 구간의 전차 노선이 개통되었으며, 이후 1968년까지 거의 70여 년간 전차는 서울의 중요한 대중교통수단이 되었다. 선로의 증설로 인하여 도성의 성문과 성벽이 훼손되는 등 서울의 경관에도 많은 영향을 끼쳤는데, 한때는 200여 대의 전차가 72개의 역을 누비고 다녔다고 한다.

옥인동에서 15분 정도 청와대 방향으로 걷다 보면, 청와대 직전에

효자동 전차 종점이 있던 칠궁 앞

'칠궁'이라는 조선 왕실의 사당이 나온다. 어릴 때부터 근처를 지나다니면서도 그 내력을 모른 채 그냥 조선시대 옛 궁전의 부속 건물 정도로만 알고 있었는데, 이곳은 후궁으로 왕을 낳았기 때문에 종묘에 배향될 수 없는 후궁 일곱 분의 신주를 모신 사당이다. 영조가 모친인 숙빈 최씨를 모시기 위한 사당으로 지었고, 숙종의 후궁으로 경종을 낳은 희빈 장씨의 위패도 이곳으로 모셔졌다. 숙종과 인현왕후를 둘러싼 후궁들의 인연과 한이 이곳에서 이어지는 듯하다. 이런 한이 서린 곳이어서였던지, 박정희 정권 때 칠궁의 담과 정문을 이전시켰던 일이 그 뒤에 육영수 여사가 저격당하고 박정희 대통령이 서거하는 청와대의 비극을 불러왔다는 식으로 소문이 나기도 하였었다.

1968년까지만 해도 바로 이 칠궁 앞에는 효자동 종점 전차역이 있었다. 어렸을 때, 친구들이 "전차 구경하러 가자."라고 하면 함께 칠궁 앞의 효자동 전차 역으로 달려가곤 하였다. 동네에서 출발하기 전에 각자 집이나 공사장 부근에 떨어진 큰 못을 서너 개씩 미리 찾아서 바지 주머니에 넣는 것을 잊지 않았다. 자석을 만들고 싶어서였다. 전차가 오가는 것을 가까이에서 관찰하면서, 전차에서 "땡 땡 땡!" 하고 나는 신기한 소리를 듣고 전선과 연결된 부분에서 번쩍거리는 불빛을 가까이에서 보는 것이 재미있었다. 종점에 도착하여 주변을 살핀 후 보는 사람이 없을 때 그 못을 전차 선로에 듬성듬성 놓고 쏜살같이 숨어서 전차가 지나가기를 기다렸다. 전차가 지나가면 쏜살같이 뛰어나가 선로에 납작해진 못을 꺼내 들고 집 동네로 달음박질하여 달렸다.

가끔 어른들에게 들켜 "선로에 못을 놓으면 전차가 전복되어 사람이 다칠 수 있다."라며 꾸중을 듣기도 하였다. 납작해진 못을 들고 함께 모여서 자석이 됐는지 확인해보기도 하고, 어떤 친구는 납작해진 못을 갈아서 예리하게 만들고 그 위에 칫솔의 플라스틱을 녹여 붙여서 칼을 만들기도 했다. 이제는 전차가 없으니 이런 놀이를 하는 어린이도 없을 것이다.

부모님들은 우리가 어디에 가서 무엇을 하고 있는지 알 방법이 없었다. 그냥 잘 놀다 무사히 돌아오길 기다리셨다. 아이들이 어디 갔는지 세세히 관심을 갖고 간섭을 할 만큼 여유가 없었다. 저녁 먹기 전에 들어와 식사를 거르지만 않으면 아무 문제가 없이 하루가 갔다. 가난한 시절엔 아이들에게 밥을 굶기지 않는 것이 가장 중요한 일이었고 부모의 가장 중대한 책임이었으니 말이다. 부모들이 아이들을 돌보는 데에만 전념할 수 없던 당시의 어려운 생활 여건 덕에 아이들은 부모의 간섭에서 벗어나 지금의 아이들보다 훨씬 더 자유를 누리며 성장할 수 있지 않았나 생각해본다.

나를 키워 준 서촌

청와대 앞길에서

    국민학교 때, '단풍잎 채집' 숙제를 하러 삼청공원에 몇 번 간 적이 있다. 그곳에 단풍이 많다고 친구들로부터 이야기를 듣고 갔다. 서너 명이 함께 가서 뛰어놀다가 귀가할 무렵에 도처에 널려있는 단풍잎을 몇 장 주워 갖고와 책갈피 사이에 꽂아두었다.

    효자동에서 삼청공원을 가려면 칠궁 앞 전차 종점과 청와대 앞을 지나가야 했다. 청와대가 대통령이 사시는 곳이라고 알고는 있었지만, 그렇다고 특별히 별난 장소라고 생각하지는 않았다. 그냥 동네 다른 길과 마찬가지로 친구들과 장난을 치며 지나다녔다. 청와대와 그 주변은 우리나라에 매우 중요한 사건들이 발생했던 장소이긴 해도 인근에 사는 우리에게는 그저 즐거운 놀이터 중 하나였다.

    칠궁 앞 전차 정거장에서 전차를 구경하며 못으로 자석 만들기를 하다가 지루해지면 바로 곁인 이 청와대 길로 가서 놀곤 했다. 청와대와 경복궁 북쪽 담 사이의 길 좌우로 큰 은행나무들이 일렬로 늘어서

있어서 가을이면 온통 황금빛으로 빛났다. 가을바람이 불면 은행잎과 열매가 바람 따라 날리며 떨어졌다. 은행잎 사이에 매달려있는 열매를 따려고 친구들과 함께 은행나무 위로 기어올라가 작대기로 두드리면 은행 열매와 은행잎이 길에 우수수 떨어졌다. 가끔 청와대 근무 중인 경찰들에게 발각되어 나무에서 끌려 내려오기도 하였다. 우리는 그 고약한 냄새가 나는 열매를 주워 담아 동네로 돌아와서는 흙에 버무려 비빈 후 따뜻한 햇볕에 말렸다. 그리고 펜치로 열매껍질을 조금 째서 연탄불에 올려 구웠다. 째지 않으면 열에 부풀려진 은행이 펑펑 소리를 내며 터지며 사방으로 튀었다.

은행나무 길을 지나 더 가면 왼쪽에 청와대 입구가 나온다. 당시에는 봄철이 되면 일반 사람들이 경내의 벚꽃 구경을 할 수 있도록 청와대를 개방하였다. 청와대 문 앞은 전국에서 몰려든 상춘객으로 언제나 북적거렸다. 그런데 이상하게도 우리는 그때 한 번도 청와대 벚꽃을 구경한 적이 없다. 아마도 그 긴 인파의 줄에 들어가 기다릴 만큼 인내심이 없었던 것 같다.

북적거리는 문 앞을 지나 우리는 경복궁으로 발길을 옮기곤 하였다. 경복궁의 북쪽 담을 따라가다 보면 담이 조금 낮은 데가 있었다. 우리는 표를 사지 않고 이 담장을 뛰어넘어 향원정을 구경하곤 하였다. 국민학교를 졸업하고서는 이런 장난을 더는 하지 않았는데, 스스로 이젠 어린아이가 아니라는 생각에 자제했던 것 같다. 그런데 고등학교 입학 직전인 1968년 1월 21일 북한 무장 공비들의 청와대 기습 공격 사건이 발생하면서 청와대 앞길은 철저히 통제되기 시작했고, 50여 년이 지난 2017년 6월 26일에야 다시 개방되었다.

　　1968년 1월 21일은 일요일이었다. 왕십리에 사는 국민학교 친구가 우리 집에 놀러 와서 함께 시간을 보낸 후 저녁 식사를 하고, 밤이 늦어 그를 국민대학교 버스정류장까지 배웅을 하고 집으로 돌아왔다. 그런데 쿵쿵거리며 무언가 폭발음이 들리기 시작하였다. 내 방의 창문을 열어 보니, 북악산 아래 과학수사연구소 건물 앞의 세검정 가는 길에서 불이 번쩍거리면서 폭발음이 연속하여 터지는 것이었다. 자하문 밖에서 자두 서리를 하다 주인에게 혼이 나고 버스비가 없어 걸어서 내려오던 그 길인데, 무슨 일일까? 이미 어둠이 짙게 깔려 불빛 이외에 아무것도 보이지 않았다. 산동네에 있는 우리 집에서 과학수사연구소까지 직선거리로 약 800미터였다. 시야를 가리는 건물이 없어서 낮에는 과학수사연구소의 하얀 건물이 선명하게 보이고, 세검정으로 가는 차도를 지나다니는 차량의 식별이 가능한 거리였다. 불이 번쩍이면서 폭발음이 연속되는 것을 볼 때, 우발적인 화재나 폭발이 아니라 무력 충돌에 의한 총격전이 벌어진 것이라는 추정을 하게 되었다. 라디오나 TV를 틀어보아도 관련 보도를 전혀 들을 수 없었다. 잠시 후, 북악산을 향해 열어놓은 방창에 보이는 북악산이 대낮처럼 밝아지면서 나무와 바위들이 속속들이 보였다. 비행기에서 조명탄을 쐈던 것 같다. 라디오나 TV

를 다시 틀어보아도 관련 사건의 보도를 들을 수 없었다.

　다음 날 라디오 뉴스를 통해 알게 된 사실인데 북한 124군 특수부대 출신 31명의 공비가 30킬로그램이나 되는 군장을 하고 1월 17일 개성을 출발하여 임진강, 파평산, 삼봉산, 노고산, 북한산을 거쳐 세검정으로 왔다. 그들은 시속 12킬로미터의 초인적인 속도로 검문 한번 거치지 않고 1월 21일 22시경 청와대 경내와의 직선거리 200미터(도로로 정문까지 불과 1킬로미터 정도 거리)인 자하문 초소에 도착하였다. 경찰의 검문을 받고는 "CIC 특수훈련을 마치고 복귀 중이니, 방해하지 말라."라고 주장하며 경찰관들과 옥신각신하던 차에 마침 세검정 방향 길을 올라오는 버스 두 대를 국군의 지원 병력으로 착각하고 버스에 수류탄을 던졌다. 그리고 검문경찰관들을 난사하며 총격전을 벌이다 도주하였다고 하였다. 전날 내 방 창문을 통해 목격한 과학수사연구소의 폭발음과 불길은 수류탄 공격으로 버스가 폭파되면서 발생한 것이었다.

　1월 22일부터는 라디오를 통해 공비 토벌과 시민 피해 관련 속보를 계속 들을 수 있었다. 시민들은 금방이라도 공비들이 수류탄과 기간 단총으로 무장한 채 자기 집 문을 부수고 뛰어 들어올 수 있다는 걱정과 불안에 휩싸였다. 어린 나이였지만 그런 위기가 닥치면 어떻게 할 것인가를 걱정하며 내 방구석에 꽤 큰 파이프를 갖다 놓았던 것 같다. 다행히 그 파이프를 사용할 일은 발생하지 않았다.

불광동 쪽에선가 공비가 검문을 피해 지붕과 지붕을 건너 도주하다가 그만 지붕이 무너져 어느 집 안방에 추락했다는 라디오 속보도 있었는데, 아마 그 공비도 사살되었을 것이다. 1월 28일 날 공비 소탕 작전 종료 결과 보고에 따르면 침투 공비 총 31명 중 생포된 1명, 월북한 1명, 자폭한 1명을 제외하고 나머지 28명은 전원 사살되었다. 경복고등학교 뒷문으로 뛰어 달아났던 김신조는 다음 날인 1월 22일 새벽에 은평구 홍제동 세검정 계곡 바위 틈새에서 생포되어 유일한 생존자가 되었다. 그날 TV에서 생방송으로 김신조의 기자회견이 방영되었다. 김신조는 포승줄에 묶인 채로 "무슨 목적으로 남한에 왔느냐?"라는 질문에 "박정희 목을 따러 왔수다."라고 대답해 온 국민을 전율하게 하였다. 이

생포되어 기자회견하는 김신조

사건으로 민간인을 포함해 30명이 사망하고 52명이 부상을 입었다.

김신조는 그 후 대한민국에 귀순하여 1970년 4월 10일 풀려났으며, 서울 침례회 신학교에서 신학 학위를 취득한 후 목사가 되어 서울에서 살고 있다.

고등학교 1학년이었던 1968년 그해는 연초부터 국내외로 많은 사고가 발생한 잊을 수 없는 한 해였다. 1월 체코슬로바키아의 수도에서 일어난 '프라하의 봄'이라고 불리는 민주화 운동은, 그해 8월 말 소련이 주도한 바르샤바 조약군의 프라하 침공으로 좌절되었다. 북한은 1월 21일 날 청와대를 습격한 데 이어서 1월 23일 미국의 푸에블로호를 공해상에서 강제로 납치하여 한반도의 전쟁 위기감을 더욱 고조시켰다. 음력 설인 1월 30일 베트남에서는 북베트남군과 베트콩들이 한미 베트남 연합군을 향해 대대적인 기습 공세를 펼쳤다. 우리나라에서는 음력 설에 일어났다고 해서 '구정 공세'라고도 불렸다. 1964년 9월 이동외과 병원 130명과 태권도 교관 30명으로 베트남 파병을 시작하여, 1966년까지 비둘기부대, 청룡부대, 맹호부대, 백마부대 등을 추가 파병했다. 1968년에는 거의 군단급 병력을 베트남에 주둔하게 되었고, 우리나라에 또 다른 위기감이 조성되었다.

이러한 위기 속에서도 2월 1일, 당초 계획대로 경부고속도로 서울~수원 간 첫 기공식이 있었고, 위기에 대응하기 위한 긴급 조치들이 취해졌다. 2월 7일에는 모든 장교의 전역과 사병의 제대 조치가 연기되었고, 일주일 후 군 복무기간이 2년 6개월에서 3년으로 6개월씩 연장된다는 방침이 발표되었다. 3월 29일에는 220만 명의 향토예비군이 창설되었다. 1969년부터 고등학교에서는 주 2시간, 연 68시간, 대학에서는 주 2시간, 연 60시간의 교련 수업이 시작되었다. 4월 27일 오전에는 서울 광화문 네거리에서 충무공 이순신 장군 동상 제막식이 열렸다. 북한과의 전쟁 위기로 침체되어 있는 민심을 안심시키려는 듯, 30평 화강석 좌대 위에 17미터 높이의 주물로 만든 이순신 동상이 광화문 네거리에 우뚝 세워졌다.

그뿐 아니었다. 그해 10월 30일부터 11월 2일까지 세 차례에 걸쳐 무장 공비 120명이 울진, 삼척 지역에 침투하였는데 군복, 신사복, 노동복 등 각가지 옷차림에 기관단총과 수류탄으로 무장하고 주민들을 집합시켰다. 그들은 위조지폐를 나누어주고 북한의 발전상을 선전하면서 정치사상 교육을 실시했다. 또 인민유격대 가입을 강요하며 남한에서 반정부 민중봉기를 일으킬 거점 확보를 꾀하였다. 12월 28일까지 2개월간이나 게릴라전을 벌여온 무장 공비 113명이 사살되고 5명이 생포되었으며, 2명은 자수, 2명은 도주하였다. 이것은 한국 전쟁 휴전 이후 최대 규모의 도발로, 우리나라 군경 27명, 예비군 6명, 민간인 16명을 포함하여 모두 49명이 목숨을 잃고 37명이 부상당하는 피해를 입었다. 공비들은 "나는 공산당이 싫어요."라고 하는 만 아홉 살의 어린 소년 이승복 군(강원도 평창군)과 그 가족을 무참히 살해하는 만행도 저

질렀다. 이후 30여 년이 지난 1990년대에 〈미디어오늘〉의 편집국장이었던 김종배와 언론시민연대의 사무총장이었던 김주언이라는 사람이 이 보도를 한 조선일보 기사가 허위 기사라는 주장을 펼쳤다. 조선일보는 소송을 했고, 2004년 10월 서울중앙지방법원은 항소심 판결문을 통하여 조선일보의 보도가 사실에 근거했음을 인정하였다.

이 무장 공비 사건들을 신문 보도로 접하면서, 이북에 남아있는 삼촌들이나 사촌들 또는 다른 친척들도 이 무리 중에 포함될 수 있다는 생각을 해보았다. 이후 내가 군 복무 중이던 1976년 8월 18일, 판문점에서 30여 명의 북한군이 나뭇가지 치기를 하던 미군 11명의 장병과 시비를 벌이다 잔인하게 미군 두 명을 도끼로 살해한 사건이 발생했는데, 전체 군에 비상이 발령되고 나도 완전군장한 채 전방 참호로 투입되는 전쟁 위기의 순간이었다. 참호를 향하여 행진하는 대열 속에서 전쟁이 터지면 북의 사촌들과 전장에서 만나게 될 수도 있겠다는 생각을 했던 것도 기억난다. 당시 박정희 대통령의 지시로 특전사 64명의 결사대를 편성하여 비무장지대 안에 있는 북한군의 인민군 초소 네 개를 격파하였고, 김일성의 유감 표명으로 전쟁 일보 직전에 마무리되었다.

1968년 11월 21일에는 시·도민증 제도가 폐지되고 주민등록증 제도가 시행되었고, 12월 5일에는 국민교육의 기본이념이라는 국민교육헌장이 박정희 대통령에 의해 선포되었다.

당시의 국민학교, 중고등학교 학생들은 '우리는 민족중흥의 역사적 사명을 띠고 이 땅에 태어났다. 조상의 빛난 얼을 오늘에 되살려 안으로 자주독립의 자세를 확립하고 밖으로 인류 공영에 이바지할 때다.'로 시작되는 600자짜리 국민교육헌장 전문을 완벽하게 외워야 했다. 전체주의라는 비판도 있지만, 난세에 흩어지기 쉬운 국민의 생각을 하나로 묶어 위기를 극복하고, 국민 정신을 민족중흥이라는 공통 목표로 승화하고 진작하는 데 일조했다고 생각한다. 나 역시 청소년 시절에 국민교육헌장의 구절을 흥얼거리면서 민족중흥의 역사적 사명을 띠고 태어났으니 국가와 민족을 위하여 당연히 무언가 해야만 한다고 생각했다.

국내외로 격동의 시기였던 1968년, 한 치 앞을 내다볼 수 없는 소용돌이 속에서도 정부는 '가정마다 전화기 한 대, 자가용 한 대'라고 나라의 비전을 제시하였는데, 대부분의 국민은 미국 영화에서나 가능한 일이라며 믿지 않았다. 그러나 북한의 위협과 전쟁에 대한 두려움, 극복이 안 될 것 같은 가난 속에서도 국민의 기백은 살아있었다. 무릎 꿇고 '평화'를 구걸하거나 포퓰리즘을 배경으로 '종전협정'을 외치는 비굴한 지도자나, 그런 이를 지지하는 어리석은 국민은 없었다. 이런 국내외의 요동 속에서도 국민은 흔들리지 않고 땀 흘리며 굳은 의지로 난관을 극복하고 국가 건설에 매진하였다. 그 시대를 살았다는 것이 정말로 자랑스럽다.

군것질거리와 사과 중독

내가 국민학교 2학년이던 1960년 한국의 일인당 국민 소득은 79달러에 불과하였다. 당시 필리핀이 254달러, 대만이 153달러, 태국이 97달러로, 한국은 전 세계 최빈국이었다. 그런데 1960년부터 2020년까지 세계 경제가 8.4배 성장하는 동안 한국 경제는 45.1배나 커졌다고 한다. 1996년 1만 달러를 돌파하고 2017년도에 3만 달러대에 진입한 한국의 일인당 국민 소득을 보면 한국의 성장 과정은 기적이라고 표현하여도 과장이 아니다.

어렸기 때문인지 최빈국 시절 당시를 회고해 보아도 내가 특별히 불행했다고 느꼈던 기억은 없다. 다만 하루에도 몇 번씩 깡통을 걸쳐든 걸인들과 팔다리가 절단된 상이군인들이 불쑥 집안으로 들이닥쳐 식량을 구걸하거나 돈을 요구하는 일이 빈번하였다. 6.25로 실향민이 된 아버지께서 직장에 다니며 가족의 생계를 유지하던 우리 집과 마찬가지로 친구들도 대부분 집안 형편이 궁핍을 벗어나지 못한 상황이었다.

하지만 가난에도 불구하고 모든 가정이 공통적으로 "밥은 굶더라

도 아이들 학교는 보내야 한다."라면서 자식 교육을 가장 중요한 일로 생각하였다. 어린 나 역시 학교를 하루라도 빠지면 큰일 나는 것으로 생각했고, 지각해서도 안 된다고 생각했다. 감기에 걸려 두통이 있더라도 참으면서 학교 수업을 듣는 것이 당연하다고 생각했다.

술주정과 노름으로 집안을 돌보지 않는 불성실한 아버지들도 없지는 않았지만, 그런 경우 그 가정의 어머니들이 아버지 몫까지 더해 자식 교육에 헌신하였다. 6.25 전쟁의 참화로 너 나 할 것 없이 죽음 근처에 갔던 어른들이었기에 대부분 이를 악물고 빈곤을 감당하며 다음 세대의 번영을 갈망하였다. 일제 치하에 태어나 제2차 세계대전과 6.25를 겪은 우리 부모님들은 제대로 교육받을 기회가 없었던 세대이다. 극소수의 부유한 집안 출신들만이 고등교육을 마쳤을 뿐이고 대부분 국민학교 졸업장도 없었지만, 자신보다 자식들은 더 많이 교육받기를 원했다. 가계가 감당하기 어렵더라도 자식 중 한 명만이라도 제대로 된 교육을 받게 하려 노력했다.

나는 1959년에 청운국민학교에 입학하였다. 유치원이 있기는 했지만 극소수의 부잣집 아이들만 다녔고, 대부분은 집에서 전혀 사전 학습 없이 자라다가 만 일곱 살이 되면 국민학교에 입학했다. 나 역시 입학 며칠 전에 주인집 누나로부터 배워 간신히 이름 정도 쓸 수 있는 정도였다. 그러나 학교에서는 아무것도 배운 적이 없는 아이를 기준으로 공부가 시작되었으니 걱정할 필요 없었다.

그해 청운국민학교 신입생은 1952년생과 일부 1953년생으로 구성된 1,000여 명이었는데 한 반에 100여 명씩 열 반으로 편성되었다. 우리나라의 1952년도 출생자 수는 72만여 명으로 70만 명을 최초로 돌파하였고, 1960년도에는 108만 명으로 정점을 이루더니 계속 줄어들어 2020년에는 1960년 대비 70%나 줄어든 28만여 명에 불과했다. 이제는 한 반에 20명도 안 된다고 하니 인구 감소가 이렇게 지속되면 국력이 급속히 쇠잔하지 않을까 걱정된다.

학교에서의 하루는 모든 것이 새로웠다. 100여 명이나 되는 친구들과 한 반에 앉아 함께 수업을 받는 것도 신기했고, 선생님께서 해주시는 말씀마다 모두 소중하게 생각되었다. 수업 시간에 선생님 말씀에 집중하다 보면 피로가 몰려와 나도 모르게 졸기도 했던 것 같다.

수업을 마친 후, 종례 시간에는 선생님께서 항상 "학교 교문 밖에 있는 노점을 기웃거리지 말고 바로 집으로 돌아가라."라고 당부하셨다. 1학년 때는 반 아이들을 줄을 세워 "하나, 둘 하나, 둘!" 호각 소리와 함께 구령을 외치며 교실에서부터 교문까지 데려다주셨다. 교문 밖에는 학교 벽을 따라 많은 노점상이 좌판을 벌여놓고 우리를 기다리고 있었다.

요즘 영화 「오징어 게임」에 소개된 달고나 장수는 물론 무지개 솜사탕 장수, 계피 장수들이 우리들의 호기심을 자극하였다. 무더운 여름에는 빙수 장수, 계란 아이스케키 장수들도 나타나 시원한 얼음과자를 권유하였다. 가끔은 뻥튀기 장수가 오기도 했는데, "뻥이요!" 하고 외치면 여지없이 "뻥!" 하는 폭발음과 함께 튀겨진 강냉이가 쏟아져 나왔다. 군것질할 돈도 없었고 선생님 말씀을 잘 들어야 한다는 생각에 몇 번 사 먹어보지는 못했지만, 구경은 열심히 하면서 귀가하였던 것 같다. 계피 장수는 항상 계피 껍질을 조금 뜯어 우리가 시식하게 하였는데, 달면서도 매운맛이었다. 지금 생각해보면 어린 학생들이 계피 껍질을 왜 사 먹었는지 그 이유를 가늠하기 어렵다. 군것질거리가 없던 시절이니 달고 매운 계피 껍질을 별미로 생각하여 사 먹었던 것 같다.

당시 인기를 누리던 이런 군것질를 서울 시내의 길거리나 상점에서 더 이상 찾아볼 수는 없다. 그나마 솜사탕은 아직도 특별한 축제가 있는 현장에서 여전히 인기를 누린다. 계피가 무엇인지 아는 어린이도 드물 것 같고, 노상에서 자전거 위에 싣고 얼려서 달걀 모양의 몰드에서 꺼내주던 계란 아이스케키도 없어진 지 오래되었다. 길거리 빙수도 현재의 위생 관념으로는 비위생적인 식품으로 분류되고 있을 것이다. 냉장고가 없었으니 삼복더위 때는 얼음 가게에 가서 담벼락처럼 큰 얼음 덩이에서 톱으로 썬 벽돌 크기의 한 덩이 얼음을 사서 냉수로 마시거나 미숫가루를 넣어 마셨다. 그 벽돌만 한 얼음을 우리 눈앞에서 빙수 기계에 넣고 손으로 빙빙 돌려 갈아서 얼음 가루를 만들었다. 빨강, 파랑의 염료를 뿌려 만든 무지개 빙수를 사서 맛있게 먹었었는데도 그 당시에 큰 탈이 나지는 않았다.

계란 아이스케키는 아래위 두 짝으로 분리되는 계란 모양의 몰드를 조립하고 고무밴드로 몰드 사이의 이음새를 막은 후, 설탕물을 나무막대 구멍을 통해 몰드 안에 넣고 구멍을 차단하는 방식으로 여러 개의 몰드를 만들어 커다란 나무통에 설탕물과 얼음과 소금을 함께 넣어 섞어서, 나무통을 한참 돌린다. 그러고 나서 몰드를 꺼내서 고무밴드를 벗겨내 분리하면 신기하게도 계란 모양의 계란 아이스케키가 완성된다. 얼음에 소금을 넣어 흔들면 주변 온도가 영하 20도 넘게 떨어진다는 자연 상식을 나중에 알게 되었다.

누상동에 살 때는 등하교 때 매일 지나가는 길 옆에 눈깔사탕 집이 있었는데, 그곳에서는 눈알만큼이나 크고 둥그런 사탕을 팔았다. 특별한 날 용돈을 받으면 그 집에 가서 눈깔사탕을 샀다. 그 가게에서는 유리덮개가 있는 긴 나무 상자를 눈깔사탕으로 가득 채워 마루에 올려놓고 장사를 하고 있었다. 마루 넘어 컴컴한 방 안에는 나이 드신 어른 두 분이 앉아 계셨다. 그곳에서 눈깔사탕을 직접 제조하지는 않았던 것이 분명하고 어디서 공급을 받았는지는 모르겠다. 당시 과자나 사탕의 종류가 많지는 않는데, 아버지께서 퇴근길에 가끔 사서 종이봉투에 넣어 갖고 들어오시던 센베이 과자와 손가락 모양으로 튀겨낸 손가락 과자가 가장 익숙했다.

밥 이외의 군것질거리가 다양하지 않았다. 감자나 고구마를 쪄서 먹거나 밤을 구워 먹기도 했다. 비가 오는 날이면 어머니께서 밀가루 범벅을 만들어 주셨다. 밀가루를 반죽하여 피자만 한 크기로 잘라서 찜통에 넣고 그 위에 팥고물을 두껍게 뿌린 후, 그 위에 또 밀가루 반죽을 얹고 또 팥고물을 뿌려 몇 겹으로 올린 후 찌면 맛있는 밀가루 범벅이 되었다. 가끔 설탕을 그 범벅에 찍어서 먹으면 너무나 맛있는 간식이 되었다. 친구들에게 물어보니 이런 범벅을 만들어 먹은 적이 없다며 낯설어했다. 원래 고향이 개성이고 음식 솜씨가 뛰어났던 어머니께서 아이들 간식으로 고안해 낸 독창적인 간식이 아니었나 생각한다. 하여튼 비 오는 날이나 기온이 쌀쌀한 휴일에 따끈한 아랫목에 배를 깔고 누워서 왼손에는 「라이파이」 만화책을 든 채 오른손으로 밀가루 범벅을 뜯어 먹으며 행복했던 순간이 요사이도 생각난다.

그때는 냉장고 있는 집이 거의 없었는데 어떻게 육류나 음식을 보관했는지 모르겠다. 하기야 고기를 먹는 것이 흔하지 않았고, 오래 보관하여야 할 만큼 음식이 많지도 않았으니 냉장고가 없어도 견딜 만했던가 보다.

생선은 동태나 꽁치가 흔했던 것 같다. 특히 겨울철에는 동태를 많이 먹었는데, 형과 나는 특히 동태 눈깔을 좋아했다. 어머니가 동태를 사 오시는 날이면 식탁이 차려지기 전부터 젓가락을 들고 동태 눈깔 쟁탈전을 벌였다. 그런데 어느 날 형으로부터인지 친구로부터인지, 탁구공은 동태 눈깔로 만드는데 어린아이가 그것을 먹으면 배 속에서 탁구공이 되어 탈이 나고 결국 수술하여 꺼내야 한다는 말을 들은 후부터는 동태 눈깔 먹는 것을 삼가게 되었다.

어릴 때부터 내가 남달리 좋아하는 과일이 있었다. 목이 마를 때마다 사과를 깎지도 않은 채 통째로 먹다 보면 하루에 열 개 정도를 먹었다. 국민학교 동창 사이에서도 이것이 알려져 나는 사과를 좋아하는 아이로 불렸다. 다행히 과일값이 지금처럼 비싸지 않았는데 그래도 부담이 되셨던지 어머니께서는 시장보다는 리어카를 끌고 다니는 과일 장수 아저씨들로부터 흠이 있는 B급 사과를 대량으로 싸게 사곤 하셨다. 국민학교 시절부터 시작된 사과에 대한 나의 사랑은 중고등학교, 대학교 시절을 거쳐 최근까지 이어지고 있다. 군대 생활을 하면서도 외출을 나오면 꼭 구멍가게에 들러 사과를 한 봉지씩 사서 귀대하였다. 해외 출장을 가서도 묵을 호텔에 도착하면 바로 인근 과일 가게로 달려가서 사과를 사서 호텔 방의 냉장고에 넣어두고 먹었다. 이렇게 다량의 사과를 매일 70여 년을 먹다 보니 사과의 색깔과 그 주름만 봐도 그 사과의 맛을 거의 정확히 알아낼 수 있을 정도가 되었다.

어머니께서는 어릴 때부터 "너는 대구 사과밭을 하는 집 색시와 결혼해야겠다."라는 말씀을 자주 하셨다. 사과와는 전혀 관련이 없는 아내와 결혼하고 신혼여행에서 돌아오던 날 어머니께서 아내에게 하달하신 첫 번째 인계인수 사항도 "이 애는 사과 없이 하루도 못 사니 가능하면 사과는 낱개로 사지 말고 흠이 있는 싼 사과를 상자로 사서 사과가 집에 떨어지지 않게 해라."라는 당부였다.

결혼 후 아내와 첫 부부 싸움을 한 것도 사과 때문이었다. 어느 날

퇴근하여 집에 도착하자마자 사과를 꺼내 소파에 앉아 우적우적 먹다 보니 아내가 옆에 앉아 눈물을 글썽이고 있었다. 왜 그러냐고 물어보니 "어쩌면 아내에게 한번 먹어보라는 이야기 한마디 없이 혼자 그렇게 맛있게 먹을 수 있느냐?"라고 울먹이면서 대답하였다. 나는 냉장고에 사과가 더 있지 않으냐면서 끝까지 혼자 그 사과를 다 먹었고, 이것이 발단되어서 언성이 올라갔다. 바로 그 자리에 세 살이던 아들이 앉아 있었는데, 이 녀석이 그때의 그 장면을 잊지 않고 엄마와 아빠가 사과 때문에 싸웠다고 최근까지 줄기차게 증언하고 있다.

그런데 최근 피부과에서 알레르기 검사를 하고서 사과, 배 알레르기가 있으니 가능하면 사과와 배를 먹지 말라는 의사의 말씀을 들었다. 아니, 거의 70년을 하루도 거르지 않고 매일 사과를 5~10개나 먹으며 살아온 나에게 사과 알레르기가 있다니 믿기 어려운 결과였다. 사과를 너무 많이 먹다 보니 그 과다한 편향성을 자연이 제지하려는 것이거나, 수많은 사과를 먹어 치운 나에 대한 사과의 복수일 수도 있다고 생각을 해보면서 1960년 청운국민학교 앞 군것질 장수들과 어린 학생들의 모습을 그려보았다.

산천은 의구하되 인걸은 간 데 없네

오백 년 도읍지를 필마로 돌아드니
산천은 의구하되 인걸은 간데 없네
어즈버 태평연월이 꿈이런가 하노라

　가끔 서촌을 지날 때 머릿속에 떠오르는 시조이다. 강산의 모습은
그대로인데 보고 싶은 옛사람(고려의 충신)들은 보이지 않는다는 서글
픈 심경을 고려 말의 성리학자 길재(1353~1419년)가 표현한 시조이다.
　서촌을 지나며 눈을 들어 인왕산을 바라보면 그 산정으로부터 좌우
로 연결되는 능선의 모습은 변함이 없다. 언덕과 길, 골목들 역시 대부
분 여전히 남아있다. 그러나 골목골목을 들여다보면 옛날 아담했던 가
옥들은 다 헐리고 연립주택들로 가득하다. 내가 네 살 때 시골에서 서
촌으로 와 살며 이사 다녔던 다섯 채의 가옥은 이제 하나도 남아있지
않다. 특히 세 번째 집 근처는 길도 낯설게 변했고 근처에 있던 백호정
약수터도 보이지 않는다. 다만 작은 팻말 하나가 그 위치를 추측하게

인왕산과 함께하는 서촌 거리   서촌에서 오래된 중국집 영화루

할 뿐이다. 이 골목 저 골목을 기웃거리다가 옛 모습 그대로 남아있는
친구 집 앞에서 환호를 올리기도 전에, 그 집 문 앞에 엉뚱하게도 '세탁
소' 같은 낯선 간판이 걸려있는 것을 발견한다. 거주하는 사람들은 이
제 전혀 일면식도 없는 낯선 이들이다.

　　원래 누상동 길가에는 대오서적이나 영화루(중국음식점) 등 작은
가게나 음식점 몇 개 외에는 대부분 무명의 작은 개인 가옥들이었다.
이제는 그 길을 따라 많은 음식점과 카페 그리고 가게들이 새롭게 문을
열고 손님을 맞고 있다. 그 길가에서 '이상의 집'과 '윤동주의 하숙집'
같은 팻말을 만날 때마다 20여 년을 살면서도 몰랐던 것이 민망해 머리
를 긁적이게 된다. 골목마다 가득하던 어린이들 모습과 그들이 뛰노는
소리는 옛이야기가 되었고, 이제는 그들의 손자 손녀뻘 나이의 청춘 남

녀들이 관광지가 된 그곳에서 사진 촬영을 하거나 카페를 서성이며 데이트를 즐기고 있다.

남아있는 것들도 자세히 들여다보면 예전과 다르다는 것을 쉽게 알 수 있다. 인왕산 역시 1.21 사태 이후 산기슭을 따라 군사 작전 도로가 북악산까지 새롭게 뚫려서 인왕산 오르는 길이 크게 변하였고, 매일매일 지나다녔던 청운국민학교의 교문 위치도 바뀌었다. 운동장에 있던 백엽상과 이순신 장군 동상도 교사가 신축되면서 없어졌다. 1961년 4월 19일 청와대로 진입하려던 학생 데모대에 의해 앞문의 유리가 산산조각이 났던 궁정파출소의 이름도 청운파출소로 개명된 것 같다. 공책과 필기류 같은 학습 준비물을 구입하던 신교동 입구 모퉁이의 문방구도 이제는 보이지 않고, 졸업식이나 입학식 후 가족끼리 특식으로 짜장면을 먹었던 신교동 초엽의 중국집도 없어진 지 오래다. 청계천까지 흘렀다던 청운국민학교 교문 앞 개울과 경복고등학교 앞 개울은 그보다 더 훨씬 전에 땅에 묻혀 사라졌다.

지난 50년 사이에 서촌에 살던 옛사람들과 친구들이 대부분 어딘가로 떠나갔고, 많은 집도 허물어지고 새롭게 지어졌다. 그들이 먼저 떠나서 새롭게 지어졌는지, 새롭게 지어져서 떠났는지 알 수는 없지만, 요사이 서촌을 둘러보고 귀가하는 날에는 무언지 이유를 정확히 설명할 수 없는 커다란 상실감을 느낀다. 아마도 어릴 때를 돌이켜 생각해 보면서 사라져버린 것들에 대한 아쉬움 때문이리라 생각한다.

이곳에 살던 옛 주민들뿐 아니라, 서촌 거리에 밤과 낮 수시로 등장하여 거리와 동네의 풍경을 만들었던 이들도 어느 때부터인가 볼 수 없게 되었다. 시대의 변화에 밀려 사라진 이들 중 통금이 있던 시절에 '딱따기'라고 불리는 사람들이 있었다. 딱따기란 원래 밤에 야경을 돌 때 서로 마주쳐서 '딱딱' 소리를 내게 만든 두 짝의 나무토막을 가리키는 말이다. 주민 자치 차원에서 밤에 두 짝의 나무토막을 치면서 야경을 도는 야경꾼을 의미하기도 한다. 통금 시간이 한참 지난 한밤중에 동네 도둑을 경계하기 위하여 주민들이 교대로 "딱 딱 딱!" 딱따기를 치면서 매일 새벽 동네 골목골목을 돌았다. 대부분 잠이 든 후이기 때문에 한 번도 그들을 길에서 마주친 적은 없었다. 간혹 잠을 자다 깨어 뒤척이고 있을 때 멀리서 처량하게 울리는 딱따기 소리를 들어본 적이 있다. 어떤 때는 우리 집이 있는 골목길을 들어서는 그 야경꾼들의 발자국 소리와 떠드는 대화 소리가 들리기도 했다.

조용한 밤에 저렇게 크게 딱따기 소리를 내면 도둑들이 모두 다 도망쳐 숨었다가 야경꾼들이 멀리 떠나갔을 때 오히려 안심하고 도둑질을 할 텐데, 왜 저렇게 크게 딱 딱 소리를 내는지 이해할 수가 없었다. 지금도 나는 그 의문을 간직하고 있다.

배고픈 시절이어서였는지 딱따기 야경꾼들의 노고에도 불구하고 좀도둑이나 밤도둑이 많았다. 새벽녘에 "도둑이야!"하고 외치는 소리를 들은 적도 여러 번 있었던 것 같다. 나는 선잠에서 깨어 다시 잠들려고 이불을 머리 위로 끌어당겼지만, 아버지께서는 벌떡 일어나 뛰어나가셨다. 어머니께서는 아버지께서 경찰관이었을 때 습관이 아직 남아 있는 것 같다고 하셨다. 하여튼 아버지께서 용감한 것이 자랑스러웠다. 이제는 야경꾼이라는 직업이 없고, 새벽녘에 적막을 깨고 처량하게 울리던 딱따기의 "딱 딱 딱!" 하는 소리도 다시 들을 일이 없을 것 같다.

내가 대학을 다니던 1970년대까지만 해도 해가 뜨고 날이 밝으면 길거리 여기저기에 넝마주이들이 넝마나 폐지, 박스, 빈 병 등 재활용 가능한 물건을 큰 망태기에 담느라 분주하게 움직였다. 이들은 이렇게 모은 고물들을 고물상 등에 팔았다. 이들은 집이 없어서 역이나 다리 밑에 살던 걸인들과는 달리 자신의 집과 거처가 있는 사람들이었다. 1920년대부터 1970년대까지 거의 반세기 동안 여기저기 쉽게 눈에 띄었는데 이제는 박물관에서도 볼 수 없게 되었다. 어릴 때 기억을 되살려보면 그들은 양아치라고 불리기도 했고 부랑아나 거지, 상이군인처럼 밤길에 공포의 대상이 되기도 했다. 그리고 대단히 거친 사람들로 인식되어 그들의 비위를 상하게 하면 낭패를 당하니 조심해야 한다고 생각했다. 어린아이를 납치하여 숨겨놓고 일을 시킨다는 이야기도 나돌았다. 이들은 1970년대 직업훈련원의 운영으로 건축, 목공, 기계 등 분야에 종사하는 인력으로 직업이 전환되고 고령화되면서 점차 사라졌다.

이들과 비슷하게 굴뚝 소제부도 이제는 우리나라 어디서도 찾아

볼 수 없는 직업이 되었다. 옛 가정의 난방은 부엌의 아궁이에 불을 지펴 장작더미를 태워 구들을 덥히는 온돌 난방이었는데, 아궁이에서 불을 때어 생긴 연기는 굴뚝을 통해 배출되었다. 그런데 굴뚝이 막히면 어떻게 될 것인가? 이것이 막힌 굴뚝을 청소하는 굴뚝 소제부가 필요했던 이유이다. 굴뚝 소제부는 굴뚝 소제에 쓰는 기다란 줄을 칭칭 감아서 어깨에 둘러매고, 손에 든 징을 치면서 목청껏 "뚫어~!"를 외치면서 그들이 왔음을 온 동네에 알렸다. 그들의 옷과 얼굴은 온통 숯검정으로 덮여 있어서 그들이 얼마나 열심히 일하는지 상상할 수 있었다. 그러나 60년대 말부터 급격히 진행된 주택 개량과 난방시설 개선 그리고 청소 장비의 개발로 그들의 일감이 급격히 줄어들면서 점차 소멸하였다. 어릴 때 살던 집이 작은 셋집이었던 만큼, 굴뚝 소제부를 직접 부를 일이 없었기 때문에 그들이 일하는 것을 곁에서 직접 구경할 기회는 없었다. 다만 검댕투성이의 용모에 징을 치며 "뚫어~!"를 외치면서 온 동네를 도는 그들의 모습이 웃기다고 생각을 하였다.

1974년 다소 늦은 나이에 군대 입대 후 그들과 유사한 일을 체험할 기회가 있었다. 군대 생활은 사계절 중에 겨울이 가장 힘들었던 것 같다. 내가 근무하던 부대는 경기도 이동에 있었는데, 서울보다 훨씬 추웠던 것으로 기억한다. 사무실의 난방은 기름(석유) 난로를 사용하였지만, 60여 명이 함께 사용하던 내무반은 페치카로 난방을 했다. 내무반원 중 중참 병사와 신입 졸병으로 구성된 2인 1조의 당번이 보름씩

페치카 당번 근무를 하였는데, 점호 참가를 비롯해 다른 모든 업무를 면제시켜주고 오로지 난방에만 전념하게 하였다. 그런 만큼 내무반 난방에 문제가 발생하면 당번이 그에 대하여 전적으로 책임을 졌다.

페치카 난방은 내무반 밖에 있는 페치카 아궁이(?)에서 탄을 물에 개어서 쌓아 올리고 불을 붙여 벽을 가열시키는 방식이었다. 불이 꺼지지 않고 계속 좋은 화력이 유지되도록 탄재를 빼내면서 새롭게 탄을 개어 쌓아야 했다. 불이 꺼지면 큰일 나니 불을 빨리 살리기 위해 부채질은 물론이고 가능한 모든 수단을 동원하여 밤낮으로 최선을 다하였다.

그러나 긴 시간 동안 탄재에 노출되기 때문에 탄재와 검댕으로 온몸이 굴뚝 소제부보다도 더 숯검정이 될 수밖에 없었다. 그래서 마스크와 모자를 쓰고 큰 머플러로 눈만 남긴 채 얼굴과 목을 감쌌다. 그리고 팔소매와 바짓단도 폐쇄시켜 탄재의 침투를 최대한 차단시키는 복장을 하였다. 탄재 속의 아궁이를 돌보는 데 집중하여야 하는 만큼 보름 동안은 옷도 갈아입지 않았다.

당번을 마쳤을 때 빨랫감을 싸 들고 군대 밖의 동네 목욕탕에 가서 옷을 벗어보니 탄재를 차단시키려 노력을 했음에도 온몸이 깜장이 되어있었다. 온몸 구석구석 탄재와 검정을 비누와 물로 씻어내고 갖고 온 빨랫감들도 빨았는데, 목욕탕 하수구로 흐르는 검정 물이 정상적으로 투명하게 되기까지 생각보다 오랜 시간이 걸렸다. 목욕탕을 나서면서 굴뚝 소제부 생각이 났다. 그분들도 그때 굴뚝 소제를 마치면 목욕탕에서 온몸과 옷의 검정을 이렇게 씻어냈으리라.

똥퍼 아저씨들에 대한 기억은 내게 더욱 생생한데, 그들이 일하는 것을 여러 번 생생하게 보았기 때문이다. 변소가 차올라 그들이 필요해질 즈음에 불현듯이 동네에 나타나서 "똥퍼~"를 외치고 다녔는데, 운 나쁘게 그날 출타한 집주인의 경우는 그 기회를 놓치고 다음 기회를 기다릴 수밖에 없었다. 온 동네 집집마다 이 아저씨들의 서비스를 받느라 냄새가 진동했다.

일이 끝나고, 어머니가 변소에 가서 작업 결과를 점검하고는 크게 만족하시면서 낭랑한 음성으로 이렇게 말씀하시던 것이 기억에 생생하다. "여름 한더위에 땀 흘려 일하시는 모습이 안쓰러워 미숫가루 물에 얼음을 띄워 한 그릇씩 갖다 드렸더니, 감사하게도 바닥까지 깨끗이 긁어 주셨네!"

이 일도 내가 군대 신입 졸병 시절에 체험을 하였다. 부대 내에 있는 변소 청소를 맡아서 종일 지게를 지고 퍼 나른 후, 목욕하고 나서도 그 냄새가 일주일 이상 지속되었던 것 같다. 너무 오래 냄새가 가시지 않아서, 혹시 냄새는 이미 없어졌는데 내 코가 이상이 생긴 것이 아닌지 의심하기까지 했다.

넝마주이, 굴뚝 소제부, 똥퍼 아저씨뿐 아니라 시내버스 안내양도 그 당시 우리 사회의 삶 속에서 중요한 역할을 하며 하루도 거르지 않고 마주쳤던 분들이다. 1980년대 초에 버스 요금수납 방식을 개선하고 개폐문이 자동화 영향되면서 그 직업도 수명을 다하였다. 1960년대와

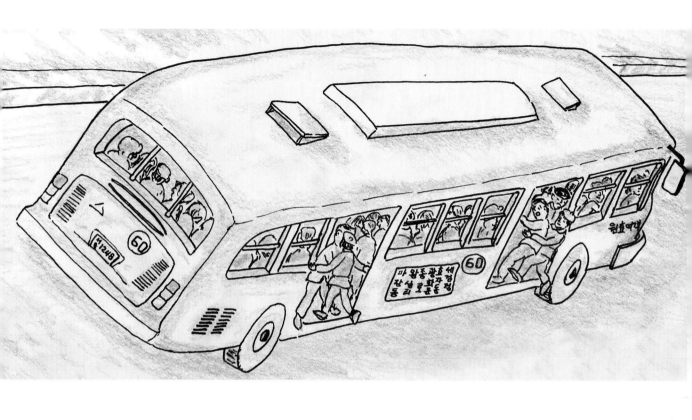

1970년대의 열악한 환경 속에서 연약한 어린 소녀들이 콩나물시루 같
은 만원 시내버스의 안내양으로 이미 포화 상태인 버스에 손님들을 더
태우고 버스 문에 매달린 채 "오라이!"를 외치며, 문가에 서 있는 손님
들을 뱃심으로 밀쳐 버스 안으로 밀어 넣었다.

버스가 정류장에 서면 손님들로부터 차비를 받고, 큰돈을 받으면
그 아수라장 속에서도 정확히 계산하여 잔돈을 돌려주었다. 가끔 훌쩍
거리는 버스 차장도 있었지만, 버스가 다음 정류장에 도착하면 어느새

눈물을 닦고 손님맞이와 차비 계산의 임무를 완수하였다. 대부분 어려운 집안 환경으로 가족의 생활비나 동생의 학비 조달을 목적으로 이를 악물고 인내하며 일하였다. 지금 생각하면 정말로 대단한 소녀들이었고 어려운 현실을 극복하겠다는 투철한 의지를 갖고 노력하던 그 모습에 저절로 고개를 숙이게 된다.

그 만원 버스 안에 타고 있던 승객들은 당시 국가 재건을 부르짖으며 출퇴근하던 공무원들과 직장인들, 미래를 위하여 공부하던 학생들이 대부분이었다. 당시의 열악한 교통 체계의 허점을 그 소녀들이 저임금을 받으며 연약한 몸으로 보완해내었다. 이들 역시 국가발전의 동력이 막히지 않고 원활하게 흐르게 하는 데 큰 공을 세웠다고 생각한다.

그 당시 다른 직업인들도 그녀들의 억척스러운 모습과 크게 다르지 않았다. 서촌에 살던 이들이 하나둘 동네를 떠나 다른 데로 이사했듯이 이들도 버스를 떠나 어떤 이는 고향으로, 또 어떤 이는 수출품 봉제공장 미싱공으로 직장을 옮겼으리라. 이제 모두 할머니들이 되었을 텐데, 어렸을 때의 힘들었던 삶의 보상으로 모두 평안한 노후를 보내고 계시기를 바랄 뿐이다.

그 이외에도 이제 우리 눈에 띄지 않는 것들은 더 많이 있다. 매일 새벽이면 빠짐없이 들려오던 두부 장수의 종소리도 그렇고, 저녁 식사 후 어스름할 무렵이면 "찹쌀떡! 메밀묵!"하며 노래처럼 외치던 찹쌀떡 장수의 목소리도 흔적 없이 사라졌다. 숫돌을 들고 다니며 집안의 무디어진 칼을 갈아주던 칼갈이 장수들은 다 어디로 간 것일까? 벌써 그들을 마지막으로 본 지 오래되었고 앞으로도 그들의 외침을 다시 들을 기회는 없을 것 같다. 하지만 그들은 서촌의 옛 모습 속에 빠질 수 없는 장면들로, 우리 마음속에 남아 그들을 여전히 기억하고 그리워하게 한다.

오늘 서촌의 옛 동네를 지나며 낯설어진 모습에 상실감을 느꼈는데, 옛 기억을 되살려 그때의 동네 모습을 한 장의 그림으로 그려보며 다시 내 마음을 즐거움으로 채워본다.

나라를 뒤흔든 시위와 혁명 속에서

1959년 청운국민학교에 입학하던 날에는 어머니를 따라 학교에 갔지만, 그다음 날부터는 한 학년 위인 형과 같이 누상동 집을 출발해서 눈깔사탕 집, 통인시장, 특무대, 효자동을 거쳐 등교를 하였다. 어린아이 걸음으로 족히 20분은 걸렸을 것이다. 필요한 학습 준비물은 통인시장 지물포나 신교동 입구 문방구를 들러 구입하곤 하였다. 등하굣길의 기억이 흐린 것을 보면 아마도 아무 생각 없이 형을 따라다녔던 것 같다.

1960년 4월 19일, 담임선생님께서 수업 중간에 "오늘 수업은 이만 마친다. 위험할 수 있으니 절대 한눈팔지 말고 서둘러서 귀가하라."라고 말씀하시면서 가방을 챙겨 서둘러 집으로 가게 하셨다. 그날이 바로 4.19 학생 의거일이었다. 몇몇 학부모께서는 벌써 아이들을 데리러 오셔서 교실 복도에서 창문으로 교실 안을 들여다보며 기다리고 계셨다.

나도 서둘러 가방과 신발주머니를 챙겨 들고 교문을 나섰다. 소방

서 근처에 왔을 때, 길 건너 궁정파출소를 보니 출입문이 활짝 열려있고, 출입문의 유리는 박살이 나서 산산조각으로 깨어져 있었다. 파출소 안에는 아무도 없는 것 같았다. 무슨 일인지 알 수가 없었다. 지금 생각하면 4.19 시위대가 경무대를 향해 돌진하던 중 경무대로부터 1킬로미터 떨어진 거리의 이 파출소에 돌을 던져 출입문이 파괴됐던 것으로 생각된다. 다행히 귀가 도중에 시위대를 만나지는 않았지만, 파출소 출입구 유리가 깨져있던 것이 생생히 기억난다.

수많은 대학생과 고등학생들이 부정선거와 자유당 독재를 규탄하며 국회의사당과 경무대를 향해 나아가다가 경무대 앞에서 경찰과 대치하였는데, 경찰의 발포로 시위대 100여 명이 사망하였다고 한다. 그날 오후 수송국민학교 6학년생 전한승 군도 귀가 도중 만난 시위대에 합류하였다가 경무대 경찰의 무차별 사격으로 사망하였다. 시위는 더욱 거세어졌다.

일주일 후인 4월 26일 이승만 대통령이 마침내 대통령직에서 하야하겠다는 발표를 하였고, 한 달 후인 5월 29일 하와이로 망명하게 되었다. 대한민국의 제1공화국이 문을 닫는 그 역사적 순간이 여덟 살 어린이였던 내 머릿속에는 다만 '파괴된 파출소 출입문'으로 남아있다. 얼마 후, 교실의 칠판 위 정중앙에 걸려있던 이승만 대통령의 사진도 떼어졌다. 경무대는 청와대로 이름이 바뀌었다.

라디오 뉴스를 들으면서 '이승만 박사 하와이 망명', '이기붕 일가 자살' 등을 알게는 되었지만, 조금 더 상세한 이야기들은 아버지가 보던 신문이나 잡지 등을 곁눈질로 보면서 알게 되었다. 몇 년 후, 아마 4학년 즈음에 무슨 잡지인지 기억은 안 나지만, 굵은 글씨로 화무십일홍花無十日紅이라고 쓴 제목 아래 당시 상황이 상세히 기재된 기획 기사를 봤던 기억이 난다. 열흘 붉은 꽃은 없다. 즉 아무것도 영원한 것은 없으며, 한번 성한 것은 얼마 못 가서 반드시 쇠하여진다는 것을 의미하는 이 한자는 아마 내가 처음으로 스스로 그 의미를 터득하게 됐던 사자성어가 되었다. 그래서 시험을 잘 본 날이나 망쳤던 날에 유식한 체하면서 자주 이 문구를 읊조렸던 것이 생각난다. 시험 잘 봤다고 그 영광이 계속되는 것이 아니고, 못 봤다고 너무 실망하지 말라는 의미로 그 말을 하며 거들먹거렸던 것 같다.

그해 6월 내각제 개헌이 통과되고 9월 12일 국회 선거를 통해 윤보선이 대통령에 취임한다. 그리고 8월 18일에 장면이 총리에 취임하여 제2공화국이 출범한다. 그러나 제2공화국은 1년이 채 못 된 9개월여 만인 1961년 5.16 혁명으로 무너지고 말았다.

1961년 5월 16일은 화요일인데, 바로 5.16 혁명이 일어났던 날이다. 박종세 아나운서의 목소리로 라디오를 통하여 "반공을 국시의 제일의로 삼고 지금까지 형식적이고 구호에만 그친 반공 태세를 재정비 강화한다."로 시작되는 '혁명 공약'이 망가진 레코드판이 헛도는 것처럼 계속 반복하여 방송되던 것이 기억난다. 계엄령이 시행되어서였던지 아버지께서는 일찍 퇴근하여 들어오셨다. 어머니와 이야기를 나누시면서 "이제 군인 세상이 되었다."라고 말씀하시던 것이 기억난다. 어른들끼리 말씀하시는 것을 들어보면 뭔가 큰 변화가 일어나고 있는 것 같았는데, 그 변화의 의미를 명확히 이해하기는 어려웠다.

군의 혁명 재판에 회부된 이정재라는 사람과 그 일당이 "나는 깡패입니다."라는 플래카드와 크게 쓴 이름을 목에 걸고 서울 시내를 끌려다니는 모습의 사진을 신문에서 보았던 것 같다. 어머니는 우리 형제들에게 "사람은 죄짓고는 살 수 없다."라고 낭랑한 목소리로 말씀하셨다. 그 이외에도 내무부 장관으로서 부정선거의 총책이었던 최인규, 소위 예술인 폭력배 임화수 등 8명이 그 해에 혁명 재판을 받고 사형에 처해졌다. 어린 나에게는 무슨 동화책 이야기 같기도 하고 라디오의 연속 방송 드라마 같았다. 그 이후에도 나는 중학생 때까지도 그와 관련된 기사나 책을 발견하면 재미있는 소설을 읽듯이 몇 번씩 읽었다.

1964년 6월 3일, 김종필 공화당 의장이 한일 국교 정상화를 위해 일본으로 건너가자 그날 정오를 기해 서울 18개 대학 1만 5000여 명의 대학생 등 3만여 명이 거리로 몰려나와 격렬한 시위를 벌였고, 계엄령이 선포되어 시위가 진압되었다. 그날 저녁때 몇몇 친구들과 특무대 앞을 지나다가 소총을 들고 입구 계단에 걸터앉아 담배를 피우는 군인들을 만났다. 군인들이 우리를 손짓으로 불러 "너희들도 몰려다니면서 데모하는 것은 아니지?"라고 물으며, 커서도 절대 데모하지 말라고 하였다. 철모를 쓰고 온몸이 땀에 젖은 채 담배를 피우고 있는 그 군인들이 그날 데모 진압에 고생을 많이 한 것으로 보였다.

"네, 우리는 데모 안 할게요."라고 대답했지만, 나를 포함한 친구들은 심정적으로는 한일회담에 반대하는 대학생 형들 편이었다. 8.15 광복 후 15여 년밖에 안 됐던 당시 한국 내 반일 정서는 지금과 비교할 수 없을 만큼 강했다. 어린이용 만화책에도 일본군과 독립군의 전투 끝에 독립군이 승리하는 종류의 만화가 많았다. 만화 속의 일본인은 대부분 빡빡 깎은 머리에 뻐드렁니를 한 못생긴 용모에, 군복을 입거나 게다를 신고 "덴노이까 반자이(천황폐하 만세)!"를 외치면서 독립군을 향하여 '도츠께끼(돌격)'을 외치는 모습으로 그려졌다. 선량한 한국인을 '빠가야로(바보)'라고 욕하며 핍박하는 악랄한 모습으로 우리들의 증오심을 부추겼다.

이런 일본어가 얼마나 자주 만화에 등장하였던지, 60년이 지난 지금까지도 또렷이 기억하고 있다. 일본인을 '왜놈'이라 부르며 그들의 후진성을 멸시하던 전통을 이어서 우리도 '왜놈', '일본놈' 또는 '쪽바리'라고 부르며 경멸했다. '빨갱이'라고 불렸던 공산주의자 못지않게 온 국민의 증오의 대상이던 일본과 협상하는 것을 아이들조차 긍정적으로 생각할 수 없었던 것 같다.

이러한 반일 정서는 대학 시절까지도 내 마음속에 깊이 내재되어 있었다. 회사 입사 후 해외 출장으로 일본인을 만날 기회가 많아지면서 일본인에 관한 생각이 조금씩 바뀌었다. 1983년 1월, 무역상사에 취직하여 완구 수출과 사원으로 일하던 시절에 세계 최대의 국제 완구 박람회인 독일의 뉘른베르크 완구 박람회에 가서 일주일간 국산 완구를 전시하고 해외 고객을 발굴하는 영업활동을 했다. 해외 바이어에 대한 정보가 전무하여 막무가내로 하루 이틀 헛수고를 하고는, 일본 회사 전시장에 견본을 들고 찾아가서 뻔뻔스럽게 바이어 소개를 부탁하였다. 80%는 그들의 전시장에서 쫓겨나리라는 생각을 했는데 그들은 의외로 내 이야기를 경청하면서 도와주었다. 심지어 메모지에 잠재 고객의 리스트를 써주면서 "성공을 빈다."라는 진심 어린 격려의 말까지 해주었다. 내가 일본인에게 받은 최초의 도움이었다. 그 이후에도 여러 가지 많은 도움을 받았다. 우리나라보다 먼저 국제화가 된 그들은 우리가 경쟁상대가 아닌 것을 알고 있어서였던지 그들의 경험을 가감 없이 나누어주었다. 그들은 뻐드렁니도 없었을 뿐 아니라, 6.25 전쟁 때 태어났던 내 또래의 한국인들보다 키도 훨씬 더 컸고 심지어 피부도 더 희었다. 6.25 전쟁 중 엄마 젖이 말라서 미음을 먹고 성장한 우리 한국인과 엄마 젖뿐 아니라 분유도 충분히 섭취할 수 있었던 일본인의 차이였을 것이다. 멀리서 봐도 그들은 한국인과 비교되는 세련되고 단정한 옷차림이었고, 한국인보다 더 신의가 있었다.

삼성전자의 초기 역사를 살펴보면 1969년 1월에 삼성 전자공업이 설립되고 동년 12월에 삼성 산요전기가 설립됐다. 삼성전자공업은 일본 산요전기로부터 기술과 자본의 도움을 받아 백색가전과 음향기기의 제조를 시작하였고, 삼성과 산요의 합작사는 흑백 TV를 비롯한 전자제품을 본격적으로 제조하며 빠르게 양산할 수 있었다. 시작 단계에서 산요전기의 도움을 받은 삼성전자가 산요로부터 완전히 독립한 것은 1977년부터였다.

　일본 제국주의 만행을 잊어서는 안 되겠지만, 그렇다고 무턱대고 증오심에 매몰되는 일은 없어야겠다. 국민의 강력한 반대에도 불구하고 한일협정을 체결하고 경협자금을 확보하여 포항제철 설립과 산업투자를 이끌어낸 당시 정부의 결단과 용기가 국가 산업발전에 중요한 초석을 다지는 업적을 이루게 되었음을 누구도 부인할 수 없을 것이다.

　내가 중학교 3학년 때이던 1967년부터 「광복 20년」이라는 제목의 정치드라마가 TBC동양방송 라디오에서 방영되었다. 광복 이후부터 20여 년 정치적 사건들로 가득한 질곡의 세월을 세세히 그린 방송극이었다. 해방 때부터 5.16 혁명이 일어나 박정희 정권이 들어서던 때까지의 정치적 사건들을 드라마로 생생히 재현했다. 김구, 이승만, 여운형, 박정희를 포함한 수많은 거물급 정치인들이 주요 등장인물이었다. 세세하게 알려지지 않았던 격동의 정치 이면사를 낱낱이 재현한 탓에 청취자들의 관심이 하늘을 찔렀다. 10여 년간 매일 밤 10시 10분부터 20분간 방영되었는데, 나 역시 하루도 빠지지 않고 거의 매일 청취하였고 듣지 못한 날은 다음 날 낮에 재방송을 청취하였다.

　당시 그 드라마의 시작과 종료 시마다 「광복 20년」 주제곡이 최희

준의 노래로 방송되어 청취자들의 심금을 울렸다. 그 시절 어려웠던 대한민국의 상황을 저절로 상상하게 하는 그 가사를 아래에 한 글자 한 글자 다시 써본다.

어둔 밤 가시면 아침이 오는가
20년 그 세월에 묻고 묻힌 사연들
서광은 비치리라
아아 새 역사의 물결이여 광복 20년

그때 밤 10시가 지나면 라디오에서 나오는 이 노랫소리가 집집의 창문을 통하여 어둠이 깔린 서촌에 울려 퍼졌다.

아리랑 골목에서의 인생 연습

1958년 친형이 학교에 입학하고서 많이 심심했던 것 같다. 주인집 형숙이와 지내는 시간이 더 많아졌다. 어느 날인가 형숙이와 나는 형이 다니는 국민학교에 함께 가보았다. 수업 중인 이 반 저 반을 창문으로 기웃거려보니 반마다 학생들이 가득하였다. 복도 벽에는 학생들이 크레용으로 그린 그림들이 붙어 있었다. "우리도 내년부터는 학교에 다닐 수 있다."라는 생각에 즐거운 마음으로 집으로 돌아왔다.

어머니의 치맛자락을 벗어나 꽤 긴 시간을 집이 아닌 학교에서 낯선 또래들과 함께 지내야 한다는 것을 두려워하기는커녕 기다리고 또 기다렸다. 그러나 막상 학교에서 다른 이들과 만나는 일은 즐거울 뿐만 아니라 긴장케 하고 때로는 나를 주장하기 위해 싸움까지 불사해야 한다는 것을 알게 되었다. 그것은 학교를 떠나 사회에 진출하여 직장 생활을 할 때도 그랬고 군대 생활을 할 때도 마찬가지였다.

국민학교 저학년 때 그런 긴장 관계를 해소하는 방법은 단순하고 명쾌하였는데, 문제가 되는 상대와 바로 싸워 승패를 정하고 그에 승복하는 것이었다. 강한 것이 이기는 것이 당연하고 그것이 선이라고 생각했던 것이었을까? 나뿐 아니라 당시의 내 또래들에게는 강한 것이 선이라고 생각하는 경향이 있었던 것 같다. 힘이 센 것을 강하다고 생각했지만, 그뿐 아니라 공부를 잘하는 것도 강한 것에 포함시켰다.

국민학교 2학년 때, 우리 반에 이○○라는 아이를 모두 천재라고 불렀다. 반뿐 아니라 전체 학년 중 공부를 제일 잘한다고 하였는데, 누가 어떤 근거로 그런 이야기를 퍼뜨렸는지는 기억나지 않는다. 작은 체구에 안경을 쓴 그는 대단히 유명했다. 같은 반 친구들은 너 나 할 것 없이 어떠한 방법이든 그 아이 앞에서 경의(?)를 표했다. 어느 날인가 학교 수업을 마치고 우연히 그를 포함한 서너 명이 함께 교문을 나섰는데, 누군가가 그를 목말을 태워 가자고 의견을 내어 모두 찬성하였다. 서로 말(馬)이 되겠다고 하는 통에 가위바위보를 하여 영광스럽게도 내가 말에 당첨되었다. 나는 자랑스럽게 그를 목마 태우고, 친구들은 양옆에서 보조하며 그의 집까지 데려다주었던 것이 기억난다. 참으로 어처구니없는 추억이지만, 땀을 흘리며 큰 보람된 일이라도 한 듯 만족했던 것 같다. 그는 그냥 평범하게 중고등학교와 대학을 마치고 어느 금융회사에서 직장 생활을 하고 은퇴하였다는 이야기를 얼마 전에 들었다.

싸움을 잘하는 친구를 '가다'라고 불렀다. 우리 학교의 '첫째 가다'는 전광철이라는 아이였다. 나와는 다른 반이었는데, 별로 큰 키는 아니었고 통통한 체격의 근육질이었다. 소문에는 합기도 몇 단에 싸움은 천하무적이라고 하였다. 그가 같은 학년 1,000여 명과 일대일로 대결하여 모두 이긴 건 아닐 텐데 어쩌다가 '첫째 가다'에 등극하게 되었는지는 알 수 없다. 하여튼 그 아이 주변에는 항상 많은 친구가 함께 다녀서 감히 말을 붙이기도 어려웠다. 나도 말을 한번 붙여보고 싶었으니 내 마음속에도 힘에 대한 동경이 있었다고 해야 할 것 같다.

공부 잘하는 친구와 싸움 잘하는 친구에게 경외감을 느끼고 때로는 상상할 수 없을 정도로 굴종하던 것을 생각해 보면 스스로에 대한 자존감이 없었던 것이 아닐까 생각하게 된다.

네 남매 중에 둘째였던 내가 열 살이 되기 전이던 그때 우리 집에서 특별히 나의 기를 세워줄 일이 있을 리 없었다. 부모님께서는 모든 형제를 사랑으로 품어주셨지만, 어린아이를 특별히 대접해 줄 여유는 없었다. 말귀를 알아듣기 전부터 장유유서의 원칙에 따라 아버지께서 수저를 드시기 전에 우리가 먼저 음식에 손을 대서는 안 되고 어른이 식사하실 때 누워있으면 안 된다고 철저히 교육받았다. '생일 축하'라는 말은 낯설었지만, 생일날 어머니가 잊지 않고 미역국을 끓여주셨다. 그 미역국이 생일을 맞은 우리를 위한 것인지 아니면 해산 기념으로 어머님의 고통을 기억하기 위한 것인지는 분명치 않았다. 생일선물은 받은 일이 없는 것 같은데, 그래서인지 지금도 내 생일에 특별한 감흥이 없고 그냥 내 나이를 계산하기 위한 날 정도의 의미로만 생각한다. 아내가 내 생일을 기억해 주지 않거나 자녀들의 선물이 없다고 해도 전혀 섭섭하지 않다. 군 생활 중에도 마찬가지였다. 생일에 대한 축하 없이 살았기에 자존감이 없었던 것일까?

명절날은 달랐다. 세배를 하면 세뱃돈을 받는 것으로 알고 있었고, 세뱃돈에 대한 기대가 컸다. 크리스마스 선물은 거의 받은 기억이 없지만 그 또한 섭섭하지 않았다. 나뿐 아니라 내 또래 친구들 대부분이 그

랬었을 것이다. 학교를 졸업할 때 졸업선물은 받았던 것 같다. 국민학교 졸업 직후에 아버지 경찰 재직 시 상사의 부인이신 한 주임 댁 아주머니로부터 영어사전을 선물 받았는데, 포장지에 싸서 받은 것이 아니라 나를 데리고 신교동 입구 문방구에 가서 고르게 하셨다. 어떤 것을 사겠냐는 물음에 "두꺼운 사전이 좋겠지만, 너무 비쌀 것 같으니 얇은 사전을 사겠다."라고 말씀을 드렸다. 아주머니는 "기특하기도 하네."라고 웃으시면서 두꺼운 사전을 사주셨던 기억이 난다. 부모님께는 중학교 졸업 때 손목시계를, 고등학교 졸업 때 만년필을 선물로 받았다.

우리 아들들이 어릴 때는 빠짐없이 생일 축하 케이크를 사서 축하해 주었다. 크리스마스가 다가오면 아이들 선물로 무엇을 사야 할지 아내와 전전긍긍하였다. 특히 독일 주재원으로 파견되었을 때는 아이들의 현지 학교 적응을 위해 동급생 친구 모두를 집으로 초대하여 집에서 함께 먹고 놀게 해주었다. 생일 초대 카드를 써서 같은 반 아이들에게 전하면 독일의 어머니들은 전화로 꼭 확인했다. "오전 11시 30분까지 오라고 했는데, 그 후 몇 시까지 데리러 가야 하나요? 반 학생 중 누구누구를 초대했나요?" 반 학생 15명 모두를 초대했다고 대답하면 언제나 놀라면서 "정말이냐?"라고 반문하였다. 독일 아주머니들이 아마도 속으로 웃긴다고 생각했을지도 모른다. 이제 아들들은 다 커서 성인이 되었지만, 어릴 때 기억을 바탕으로 누군가가 자기들 생일을 기억하고 축하해 주길 바라리라 생각한다.

곁에 앉은 짝과는 가장 친한 친구가 되기 마련이지만 항상 그런 것은 아니었다. 서로 짝이 마음에 들지 않아서 함께 쓰던 책상의 가운데를 연필로 줄을 그어놓고 서로 넘어오지 말라며 시비를 하거나 상황이 악화되면 몸싸움을 하기도 했다. 극도로 사이가 벌어질 때 담임선생님이 짝을 바꿔주기도 하셨다. 다툼은 짝끼리만 있는 게 아니었다. 점차 범위를 확대하여 같은 반 안에 다른 분단의 아이와 다투거나 다른 반, 심지어는 다른 학년 아이와 다툼을 벌이기도 한다.

다툼의 원인은 대부분 작은 일들이었다. 같이 쓰는 책상의 내 앞자리까지 너무 넓게 널려놓았다거나, 빌려 간 고무를 돌려주지 않았다거나, 내가 조는 것을 선생님께 일렀다거나 또는 시비를 걸고 내가 하는 일을 방해한다거나…. 대부분 말다툼으로 끝나지만 어떤 경우는 육탄전으로 바뀌는 경우도 있었다. 이럴 때는 주변의 친구들이 말리거나 선생님께서 제지하여 더 악화되는 것을 막았다.

그래도 분이 안 풀리면 그 친구에게 "오늘 수업 끝나고 아리랑 골목에서 만나자."라고 결투를 제안했다. 어떤 경우는 당사자들이 여전히 분을 못 참고 씩씩거리는 것을 보고, 주변의 친구들이 '아리랑 골목에서의 결투'를 주선하여 양측에 통보하기도 하였다. 이야기를 듣고도 정해진 시간에 안 나타나면 자동으로 결투를 포기한 패배자가 되었다. 결투 시간은 대부분 수업을 마친 직후의 시간으로 정해졌다.

통상 결투자 두 명 외에 서너 명의 참관자(?)가 함께 아리랑 골목으로 모였다. 일단 결투자들의 가방을 풀어 땅바닥에 내려놓고 참관자들이 권투나 레슬링의 주심처럼 둘을 마주 보고 세운 다음 "자, 시작!" 하는 외침으로 싸움이 시작되었다. 막상 마주 보고 선 두 명이 서로 쭈뼛거리며 싸움을 시작하지 않는 때도 있었는데, 이럴 때 참관인들이 서로 싸움을 시작하라고 큰 소리로 독려하기도 했다.

싸움이 시작되면 참관자들이 "야, 머리!", "코를 때려!"라고 큰 소리로 응원도 하였다. 전문 싸움꾼이 아닌 어린아이들인 만큼 몇 번 때리는 흉내를 내다가 서로 얼싸안고 씨름을 하다가 땅바닥에 쓰러지고, 서로 위에 올라타려고 용을 쓰고 다시 일어나서도 상대를 정확히 때리기보다는 붙들고 밀치고 하는 싸움이 되었다. 그러다가 용케 누군가 코피가 터지면 싸움이 끝났다. 코피 터진 아이는 눈물을 글썽이며 패자의 눈물을 흘리는 반면, 상대 아이는 의기양양하게 풀어놓은 가방을 둘러메며 "윘으도 까불지 마!"라고 큰소티를 지면서 그곳을 떠났다.

나도 국민학교 시절에 몇 번 아리랑 골목에 불려 간 적이 있었는데, 학교에서 그곳까지 가면서 가슴이 계속 뛰는 것을 느꼈다. 결투 시간이 길어지도록 승부가 안 나면 결투자나 참관자나 모두 지쳐갔다. 그럴 때면 자연히 다음번 재대결을 기약하고는 싸움이 끝났다. 일단 싸움이 붙으면 누구도 말리지 않았다. 하지만 손발 이외에 돌이나 다른 무기(?)를 사용해서는 안 되고, 코피가 터지면 싸움을 중지한다는 불문율이 있었던 것 같다.

국민학교를 졸업하고 중고등학교에 가서도 일부 불량한 학생들로부터 폭력을 당할 위험에 처한 적이 몇 번 있었지만 아리랑 골목에서 만난 적은 없었다. 물론 아리랑 골목에서 일어나는 싸움에 대하여 부모님에게 말씀드린 적은 한 번도 없었다. 그것은 아이들끼리 끝까지 지켜야 할 비밀이라고 생각했다. 어쩌면 부모님께 말씀드려야 할 정도로 심각한 위험이 없었다는 것을 감사해야 할 것 같다.

대학 시절에 어느 친구의 소개로 그의 대학교 같은 과 1년 선배 중 괴짜라고 불리던 분을 가끔 만나 이야기를 나눴는데, 주로 당시에 인기를 끌던 명동의 '뢰벤브로이' 생맥주집에서 만났다. 그 선배는 언제나 대한민국의 문제점과 발전 방안에 대하여 목이 쉴 정도로 일관된 주장을 펼쳤다.

대한민국이 이 모양 이 꼴로 후진국으로 사는 이유는 결투의 문화가 없기 때문이라는 것이다. 서부 영화를 보면 서양인들은 서로 마음에 안 들면 결투를 신청한다. 서로 등을 지고 열 걸음을 걸은 후 돌아서며 상대를 쏘아 죽이는 방식으로 해결했다는 것이다. 더 오래전의 로마, 그리스 시대의 영화를 보더라도 검투사들이 상대편을 한칼에 베어 죽임으로써 승자의 역사를 만들어 왔고, 강한 자만이 생존할 수 있었기 때문에 서양인의 골격은 왜소한 우리 한국인들과는 비교가 안 될 정도로 강건하게 진화했다는 것이다. 반면에 우리의 역사는 입으로 하는 암투에만 능하여 갈등을 해결하기보다는 증폭시켜왔고, 눈치나 보는 비겁한 자들이 지배하게 되어 현재와 같은 후진국에 머물게 되었다는 것이다. 하루속히 우리나라에도 공개 결투를 장려하는 제도가 공식적으로 인정되어야 한다는 주장이었다. 물론 이 주장에 완전히 동조한 것은 아니었지만, 그 열정적인 목소리에 마치 전적으로 공감하는 듯 고개를 끄덕이면서 어린 시절의 아리랑 고개를 생각하였다.

아리랑 골목의 위치는 청운국민학교와 경복고등학교 사이에 있었고 인적이 거의 없는 골목이었다. 막다른 골목인 듯 하면서도 고불탕고불탕 작은 골목이 이어졌다. 어른들의 참견에서 벗어나 아이들끼리 자유스럽게 해결책을 찾던 그 골목은 누군가 코피가 터질 때까지 무한정 싸워야 했던 골목이었다. 아무도 말려줄 사람이 없던, 승자와 패자가 공존했던, 진정한 인생살이를 연습하게 해줬던 그 골목을 오늘 그림으로 그려봤다.

몇 주 전에 청운국민학교 친구들 네댓 명과 함께 학교를 둘러보고 저녁 무렵에 그 골목을 찾아가 보았다. 대부분 건물이 신축되어 있고 골목도 넓어진 것 같았다. 골목을 기웃거리며 옛 무용담을 나누다보니 어느덧 해가 저물고 어두워져 있었다.

같은 또래의 다른 친구들 모임에서 "아리랑 골목을 아는가?"라고

청운국민학교와 경복고등학교 사이의 아리랑 골목

물어본 적이 있었다. 청운국민학교 동창들 외에는 대부분 매우 생소해했다. 하지만 그 골목의 의미를 자세히 설명해줬더니 대부분 그들이 살던 동네나 마을에도 유사한 어린이들의 결투 장소가 있었다고 한다.

비록 서촌의 아리랑 골목과 똑같은 이름은 아니었지만, 어른들의 간섭을 받지 않고 갈등을 스스로 풀고 싶었던 아이들은 아리랑 골목 같은 비밀 장소가 필요했을 것이다. 서촌 이외의 다른 곳에도 다른 이름의 비밀 장소가 얼마든지 있었을 거란 생각이 들었다.

서촌에서 태어났다 사라진 이들

서촌은 변함없어 보이는 인왕산 능선의 굴곡과 달리, 흐르던 개울이 땅에 묻히고 옛 가옥들이 허물어지고 새롭게 지어지며 끊임없이 변화해 왔다. 이 땅에서 살던 이들도 언젠가 태어나 이 땅을 가꾸고 풍요롭게 하다가 얼마 후 또 바람처럼 사라지기를 반복하며 지금에 이르렀을 것이다. 과거에 이 땅에 살던 사람들은 참으로 다양하였으며, 그중에는 아직도 그 이름을 남기고 있는 유명인들이 많다.

세종대왕(1397~1450년)도 이곳 서촌에서 태어나셨고, 세종의 셋째 아들인 안평대군(1418~1453년)도 수성동 계곡에 '비해당'이라는 집을 짓고 살았다고 한다. 조선 초기 왕족들의 주거지였던 이곳은 조선 중기부터 점차 사대부들이 들어와 살기 시작했고, 조선 후기에는 중인들의 거주지로 변모하였다고 한다. 서촌 필운대에 살던 백사 이항복(1556~1618년), 지조와 절개의 학자인 안동 김씨(장동 김문) 김상헌 (1570~1652년), 서촌의 구석구석을 그려서 「장동팔경첩」이라는

화집을 남긴 겸재 정선(1676~1759년), 옥계시사라는 중인들의 문학 모임을 주도하던 시인 송석원 천수경(1757~1818년), 천재 시인 이상 (1910~1937년), 매국노 이완용(1858~1926년), 친일 반민족주의자 윤덕영(1873~1940년), 청전 이상범 화백(1897~1972년), 소설가 염상섭(1897~1963년)과 시인 윤동주(1917~1945년), 여류시인 노천명 (1911~1957년) 등등 많은 유명 인사들이 한때 이곳의 주민이었다.

그들은 서촌에서 바람처럼 사라졌지만, 이어서 새로운 생명이 태어나거나 이주하여 그 빈 공간을 다시 채우고 그들의 삶으로 서촌을 더욱 풍성하게 살찌웠다. 서촌에서 태어나고 살다 죽는 모습은 시대에 맞게 변모하면서 끊이지 않고 이어져 왔다.

우리 집안의 조상들은 황해도 금천에서 사셨는데, 8.15 해방 때 부모님이 남한으로 넘어와 살게 되어 우리 형제들은 모두 남한에서 출생하였다. 어머니께서 누이동생 해산 준비를 하시던 장면이 내 머릿속에 기억으로 남아있다. 바람이 불던 어느 겨울 저녁 때에, 어머니께서 마당 닭장 곁에서 해산을 위해 방에 깔 비료포대를 여러 장 털며 준비하시던 모습이 생각난다. 서울에 올라와 내가 만 여섯 살 때 막내 남동생이 태어나던 기억은 더욱 선명하다. 형과 누이동생과 나는 방문 앞의 쪽마루에 앉아서 아기 출생을 기다렸다. 외할머니께서 뛰어오시고 얼마 지나지 않아 막내가 출생하였다.

나중에 외할머니께서 "머리가 나오는데 머리카락이 없어서 잘못된

줄 알고 조금 나온 그 머리를 가위로 자르려 했다."라고 큰일 날 뻔했다고 말씀하셨다. 탯줄을 자르는 데 가위를 썼으니 가위는 항상 출산의 필수 준비물이었던 것 같다. 그리고 누군가가 물도 끓이고 있었다. 당시에는 병원이나 조산원의 도움보다는 대부분 동네의 연세 많고 경험 많은 할머니들의 도움으로 집에서 출산하였다. 우리 형제들의 출생 때에도 모두 외할머니께서 오셔서 산파 역할을 하시며 도우셨다고 들었다.

그 당시의 세태가 그랬는지 아니면 일이 바빠서 그러셨는지는 모르지만, 동생들이 태어날 때 아버지께서는 현장에 계시지 않았다. 나는 주로 방 앞의 쪽마루에서 숨을 죽이고 동생들의 탄생을 기다렸다. 지금의 출산 환경과 비교하여 60여 년 전 한국의 환경은 병원 시설이 없거나 열악한 현재 아프리카의 오지 마을에서 출산하는 것과 별 차이가 없었던 것 같다.

6.25 동란 중인 1952년에 태어난 나는 가족의 연고지가 아닌 참전 중인 아버지의 부임지인 경기도 광주군 창우리의 주소 불상지에서 출생하였다. 전쟁과 굶주림 속에서 출산하였으니 산모로서 불안과 고통이 매우 심하셨을 것이다. 누이동생은 1955년 경기도 금촌에서 출생하였으나 여전히 어려운 시기였다. 젖이 안 나오고 부족하여 밥을 지으면서 미음을 만들어 젖 대신 먹이셨다고 한다. 1958년에 서촌에서 출생한 막냇동생은 다행히 우유를 먹고 자랄 수 있었다.

나는 1984년에 결혼하여 1985년에 첫째 아들이 태어났고, 1989년에 둘째 아들을 낳았고, 큰아이는 백병원에서, 둘째는 이화여대부속병원에서 태어났는데, 출산할 때 한 번도 제때 병원에 가서 아내의 손을 잡아주지 못했다. 큰아이 출생하기 며칠 전에 회사에서 조회 중 극심한 옆구리 통증으로 병원에서 응급 진찰을 받아보니 요관 결석이었다. 을지병원 비뇨기과 친구 유종근 박사의 권유로 을지병원에 입원했고, 아내는 만삭의 몸으로 입원실로 달려왔다. 신혼 기간 내내 나는 새벽에 출근하여 밤늦게 귀가하였는데, 그나마 병원 입원실에서라도 일에서 벗어난 나와 함께 있는 것이 좋다고 아내가 하던 말이 기억난다.

내가 입원한 지 3일째 되던 날 무거운 몸으로 입원실을 왔다 갔다 해서였던지 아내는 예정일보다 일찍 진통이 왔다. 장인 장모님께서 그날 밤 아내를 백병원에 데려다주었고, 그다음 날 아침에 백병원으로 전화를 하니 아이를 무사히 출산하였다고 간호사가 전해주었다. 서둘러 아침에 퇴원하고 백병원으로 달려갔다.

둘째 아들이 태어나던 날도 나는 눈코 뜰 새 없이 연초 업무에 바빴다. 보호자가 와서 수술 확인서에 서명해야 수술을 시작할 수 있으니 빨리 병원으로 오라는 연락을 받고서야 간신히 병원에 도착하였다. 도착해 보니 장인께서 먼저 서명을 하셨고 출산했다고 말하였다. 간호사가 막 태어난 둘째를 아기 운반대에 싣고 수술실에서 나오고 있었다.

이제 와 생각하면 정말로 아내에게 너무나 미안한 순간들이었다.

변명하자면 당시 우리나라는 후진국에서 벗어나 개발도상국으로 가기 위하여 막 몸부림을 치기 시작하던 시기였다. 내가 다니던 직장뿐 아니라 사회적 분위기가 회사 일과 같은 공적 업무를 하다가 아내가 애를 낳는다고 조퇴 운운을 했다가는 윗사람으로부터 "자네가 애를 낳는가? 아내가 낳지."라고 핀잔을 듣거나, 주변 동료, 후배들로부터 조롱거리가 되기 십상이었다. 일하다가 아내의 출산을 이유로 자리를 비운다는 것은 사실상 어려웠다. 당시 회사 면접 중에 직장과 가정 중 어느 것을 선택하겠냐는 질문을 받았을 정도로 비인간적 분위기의 세상이었다. 나라에 축적된 것이 아무것도 없었으니, 나라를 발전시키기 위하여 젊은이들이 인내하고 희생하며 전력투구하는 수밖에 어떤 다른 방법이 있었겠는가?

사실은 내가 결혼하기 5년 전인 1979년 나의 소꿉친구이자 동갑이송사촌 누이인 현숙이가 부잣집으로 시집을 가서 고려병원(현재 삼성강북병원)에서 아이를 낳다가 사망한 일이 있었다. 아이는 살았으나 산모는 하혈이 멈추지 않아서 사망한 충격적인 일이었다. 내 마음 한편에 그 일의 기억으로 아내의 해산에 대한 걱정이 없지는 않았다. 그런데도 회사 분위기를 거부하고 병원으로 달려가지 못한 것은, 회사를 나오게 되면 가족의 생계를 책임질 수 없어서였을까? 그보다는 맡은 일에 대한 책임감과 조직에 대한 충성심, 치열한 경쟁에서 뒤지지 않으려는 생각 때문이었다고 말하는 것이 더 옳을 것 같다.

아버지가 돌아가신 후 유품을 정리하다가 다이어리 노트에 '先公後私(선공후사)'라고 한문으로 낙서하듯이 여기저기에 기록해 놓은 것을 발견하였다. 아버지도 이 글자를 노트에 여러 번 적으면서 가정과 공적 업무 사이에서 어느 것을 우선시해야 할지 번민하셨던 것이 아닐까 생각한다.

이제 우리나라의 출산환경은 많이 바뀌었다. 비용이 더 들지만 대부분 병원에서 안전하게 출산하고, 출산 후에는 산후조리원에서 철저한 전문적 관리를 받는다. 남편들도 옛날과 달리 회사에서 출산 휴가나 육아 휴가를 받을 수 있어서 우리 세대보다는 훨씬 더 인간적으로 살고 있으니 다행이라고 생각한다. 며느리가 출산 후 퇴원하는 날, 병원에 가서 손자를 처음 보고 바로 산후조리원으로 운전하여 데려다주었다. 남편을 제외하고는 가족들도 출입이나 면회가 금지되었다. 감염 가능성을 철저히 차단하고 산모의 회복에 방해가 될 수 있는 모든 연락을 금하는 것이었다.

내가 어렸을 때인 1960년대에는 아기가 태어나면 외부로부터의 부정을 막기 위하여 볏짚 두 가닥을 새끼손가락 굵기로 왼새끼줄을 꼬아서 대문에 달았다. 사내아이의 경우는 숯덩이와 빨간 고추를, 여자아이의 경우는 숯덩이와 작은 생솔가지를 꽂은 금禁줄을 만들어 출산 후 약 2주간 어른의 키 높이로 대문의 양쪽 기둥을 연결하듯 늘어뜨려 놓았다. 집 안에 산모와 유아가 있으니 산모와 유아의 건강을 위해 출입을 삼가라는 표시였다. 전쟁 후 출산율이 높을 때였던 만큼 집들이 서로 교대하듯 금줄을 달던 터라, 어느 해든 그 금줄을 못 보고 지나갔던 해는 없었던 것 같다. 그뿐 아니라 장독대에 서는 숯과 긴 창호지 종이를 새끼줄에 꽂아 비슷한 금줄을 만들어서 막 담근 간장의 독 윗부분에 매어 놓은 것을 흔히 볼 수 있었다.

아파트 주거 형태로 변화하며 이런 금禁줄의 전통은 자연스럽게 사라졌다. 장독대와 장독 항아리도 사라졌으니 간장독의 금줄도 볼 수 없게 되었다.

시작이 있으면 끝이 있듯이 동네에는 출생뿐 아니라 장례식도 가끔씩 있었다. 전쟁 중에 태어나 돌 무렵에 휴전이 되었기 때문에 전쟁 기억이 내게 남아 있지는 않지만, 많은 전쟁의 상처를 눈으로 보며 자랐다. 전쟁 중에 팔다리가 절단된 어떤 상이군인들은 수시로 동네에 나타나 목발을 짚거나 갈고리를 하고 마치 무한의 채권을 가진 듯 아무 집이나 들어가 먹을 것과 돈을 요구하며 행패를 부렸다. 그들에 대하여는 경찰도 어떻게 하지 못했다. 물론 모든 상이군인이 그랬던 것은 아니었지만, 어린 나에게는 하루에도 몇 번씩 깡통을 들고 문을 두드리는 걸인들이나 나병 환자들과 마찬가지로 상이군인은 두려움의 대상이었다.

수많은 전쟁 사망자를 내 눈으로 직접 본 적은 없었지만, 인왕산 산동네에 살다 보니 산에 목을 매거나 극약을 먹고 자살한 시신들을 자주 보았다. 자살이 일어나면 동네 아이들끼리 주검을 보러 함께 몰려가기도 했는데, 대부분 이미 짚 가마니나 멍석에 뚤뚤 말아놓은 후였다. 그만큼 생존이 힘들었고 사회적 스트레스가 많았기에 산에 들어와 목매어 자살했었으리라 생각한다. 동네 누구네 엄마가 자살하려고 수면제를 먹고 병원에 갔는데 깨어나지 못하고 있다는 이야기도 들은 적이 있다.

이처럼 동네의 장례식은 나이 드신 동네 노인들의 자연사나 자살 등 사고사로 인한 장례식이었다. 친구들의 할아버지, 할머니 장례식을 보면서 어린 마음에 우리 집은 친가의 할아버지, 할머니, 외할아버지 모두 왕래가 불가능한 북한에 계시고, 곁에 계신 외할머니는 건강하셔서 우리 식구들이 장례식을 치를 일은 가까운 시일에 없을 테니 참으로 다행이라고 생각했다.

중학교 1학년이던 1965년 당시 만 32세의 큰 외삼촌이 위암 진단을 받고 수술 후 그해 8월에 돌아가셨다. 그해는 하와이로 망명 갔던 이승만 대통령이 하와이에서 서거한 해로, 그 유해가 한국으로 이송되어 가족장으로 국립묘지에 안장되었다.

6.25 전쟁 중에 개성에서 학도 의용군으로 인민군에 끌려가 거제도 포로수용소까지 경험했던 큰 외삼촌은 1960년 만 27세의 나이로 만 18세의 신부를 맞아 결혼하셨다. 1961년 딸이 출생하였는데 그 어린 딸을 장래의 미스코리아라고 우리 어머니와 이모들에게 자랑하시곤 하였다. 그리고 1963년에 아들을 낳았는데 그 아이가 만 두 살이 막 되었

을 때 위암 수술을 받으신 것이다. 수술 후 퇴원하여 댁에 머무르며 통원 치료를 받다가 몇 달 안 되어 그만 돌아가시고 말았다. 어머니와 아버지께서 장례 후 하시는 말씀을 듣고 외삼촌께서 꼭 회복되어 더 살고 싶어 하셨고, 돌아가신 삼촌의 눈을 아버지 손으로 감겨주셨다는 것을 알게 되었다. 그때 만 네 살의 딸과 만 두 살의 아들을 외숙모에게 남기고 세상을 떠난 외삼촌의 죽음은 온 가족에게 커다란 슬픔이었다. 큰아들의 죽음을 맞이한 외할머니의 슬픈 통곡과 어린 외숙모의 절망적인 모습, 그리고 6남매 중 맏이인 어머니의 슬픔을 보며 가족의 죽음을 처음으로 대면하였다.

장례는 할머니 댁에서 치러졌는데, 다른 장례식처럼 할머니 댁 문에 근조謹弔 등을 달아 상갓집 표시를 하였다. 국군이 철수하고 중공군이 내려온다는 말에 외할아버지께서 "집은 내가 지키고 있을 테니 몇 달 남쪽으로 내려갔다가 오라."라고 등떠밀어 외할머니와 6남매가 남한으로 넘어온 이후 처음으로 맞는 가족 장례식이었다. 고향인 이북의 개성과 연락이 끊어진 가운데, 장례는 화장으로 진행되었다. 문상객들을 위하여 마당과 골목에 멍석을 깔고 음식을 대접하였을 것이고, 문상객들은 밤새워 화투를 치거나 술잔을 기울였을 것이다. 물론 장의사의 도움을 받아서 근조 등을 설치하고, 염을 하고, 영구차 주선 등의 절차도 진행했을 것이다. 내가 장례 준비에 직접 참여한 것은 아니지만 8월 한여름에 작은 개인 집에서 장례를 치르느라 고생이 많으셨을 것 같다.

주택 형태가 아파트로 급격히 변해가면서 개인 집에서 장례를 치르기는 점점 더 어려워졌다. 심지어 장례를 마치고 관을 아파트 고층에서 지상에 있는 영구차로 운구하기 위하여 관을 밧줄로 매어 내리거나, 높이가 낮은 엘리베이터 지붕을 개봉하고 관을 세로로 세워 운구하는 등 많은 어려움을 겪게 되었다. 병원 장례식은 점점 더 많아지게 되었지만, 병원 장례식장의 빈소와 조문객 식사 장소가 한 방에서 이뤄져 또 다른 문제와 불편을 초래했다.

이렇게 전통적 장례식이 변화하던 1994년 12월, 세계 최고 수준의 병원을 만들겠다는 이건희 회장의 강력한 의지와 3300억 원의 투자로 서울삼성병원이 개원했다. 최고 수준의 의술뿐 아니라 환자들의 돌봄까지 병원에서 맡아서 환자 가족들은 생업에 전념할 수 있었고, 병원 내에 현대적인 영안실과 장례식장을 만들어 장례문화를 선진화시켰다. 그 후 대부분 종합병원도 장례식장을 만들었고, 이제는 장례식은 병원의 장례식장에서 하는 것이 일반화되었다.

1997년 12월 31일 아버지께서 돌아가셔서 삼성병원에서 장례를 치렀다. 그 후 어머니, 장인, 장모 모두 병원의 장례식장에서 장례를 치렀다. 병원 장례식장이 사용되면서부터 문상객들이 술을 먹고 밤을 새우며 화투를 치는 옛날 상갓집에서의 습성도 사라졌다.

올해 9월에 둘째 이모님이 돌아가셔서 장례식장에 갔다가 그곳에서 이종사촌 누이 현숙이의 딸과 마주쳤다. 몇 해 전 이모부 장례식에서 스치듯 만난 적이 있었다. 현숙이는 1979년에 스물일곱의 나이로 첫 딸을 낳고 며칠 있다가 병원에서 세상을 떠났는데 나와는 소꿉친구였다. 벌써 세월이 42년이 흘렀고, 그때 엄마를 잃고 태어났던 그 신생아가 어느새 40대의 완숙한 선생님이 되어있었다. 엄마 없이 외로운 시간도 있었겠지만, 모든 것을 이겨내고 두 아들의 엄마가 되어있었다. 56년 전 큰외삼촌이 하늘나라로 떠나며 남겨둔 23세의 아내와 네 살짜리 딸과 두 살 난 아들도 그새 힘든 세상을 이겨내고 이제 노령에 접어들었다.

물론 그들의 현재가 그들만의 인내와 노력만으로 오늘을 만들어 낸 것은 아닐 것이다. 그 세월 속에 내가 일일이 알지는 못했지만, 긴 세월 동안 흘렀던 사랑의 힘이 오늘을 만들어 냈을 것이다.

서촌의 세월은 이렇게 탄생과 죽음을 반복하며 지나갔다. 그 속에 있던 사건들은 살아있는 이들의 가슴속에 인되고 남아 구전되면서 역사를 이루고 사랑의 향기를 더욱 짙게 풍기고 있는 것 같다.

수성동 계곡과 함팔이의 추억

1960년대의 여름을 회고하면 당시 한국에는 에어컨 같은 냉방시설은 물론 선풍기도 흔하지 않았다. 바캉스라는 말이 있기는 하였지만 지금처럼 가족 단위로 산이나 바다로 여행을 갈 형편들도 아니었다. 여름 방학 때는 마루에 앉아 만화책을 보다가 할머니가 부쳐주시는 부채 바람에 스르르 잠이 들거나 펌프 물 밑에 엎드려 목물을 하면서 한여름 더위를 견디어 냈다.

　　뚝섬이나 한강 변에서 물놀이를 할 수 있다는 이야기를 들었지만 어른과 함께 가야 할 만큼 먼 거리였다. 실내 수영장은 없었고 사직공원 안에 야외 어린이 수영장이 하나 있었는데 유료였다. 지금처럼 어린이들이 수영을 제대로 배우는 일도 드물었다.

　　바람도 없이 불볕더위가 계속되는 날에는 친구를 불러내어 인왕산 기슭의 수성동 계곡에 가서 놀았다. 커다란 암석들 사이로 풍성하게 흘러내리는 계곡물에 발을 담그고 한여름 더위를 피하거나, 송사리를 잡으며 시간을 보내기에 안성맞춤이었다. 시간이 지나면서 고기잡이도 지루해지고, 사방에서 소란스럽게 울어대는 매미 소리로 낮잠을 청하기도 어려울 때는 옷을 훌러덩 벗고 물속에 첨벙 뛰어들었다.

　　옛날 이곳에 누가 살았는지, 이 땅에서 무슨 일이 벌어졌는지, 그리고 앞으로 이곳이 어떻게 변할 것인지에 아무 관심이 없었다. 실제 이곳이 750여 년 전 세종대왕의 셋째 아들인 안평대군(1418~1453년)이 풍류를 즐기며 살던 집터이고, 세종대왕께서 그 집의 이름을 비해당이라고 작명해주셨다는 것을 안 것은 10년도 채 안 되었다. 서촌에 살적엔 그 모든 것이 당연히 옛날부터 그대로였고 앞으로도 그대로일 것이라며 아무 생각 없이 살아온 것 같다.

안평대군은 자신의 형인 수양대군이 조카인 단종을 몰아내고 왕이 된 계유정난(1453년 10월 10일)으로 강화도로 유배되어 그해 10월 18일 35세의 나이에 사약을 받았다. 그러한 내용은 역사책에서 읽어 알고 있었지만, 그의 집이 내 어린 시절 물놀이터였던 수성동 계곡에 있었다는 것은 내가 60세가 훨씬 넘어서야 알게 되었다.

아파트가 철거된 인왕산 수성동 계곡에 기린교가 보인다.

그뿐 아니라 영조 27년(1751년)에 겸재 정선이 그렸다는「장동팔
경첩」중에 수성동을 그린 그림을 보면서도 그곳이 어디일까 상상하지
못했다. 2007년 수성동 계곡에서 발견된 돌다리가 겸재 정선의 그림에
있는 '기린교' 돌다리라는 것이 밝혀짐에 따라 이곳이 안평대군의 비해
당 터가 있는 수성동 계곡이라는 것을 알게 되었다.

서촌에서 살면서도 중학교 졸업 후로는 이곳을 자주 찾지 않았던
것 같다. 세월이 흘러 내가 대학에 입학했던 1971년 6월에 이곳, 수성
동 계곡에 옥인시범아파트(9동 398세대)가 세워졌다. 도심에서 가깝고
물 좋고 산 좋은 인왕산 계곡을 끼고 건립되어 장안의 화제가 되었다.
1960년대 경제 성장과 수도권 인구 폭발로 서울에 주택난이 발생하자
그 해소 정책으로 수성동 계곡에 아파트를 건립한 것이다. 그러나 이
아파트가 인왕산의 경관을 해치고 있다는 비난 여론 끝에 2008년 8월
말부터 철거가 시작되어 준공 40여 년만인 2012년 7월 11일 역사 속으
로 사라졌다. 아파트가 서 있던 계곡은 공원으로 복원되었지만 아직 옛
날의 그 모습을 다 찾지는 못한 것 같다.
철거 중에 아파트 옆 계곡에서 정선의 그림 속에 나오는 안평대군
옛 집터의 흔적인 기린교가 발견되었다. 1970년대 초 아파트 건립 중
에 파괴돼 없어졌다고 알려진 그 기린교가 세상에 다시 모습을 드러낸
것이다. 270여 년 전에 정선이 그린「수성동」그림에 보이는 바로 그
다리「기린교」였다.

박정희 전 대통령은 서울의 무허가 건물을 정비하고 집이 없는 서민들을 위해 많은 아파트를 지어 분양하게 했다. 당시 이를 주도적으로 시행한 사람은 1966년부터 1970년까지 서울시장으로 일했던 '불도저' 김현옥 시장이었다. 그는 1968년 12월 3일 대대적인 시민아파트 건립 계획을 발표하고 1969년 1년 동안 1만 5800여 가구 분의 아파트를 건립하였다.

이렇게 강력한 주택건축 정책이 계속 추진되는 과정에 준공된 지 3개월여 된 마포구 창전동의 지상 5층, 15개 동 규모의 와우아파트의 한 동이 부실공사로 붕괴했다. 내가 고등학교 3학년 때인 1970년 4월 8일 새벽이었는데, 잠을 자던 주민 33명의 사망하고 37명이 상해를 입은 사고였다. 이에 김현옥 시장이 책임을 지고 물러났다. 하지만 서울 시민의 주거 문제를 해결하기 위하여 아파트 건설 정책은 변치 않고 계속 추진되었고, 이제는 아파트가 서울 시민의 가장 중요한 주거 형태로 자리 잡게 되었다.

아파트라는 새로운 주거 형태의 보급은 긍정적인 면도 있지만 많은 전통이 사라지는 계기가 되었다. 집 안 구조가 편리해지고 사적 영역 보호가 강화되었지만 이웃 간의 교류가 단절되었다. 그리고 대가족 거주가 힘들어지면서 핵가족, 일인가구 거주 공간으로 발전했다. 아궁이 중심의 난방에서 보일러 난방으로 발전되고 장독대가 없어지면서 냉장고가 필수품이 되었다.

음식 문화에 있어서도 인스턴트 음식이 출현하면서 김장을 하거나 간장, 고추장을 직접 담그기보다는 구매하게 되었고, 개인 주택에서 하던 전통 장례는 병원 장례식장으로 대체되었다. 결혼 문화 또한 전통 혼례식보다는 웨딩드레스를 입은 신부가 결혼 행진곡에 따라 등장하는 서양식 예식장에서 하게 되었다. 온 동네가 떠나갈 듯 "함 팔아요!" 하고 외치던 함팔이들의 함성도 이제는 듣기 어렵게 되었다.

전통 관련 서적을 살펴보니, 우리의 전통 혼례 절차는 양가 부모님의 혼인을 허락하는 '허혼', 신랑의 사주를 보내 신부 측에서 혼인날을 정하는 '납채', 정해진 혼인 날짜에 맞춰 신랑 측에서 신부에게 예물을 보내는 '납폐', 마지막으로 신랑이 신부를 데려오는 '친영'으로 이뤄졌다고 한다. 결혼 전에 함을 주고받는 것은 이 중에서 '납폐'에 해당하며, 신붓집의 결혼 허락에 신랑집의 감사 예를 올리는 혼서지와 음양의 결합을 뜻하는 청홍 비단의 혼수 예단 그리고 사주단자와 함께 예물을 함에 넣어 신랑집에서 신붓집으로 보내는 성스러운 의식이었다. 예전에는 결혼식 하루 전에 보냈다고 하는데, 내가 결혼하던 1980년대만 해도 결혼식 일주일 전에 보냈던 것 같다.

친구들이 한창 결혼을 하던 무렵인 20대 중반에서 30대 초반까지 여러 번 함팔이를 하였다. 통상 함팔이는 함을 질 사람(함잡이 또는 함진아비) 한 명, 양옆에서 함진아비를 부축하고 인도할 마부 두 명, 앞에서 청사초롱을 들고 "함 사세요."를 외치며 신붓집과 흥정할 사람 한 명을 기본으로 하여 3~5명의 친한 친구들로 구성되었다. 통상 결혼하여 아들을 낳고 금실 좋은 가정을 이루는 친구 중 체격이 좋아서 외부의 힘을 잘 견딜 만한 사람을 함진아비로 선정하였다.

함진아비는 커다란 오징어에 눈구멍을 내고 통째로 얼굴에 붙들어 매어서 그 표정이 보이지 않게 하였다. 그리고 몇 가지 원칙이 있었는데, 절대로 말해서는 안 되고, 스스로 움직이거나 주변의 어떤 이야기도 들어서는 안 되며, 철저하게 옆에 있는 마부의 지시만 따라야 했다. 뒷걸음질을 해서도 안 되며 오로지 앞으로, 좌우로만 갈 수 있고, 신붓집에 함을 내려놓기 전에는 어떤 일이 있어도 함을 내려놓으면 안 되었다.

함진아비의 앞에 선 함팔이는 청사초롱을 들고 온 동네가 다 들도록 "함 사세요"를 목청껏 외치며 길을 안내하고 신붓집과 흥정하였다. 신붓집 가는 길에 가끔 다른 집의 문을 두드리며 함 사기를 권유하기도 했다. 온 동네가 시끄러워지고 사람들이 몰려들어 구경할 때쯤에는 신붓집에서 함을 맞을 사람이 나와 함팔이들에게 신붓집으로 들어갈 것을 권유하며 협상을 시도하였다. 대개 한 걸음마다 일정 금액의 지폐를 까는 것으로 협상을 하였다. 신붓집에서 나온 사람이 지폐를 깔기 시작하면 협상을 담당하는 함팔이는 한 걸음의 간격이 너무 크다며 간격을 좁혀 돈을 더 깔라고 하며 함진아비의 걸음을 멈춰세웠다. 이런 식으로 밀고 당기면서 주변에 모인 구경꾼들의 웃음을 자아냈다.

그렇다고 막무가내로 신붓집에서 돈을 뜯어냈던 것은 아니다. 대부분 며칠 전에 신랑으로부터 신부 댁에 대한 정보를 듣고 적합한 금액을 정하여 상호 난처한 일이 발생하지 않도록 배려하였다. 신랑 중에는 그 정보를 신붓집에 미리 알려주는 경우도 있었을 것이다. 그렇더라도 대충대충 신붓집으로 함을 들고 뛰어들어가지는 않았다. 적당히 시간을 끌고 함을 받는 신붓집에서 최선을 다하는 모습을 보여야 친구인 신랑의 체면을 세워준다고 생각했다. 친구를 신부에게 쉽게 내줄 수 없다는 뜻이었다.

이렇게 한두 시간 동네의 이목을 집중시켜 어느 집 딸이 시집간다는 것을 온 동네가 잘 알게 됐을 즈음에 함은 신붓집의 대문 근처에 당도하게 된다. 물론 대문에 도착하기 전에 신붓집에서 막걸리와 안주를 담은 상을 노상으로 들고 나와 '한잔 들이키시고 어서 집으로 들어오세요.'라고 권유하기도 했다. 신붓집에서 영접하러 나오는 사람은 대개 막내 삼촌이나 신부의 남매인 경우가 많았는데, 때로는 다소 과격하게 함진아비의 허리띠를 붙들고 끌어당기며 함팔이들과 힘을 겨루기도 하였다.

이런 우여곡절의 시간을 뒤로하고 문에 도착하면 커다란 바가지가 문 앞마당에서 기다리고 있었다. 함진아비는 모든 악귀가 놀라 도망갈 정도로 큰 소리가 나게 단 한 번에 이 바가지를 깨어야 했다. 혹시 실수할까 봐 집에서 사전에 바가지를 깨는 것을 연습하고 온 함진아비들도 있었다. 바가지를 문 앞마당에서 깨고 나서도 봉채 떡(찹쌀과 팥을 섞어 넣고 밤과 대추를 박아 만든 팥 찰떡)이 시루에 담긴 채 차려져 있는 상까지 거리가 많이 남아있는 경우는 다시 발걸음마다 지폐를 깔게 하는 경우도 많았다. 봉채 떡 시루 위에 함을 올려놓고 신부 댁의 어른과 함께 맞절한 후, 신부 아버지가 눈을 감고 함에 손을 넣어 푸른 쌀알을 꺼내면 첫아들을, 홀지를 꺼내면 첫딸을 낳는다고 하였다. 함을 안방에 보내 신부 친척들이 보게 하고, 함을 갖고 온 신랑 친구들을 위하여 한 상 차려 식사와 술로 정중히 대접하였다. 신부도 인사하기 위해 이 자리에 오게 되는데 짓궂은 신랑 친구들은 신부에게 노래를 시키기도 하였다. 시골에서는 신랑을 묶어 달아오려 신부가 노래를 부를 때까지 신랑의 발바닥을 나무로 세게 때리면서 신랑이 비명을 지르게 하기도 하였다고 한다.

신붓집에서 거나하게 저녁 식사와 술대접을 받은 후, 신랑과 친구들은 신부댁에 인사하고 나와 대부분 2차를 가서 술 한잔을 더 하고 헤어졌다. 우리 친구들의 경우, 신붓집에서 받은 함값으로 2차 술값을 계산하고 남은 돈은 봉투에 넣어서 결혼식을 마치고 신혼여행을 떠나는 신랑의 주머니에 넣어주곤 하였다.

친구들의 경우 대부분 20대 후반부터 30대 초반 즈음에 결혼하였다. 그때는 직장에서 토요일에도 오전 근무를 하고 때때로 야근도 하던 시절이다. 그래서 대부분의 결혼식이 토요일이나 일요일에 진행되었고, 함은 전통으로 통상 결혼식 일주일 전쯤의 토요일 유시酉時(오후 5시~7시)에 전달하는 것이 통상적이었다.

1979년 가을 어느 날 오후, 부산의 신부를 맞이하게 된 친구와 또 다른 친구 두 명과 함께 서울역에서 새마을 열차를 타고 부산으로 출발하였다. 부산역에서 내려 신랑과 함께 신붓집 대문까지 가서 함 들어갈 곳의 지형지물을 확인한 후, 신랑을 신붓집으로 들여보내고 그 집에서 500미터 정도 떨어진 곳에서부터 "함 사세요!"를 목청껏 외쳤다. 신부는 일곱 자매 중 막내딸이었으니, 일곱 번째로 함을 받게 되는 신부 댁은 정말로 경험이 많은 역전의 용사였다. 우리가 예상했던 대로 신붓집에서는 아무도 나오지 않았다. 우리는 함을 들고 동네의 다른 집 문을 두드려보기도 하고, 함성을 질러 소란을 떨기도 하였지만 그저 무반응 일색이었다.

함진아비가 전진하면 다시 후퇴할 수가 없으니 함진아비를 한 군데 세워놓고 신붓집 문 초인종을 누르고 대문을 발로 차 두드리면서 반응을 기다렸다. 그러나 무반응이었다. 우리는 신붓집 앞에서 신랑의 이름을 크게 부르며 "당장 나와라! 이런 집에 장가를 들어서야 되겠냐?"라고 야유하고 다시 함진아비에게 돌아가서 "함 사세요!"를 외치기를 계속하였다. 벌써 어스름해지면서 늦은 저녁 시간이 되고 있었다. 어느새 우리는 함진아비를 끌고 신붓집에서 이삼십 미터 거리까지 접근하여 신붓집 문이 빤히 보이는 지점까지 당도했다. 기세등등하던 우리는 시간이 지날수록 초조해졌고, 더욱 자극적으로 신붓집의 방창 유리까지 두드리며 반응을 촉구하였다.

길에 내려놓거나 앉아서는 안 된다는 원칙 때문에 함진아비도 멀끔히 서 있었는데, 돌연 신붓집의 대문이 열리더니 신랑이 우리에게 빠른

걸음으로 다가오면서 "야! 이 친구들아! 내가 창피해서 앉아 있을 수가 없네! 함을 들고 서울로 돌아가거나 안으로 들어오거나 마음대로 해!" 하고 언성을 높이는 것이었다. 어안이 벙벙해져 아무 말도 못 하고 바라보는데, 함진아비가 달려들어 신랑의 목덜미를 붙잡으며 "야! 이 나쁜 놈아! 어디 그런 이야기를 하나!"라고 고함을 질렀다. 서로 부여잡고 충돌 일보 직전의 상태에서 간신히 말려 신랑을 신붓집으로 돌려보내고, 어떻게 할지를 우리끼리 의논을 하였다.

신랑이 들어간 신붓집의 대문이 활짝 열려있는 것이 보였다. 이제 그만하고 그냥 들고 들어가자고 의견이 일치되어, 정말 그동안 지르던 고함에 어울리지 않게 함을 진 채 30여 미터를 뛰어 신붓집에 들어갔다. 이렇게 우리 초보 함팔이들은 노련한 신붓집과의 대결에서 완패했다. 신붓집에서는 반갑게 맞아주었다. 한 상 잘 차려진 저녁을 대접받고, 함값까지 넉넉히 받아서 태종대 근처로 가서 2차를 하며 신랑을 축하하였다. 물론 남은 함값은 결혼식이 끝나고 신혼여행지로 출발하는 신랑의 주머니에 넣어주었다.

서울 근교가 많았지만, 춘천을 비롯한 지방으로 함을 들고 가는 일도 있었다. 언젠가는 친구의 함을 들고 신붓집에 가서 성악을 전공한 신부에게 노래를 시키며 끝없이 앙코르를 외쳤던 일도 기억난다.

나는 결혼이 친구들보다 다소 늦은 편이었는데, 결혼식 일주일 전에 준비된 함을 아내의 집으로 갖고 갈 함팔이들을 엄선하여서 함을 맡기고 아내의 집에 들어가 함을 기다렸다. 얼마 후 "함 사세요!"를 외치는 친구들의 함성이 들려왔고, 손위 동서와 처남이 함팔이 친구들을 맞이했다. 한 상 잘 차려 친구들이 대접을 받던 중에 해외에서 근무하던 친구가 국제 전화를 걸어와, 신랑이 될 내 체면을 세워줬던 것이 기억난다.

경동시장 근처의 미주아파트에 있는 신붓집에 함을 팔러 갔던 일이 있었다. 그때까지 신붓집은 모두 개인 주택이었는데, 처음으로 아파트에 사는 신붓집에 함을 팔게 되었다. 신붓집은 12층인가였던 것 같은데, 참으로 난감하였다. 아파트 마당에서 소리를 질러봐야 들릴 것 같지도 않았고, 결국 7층부터 계단으로 12층까지 오르며 함을 팔기로 했는데 구경하러 나오는 주민도 없을뿐더러 잘못하면 경찰서에 신고가 들어갈 수도 있는 상항이었다. 결국 대충 몇 번 소리를 지른 후 신붓집에 함을 갖다드렸다.

함을 신붓집에 전달하는 전통은 아직도 계속되고 있지만, 주거 형태가 변화하며, 최근에는 함팔이를 하기보다는 신랑이 혼자 하거나 한두 명의 친구와 함께 신부 댁에 얌전히 전달하는 방식으로 바뀌었다고 들었다.

올해 1월 1일 날 '함 들어오는 날' 그림을 그리면서 아내에게 물어보았다. "어때, 그럴듯하지? 내가 함 갖고 갔던 날 기억나? 그때 함에 무엇을 넣었었는지 기억이 안 나네." 아내는 40여 년 만에 처음 듣는 이야기를 내게 하였다. 그날 아내의 작은아버지와 친척들이 집에 와 계셨는데, 장모님께서 함의 내용을 그분들이 보지 않게 빨리 치우자고 했던 것이 기억난다며, 아내는 아무렇지 않았는데 장모님은 함 내용이 초라하다고 생각했던 것 같았다고 하였다. 어려운 살림에 나름대로 최선을 다해 준비했지만, 많이 부족하여서 자랑할 만하지는 않았을 것이니 장모님께서 당연히 그러셨으리라 생각이 들었다.

그리고 나도 아내 집에서 받은 예단에 대해 40여 년간 숨겨뒀던 이야기를 해주었다. "사실 그때, 우리 어머니나 나는 아무렇지도 않았는데, 이모님께서 왜 신붓집에서 신랑 외투를 안 해주냐고 여러 번 이야기하셨어."

당사자들은 예물에 큰 관심이 없는데, 주위에서 "신랑을 어떻게 보길래 이렇게 외투도 없이." 또는 "신부를 어떻게 보길래 이렇게 초라한…." 하고 훈수 두는 일이 많았다.

이제 어머니도 장모님도 이모님도 다 돌아가셨다. 함 속에 무엇을 넣었는지 기억나지 않는다. 결혼 때 아내로부터 받은 롤렉스 시계는 어디로 갔는지 기억이 잘 나지 않는다. 그때 내가 어렵게 아내에게 해줬던 다이아몬드 반지는 잘 보관하고 있는지 아니면 그새 잃어버린 것은 아닌지 구태여 물어보고 싶지 않다. 아내가 내 옆에 있다는 것만으로도 모든 것이 아무 문제 없으니 말이다.

각 삼등분으로 노벨상을 꿈꾸다

1964년 12월 초에 중학교 입학시험이 있었는데, 전년도와 달리 전 과목 시험과 체육 실기 시험이 포함되었다. 입시일이 항상 그랬듯이 그 날도 추웠던 것 같고, 아버지께서 시험장인 경복중학교까지 함께 가주셨다. 경복중학교 교문 앞에는 자녀를 데리고 온 학부형들로 붐볐고, 근처에는 엿장수 등 장사꾼들이 일찍 나와 호객을 했다. 교문 기둥에는 여기저기 엿이 붙어있었다.

일주일쯤 후에 합격자 발표가 있었는데, 나는 다행스럽게도 경복 중학교 합격 통지를 받았다. 그런데 친한 친구인 의호와 치홍이는 전기 입시에 떨어져서 후기 중학교에 다시 지원하여 중앙중학교와 양정중학교에 입학했다. 우리는 이제 중학생이 되었다는 생각에 꿈과 희망에 부풀었다. 서촌 안에서 서로 가까운 곳에 살던 의호와 만나서 중학교 입학을 하기 전까지 무엇을 할까를 의논하다가 중학교에서 새롭게 배우기 시작할 영어를 미리 함께 공부하기로 했다. 알파벳의 대문자, 소문

자, 인쇄체, 필기체를 익히는 펜글씨 교본을 사서 각자 익히기로 하고, 영어책은『Standard English』라는 검인정 영어 교과서와 자습서를 서점에서 구입했다.

공부 장소를 의호네 집으로 정했는데, 경복고등학교에 다니는 의호 형에게 수시로 물어볼 수가 있었기 때문이었다. 아버지께서 경찰이던 시절 상사이셨던 한 주임님의 부인께서 중학교 입학 기념으로 사주신 영어 사전도 크게 도움이 되었다. 그런데 영어는 한글과 달리 단어를 보고 바로 발음을 할 수가 없었다. 똑같은 모음인데도 발음이 다른 경우가 많았다. 그래서 우선 발음기호부터 익히고 외워야 했다. 단어를 사전에서 찾은 후 사전에 쓰인 발음기호를 보고 의호와 서로 발음해보며 익혀나갔다. 단어 속에 모음의 장단과 악센트 부분의 발음과 문장 속의 단어의 높낮이를 달리하는 인토네이션은 흉내 내기가 쉽지 않았다. 그러나 어느새 우리는 자습서의 한글 부분을 한 사람이 읽어 주고 다른 사람이 영어로 답하는 수준으로 발전했다. 지금 생각해 보면 둘이서 했던 영어는 누구도 이해할 수 없는 우리 둘만의 영어였을 것이다.

중학교에 입학하여 머리를 깎고, 검은색 학생 모자를 쓰고, 배지와 이름표를 단 교복을 입게 되었다. 체육 시간 첫 수업때 거수경례하는 방법을 배웠다. 손을 펴고 엄지손가락과 다른 손가락들을 붙여서 곧게 편 후 45도 각도로 모자에 가볍게 대는데, 앞에서 볼 때 손바닥이 보여서는 안 된다. 집에서도 거울을 보고 많이 연습하였다.

　길에서 마주친 2, 3학년 선배 중에는 경례를 하지 않는다고 야단을 치는 경우가 흔히 있어서, 선배들에게는 잊지 않고 경례를 하려고 주의하였다. 그러다 보니 가방을 항상 왼쪽 손으로 들게 되었고 이것이 평생의 습관이 되었다. 50년 이상 무거운 짐을 항상 왼손으로 들다 보니 바로 서서 거울을 보면 눈에 띨 정도로 왼쪽 어깨가 오른쪽 어깨보다 올라가 있다.

　2학년 때, 내 앞자리에 충청도가 고향인 강화식이라는 친구가 앉았다. 내성적인 친구였지만 나름대로 자립심이 강해 보이는 조용한 친구였다. 그와 친해진 것은 통인시장에서 청운동으로 가는 길가에 있던 그의 집에 들르면서부터였던 것 같다. 그는 형과 같이 살고 있었는데, 그의 집 방문을 열면 방 안에 담배 연기 절은 냄새가 가득했다. 그 방에 한국문학전집이 있어서 한두 권씩 빌려 보았다. 김동인의 「감자」, 염상섭의 「표본실의 청개구리」 등도 그때 읽어보았던 것 같다. 서로 취향이 비슷한 면이 있어서 친해졌고 점점 내면의 이야기를 나누는 사이가 되었다.

　내가 수학을 싫어한 것은 아니지만 수학보다는 국어, 역사, 사회 과목을 좋아하였다. 1학년 때 수학은 대수만 배웠는데, 학년이 올라가면서 공간도형(기하)도 배웠다. 역사보다도 기하를 더욱 좋아하던 때도 있었다. 기하 선생님은 서정기 선생님이셨는데, 키가 크시고 뼈쩍 마른 체형의 50대 초반이셨다. 누군가는 선생님께서 폐병을 심하게 앓고 나으셨다고 했다. 그래서였던지 살이 빠져 주름살이 드러난 역사다리꼴 얼굴의 모습은 어린 시절 통인시장에 봤던 지물포 사장님을 연상시켰다.

정말로 한 시간 내내 잠시도 딴생각을 할 수 없게 하는 열강이었다. 선생님은 날카로울 정도로 가느다랗고 높은 톤의 음성으로 열강을 하시면서, 간간이 생각의 허를 찌르는 독설에 가까운 우스갯소리로 우리를 자지러지게 하셨다. 그러고는 소리 내어 웃은 학생들을 여지없이 일어나게 하여 "신성한 수업 시간에 방정맞게 웃은 죄"를 분노의 매로 단죄하셨다. 그리고 강의가 또 이어졌는데, 어느 순간 또 자지러질 수밖에 없게 만드시고는 다시 엄숙한 얼굴로 웃음을 꾹 참고 있는 우리를 주시하시면서 신성한 수업 시간을 웃음소리로 망쳐놓는 학생을 찾으셨다. 웃을 수 없는 고통으로 더욱 긴장된 수업이었다. 통상 각을 표시할 때, '각 ABC' 또는 '각 DEF'라고 부르는데 선생님은 각에 'O'표나 '×'표를 써넣으시고 '각 똥그라미' 또는 '각 엑스'라고 부르셨다.

아마도 기하 수업의 첫 시간이었던 것 같은데, 선생님께서는 분도기를 쓰지 않고 컴퍼스 하나만 써서 삼각형의 한 각을 둘로 나누는 방법을 가르쳐주셨다. 이어서 선생님께서는 "이렇게 이등분은 가능한데, 누구도 아직 컴퍼스로 삼등분을 하는 방법을 찾아내지 못했다. 삼등분하는 방법을 찾은 사람은 노벨상을 탈 수 있다."라고 말씀하셨다.

화식과 나는 그날 방과 후부터 바로 학교 도서실에서 '노벨상 수상 프로젝트'를 출범시켰다. 시험지를 넉넉히 사서 책상에 올려놓고, 연필과 컴퍼스만으로 각을 삼등분하는 방법을 찾기 위하여 매일 밤늦게까지 함께 머리를 맞대고 의논하며 그려보았다. 참으로 무모한 도전이었고 아무 근거 없는 자신감이었다. 일주일만 하면 될 것 같았는데 그렇지 않았다. 점차 컴퍼스로 도면을 그리는 횟수가 줄어들면서 우리 프로젝트는 아무 성과 없이 끝났다.

당시 낙후된 국가 경제 속에 풍족하지 못한 환경이었지만, 나는 무엇이든지 할 수 있고 무엇이든지 될 수 있다고 생각했다. 어느 책에서 "응달에서 자란 나무의 과일은 탐스럽지 못하다. 그러나 인간이 나무와 다른 것은 노력하면 환경을 바꾸고 양지로 나갈 수 있다는 것이다."라는 글을 읽으며 크게 감동했고, 책상머리에 "비켜라, 운명아! 내가 나간다."라는 글을 써서 붙여놓았던 것이 생각난다.

자라난 곳의 환경이 영향을 주듯이 청소년기의 친구들 역시 성장에 자극을 준다. 화식이와는 공부뿐 아니라 서로 힘에 대하여서도 경쟁하였던 것 같다. 서로의 알통을 비교하고 자랑한다던가, 몇 개월 사이에 키가 얼마나 컸는지를 가지고도 그랬다. 서로 선한 영향력을 미치며 성장했다,

어느 책에선가, 홍길동이 축지법을 연마하기 위하여 집 마당에 빨리 자라는 나무를 심어놓고 매일 그 나무 위를 뛰어넘으며 수련하다 보

니 어느새 사람 키의 몇 배 높이까지도 수월하게 날아오르게 되었다는 이야기를 본 적이 있다. 화식이 집이 인왕산 근처 언덕배기로 이사하였을 때 그 집에는 넓은 마당이 있었다. 그 마당 잡초를 뛰어넘으면서 나도 홍길동처럼 축지법을 할 수 있으면 좋겠다고 생각했었다.

화식이와 나는 몸에 근육을 만드는 데 관심이 많았다. 그가 자기 집 마당에서 시멘트 콘크리트로 역기 원판을 만든 것을 보고 나도 그 집에서 역기 원판을 만들어 우리 집으로 갖고 온 적이 있다. 우선 마당 구석에 원판만한 원을 두 개 그리고 그 부분의 흙을 파서 평탄케 한다. 그리고 중앙에 파이프를 꽂아 역기 봉이 들어갈 공간을 확보한 후 흙을 파낸 부분에 시멘트 콘크리트를 붓는다. 이 상태로 며칠 있다가 시멘트 콘크리트가 굳으면 역기 원판을 땅에서 꺼낸다. 완성하여 보니 한쪽이 10킬로그램이 되는 무게였는데, 원판 두 개를 손으로 들어서 집으로 운반하느라 엄청 고생했던 일이 기억난다.

학교에서는 분기별로 시험을 봤고 시험 후에는 점수 순서로 전교생 학년별 석차를 매겨서 각 반의 게시판에 게시하였다. 학생들 몇몇이 그룹을 만들어 가정교사를 모셔와 과외를 하는 중학생은 많지 않았다. 학교에서 공부하면서 부족한 부분을 보충하기 위해 주로 학원을 다녔다. 서촌 안에는 학원이 없어서 버스를 타고 주로 안국동에서 종로로 가는 길가에 있던 학원에 다녔다. 나는 영어 과목 보충을 위하여 안국동에서

옥인동에서 바라본 친구 집이 있던 언덕

종로로 가는 오른쪽 길에서 종로구청 가는 길모퉁이에 있던 EMI 학원에 가서 '기초 영문법' 강의를 들었다. 실력 있고 젊은 선생님이 강의를 해주셨는데 영어 기초 문법의 정리에 큰 도움이 되었다. 고등학교에 가서는 EMI 맞은편의 인사동 가는 골목에 있던 상아탑 학원에서 '삼위일체 종합영어'를 송성문 선생님 강의로 들었다. 홍성대 선생님의 '수학 1' 강의도 들었다.

도서실에서 각 삼등분을 위해 애쓰던 모습을 어제 그리고 나서 오랫만에 서촌을 걸었는데, 시멘트 콘크리트로 역기를 만들었던 화식이 옛 집이 불현듯 떠올랐다. 우리 집 맞은편 언덕에 있던 그 집이 생각날 뿐 가는 길은 전혀 기억나지 않았다. 할 수 없이 우리 옥인동 옛집 앞으로 가서 맞은편 그 언덕을 쳐다보니, 그 집은 아니지만 새로 지은 듯

한 집들이 눈에 들어왔다.

　무작정 그 집 방향으로 걷다가 계단을 만나 오르면서 내가 그 언덕 위로 올라가고 있음을 확신하였다. 그 집터인 것이 확실했지만, 그곳에는 새로 지은 커다란 집이 견고한 성처럼 서있었다. 그 집 앞을 지나 계속 걸으니 그 길은 수성동 계곡으로 연결되었다.

　화식이는 1971년 고등학교 졸업 후 50년이 지난 이제까지 그저 서너 번밖에 만나지 못했는데, 20대에는 군대 입대, 학교 졸업, 취직 등 세월의 변화를 따라잡는 것만도 정신이 없었다. 30대에는 결혼하고 직장에서 매일매일 야근을 밥 먹듯 하다 보니 만날 여유가 전혀 없었고, 40대에는 내가 해외 근무를 하다 보니 연락이 끊겼다. 15년쯤 전인 50대 중반에 삼성을 그만두고 내가 개인 사무실을 하면서 다소 한가해졌을 때, 그의 소식을 수소문하여 그가 운영하고 있는 회사(기계공장)로 찾아가 만났다. 그 이후로는 아직 다시 만난 적이 없었다.

　50년 전 기억만을 공유하는 사이이다 보니 이후의 긴 시간 동안 각자 경험했던 일들의 벽이 서로 너무나 높아 적극적으로 만나지 않았던 것이 아닐까? 어제 점심 무렵, 서촌을 가려고 탄 지하철 안에서 화식이에게 도서실 그림과 함께 "경복중학교 때 컴퍼스만으로 각을 삼등분하면 노벨상을 받을 수 있다는 기하 선생님 말씀에 너와 둘이서 노벨상을 받으려고 학교 도서관에서 매일 늦게까지 열흘 이상 애쓰다 포기했던 일을 그려보았네~"라는 메시지를 카톡으로 보냈다.

집으로 돌아와 저녁을 먹고 나서 9시가 다 되었을 때 친구로부터 메시지 회신을 받았다.

"그러게 그땐 그렇게 무엇이든 할 수 있을 거라 생각했는데 ㅎ"

하지만 이 친구는 아직도 작은 공장을 운영하면서, 색소폰을 부는 로봇을 제작하기 위하여 수년 동안 줄기차게 연구해오고 있다. 그때보다 56세나 더 나이가 들었는데도 악보를 보고 악기를 연주할 수 있는 로봇을 만들 수 있을 거라고 그는 생각하고 있는 것 같다. 그 로봇이 완성되는 날에는 그를 오랜만에 직접 만나 축하하고 그가 어떻게 살아왔는지를 들으며 내가 얼마나 열심히 살았는지를 그에게 이야기하고 싶다.

49년 전, 1974년 7월 4일 그날

49년 전, 1974년 7월 4일은 내게는 특별한 날이다. 그해 4월 2일 학교 구내 다방 '다빈茶賓'에서 학교 사찰 담당 형사에게 동대문경찰서로 연행된 후 중앙정보부 조사를 받았다. 그리고 4월 5일 민청학련 관련 긴급 조치 위반 혐의로 서대문형무소에 수감된 지 91일 만인 7월 4일에 석방되었다. 어느새 49년이 흘렀다.

4월 2일 동대문 경찰서에서 취조 경찰에게 몇 차례 뺨따귀를 얻어 맞은 후 조서를 작성하고, 당일 중앙정부부로 이계되어 4월 5일까지 별도의 수면시간 없이 의자에 앉은 채 3박 4일간 조사를 받았다.

4월 5일 오전 "수고했는데, 이제 좀 쉬어야지."라는 수사관의 말에 나는 이제 조사가 끝났으니 집에 가서 쉬라는 의미로 이해하고 수사관들에게 "이제 돌아가겠습니다!"라는 인사까지 하였다. 헌병이 총을 들고 부동자세로 서 있는 방에서 잠시 대기하자, 동행할 수사관이 들어와 양손에 수갑을 채웠다. "자, 밖으로 나가야 하니 잠시 수갑을 차고 있어야 한다." 순간 뭔가 잘못되고 있는 게 아닌가 하는 의심이 들었으나 순

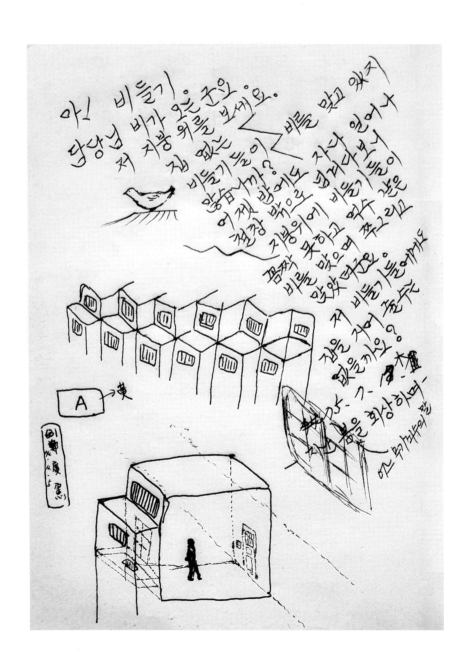

응하였다. 수갑을 찬 채 문밖으로 나가니 밖에는 비가 오고 있었고, 승용차가 대기하고 있었다. 나를 뒷좌석의 중앙에 앉히고 두 명의 수사관이 좌우에 앉더니 차가 출발하였다. 광화문을 지나 우리 집으로 가려면 우회전을 하여야 하는데 차는 사직공원 방향으로 갔다. "어디로 가는 겁니까?" "잠시 쉬면서 기다리고 있어. 조만간(4월 8일까지는) 풀려날 테니….."라는 수사관의 말에 내가 가는 곳이 서대문형무소임을 직감하였지만, 며칠 지난면 풀려날 것이라는 수사관들의 말을 믿었다.

서대문형무소에 도착하여 푸른 수의로 갈아입고, 플라스틱 밥그릇과 젓가락 한 짝을 받아 들고 간수를 따라갔다. 감방들이 늘어선 건물(4舍) 1층으로 들어갔다. 하루 이틀 사이에 방을 두 번 옮겼는데 두 번째 방에서 대학 친구인 이원희와 우연히 통방을 하게 되었다. 그는 나보다 먼저 들어와 있었다. 어느 날 저녁, 그가 「희망」이라는 시를 몇 개의 감방 벽을 넘어 낭송해 주었다. 시 낭송을 마치고는 "어때, 희망치고는 무척 암담한 희망이지?"라며 혼잣말처럼 이야기했다.

사나흘 지난 어느 날, 출소 때까지 있게 될 4상 2(4舍 건물의 2층 2호실) 감방으로 옮기게 되었다. 다른 감방들이 늘어선 복도를 지나갈 때 여기저기서 "학생 놈의 새끼, 공부나 하지!"라는 욕설이 날아들었다. 나도 보이지 않는 목소리에 대응하여 "어디다 대고 욕설이야!"라며 맞고함을 질렀다.

독방이었다. 독방에 들어서자마자 간수가 철커덕하고 문을 잠갔는데 나무 문의 식구통 위에 누군가 붙여놓은 '근심하지 말라'라는 성경 구절이 눈에 띄었다. 작은 메모지 크기의 종이에 붉은색 글자로 인쇄되어 있었는데 참으로 그 말씀이 내 머리와 가슴을 울리며 마음을 진정시켜주는 것 같았다. 몇 마디 안 되는 말씀의 위력을 느꼈다. 종일 독방에 혼자 앉아 있는 것이 쉽지 않았다. 이런저런 생각들이 떠올랐고, 밖의 누구도 내가 이곳에 들어와 있는 것을 모른다고 생각하니 더욱 불안하였다.

저녁 5시가 되면 식구 통을 통하여 저녁 식사가 공급되었고, 어느새 저녁 7시가 지나고 취침나팔이 울려 퍼지면 간수가 "취침!" 하고 외쳤다. 모두 잠을 청해야 했는데, 그때 어디선가 어떤 죄수가 "찬 식기 준비!" 하고 외쳐 수용자들의 웃음을 자아내곤 하였다. 그리고 어느새 아침이 오고 날이 밝으면 "오늘은 ○월 ○일 희망찬 새 아침이 밝았습니다."로 시작되는 아침 방송이 들려왔다. 그때마다 나는 "희망? 웃기고 있네."라고 중얼거렸다. 또 "어제 내린 비로 여름의 신록은 점점 더 짙푸르러 가고…" 같은 방송의 멘트가 나오면, "저 사람이 누굴 약 올리나." 하며 분개(?)하곤 하였다.

그러고는 감방문이 순서대로 열리는 소리에 이어 수감자들이 세면장으로 이동하는 웅성거림이 들리고, 얼마 후 다시 세면을 마치고 감방으로 되돌아가는 발소리가 소음처럼 들려왔다. 나는 긴급 조치 위반으로 수감된 특별 감시 대상으로, 가슴에 노란 표지를 달고 있었다. 다른 수감자와의 접촉이 금지되어 있어서 감방 밖으로 나가 세면이나 운

303

서대문형무소는 이제 서대문형무소 역사관이 되었다.

동을 하는 것이 허락되지 않았다. 이어서 소지들이 각 감방의 식구통에
아침 식사를 넣어주었다.

　식사를 마치고 나면 독방에서 혼자 팔굽혀펴기 같은 운동을 하였지
만, 젊은 나에게는 매우 무료한 시간이었다. 하루 종일 독방에 혼자 침
묵으로 일관하며 있는 것은 쉬운 일이 아니었다. 안경 유리 밑에 검정
양말을 대어 비춰보이는 내 얼굴이나 식수통 물 위에 반사되는 내 모습
을 쳐다보며 혼자 중얼거려보기도 하였다. 사람의 목소리가 그리운 나
에게 옆방에서 들려오는 수감자들의 대화를 듣는 것은 길고 무료한 시
간을 견디는 데 큰 도움이 되었다. 집중하여 양쪽 옆방의 대화 소리를
듣다 보니, 한 보름 정도가 지났을 때는 옆방에 수감된 이들의 이름과
목소리를 구분할 수 있게 되었다. 그뿐 아니라 그들의 개인사와 구속된

사유까지도 대부분 알게 되었고 누가 범털(돈 많은 죄수)인지도 알 수 있었다. 또 그들이 불법으로 담배 거래를 하고 있고 한 개비에 얼마에 거래되는지까지도 알게 되었다.

그들이 아침에 세면을 마치거나 오후에 운동 외출을 마치고 잡담을 하며 복도를 줄지어 지나가는 것을 내 감방 문창살을 통하여 내다보면서 내가 아는 목소리와 그 주인의 얼굴을 확인하였다. 그들 이름을 정확히 "×× 씨!" "○○ 씨!"라고 부르면 그들은 소스라치게 놀란 눈으로 나를 쳐다보았다. 낯선 수감자가 자기들의 이름을, 그것도 여러 명의 이름을 정확히 구분하여 부르니 놀랄 수밖에 없었을 것이다.

'4상 2호'로 옮기던 날 나를 향하여 욕설을 퍼붓던 죄수 중에 양희민이라는 무기형을 받은 살인 죄수가 있었다. 불편한 마음으로 감방에서 첫날 밤을 지내고 날이 밝았을 때 단체 세면을 하러 이동하는 수감자들 소리가 들렸는데, 누군가 내 감방 문의 창살을 통하여 나를 뚫어지게 쳐다보는 것을 느꼈다. 그다음 날 아침 누군가 "간수가 보지 않게 몰래 보고 변기통에 버려!"라고 나직하게 말하면서 꼼꼼히 작게 접은 편지를 창살을 통해 내게 던져주었는데, 그 편지를 보고서 이분이 ×× 은행 살인강도 양희민이라는 것을 알게 되었다. 편지에는 "나는 ×× 은행 살인강도 사건으로 무기형을 구형받은 양희민이다. 지난번 초면에 욕설을 퍼부은 것을 사과한다. 이곳에 수감되어 있는 사람들은 어쩌면 모두 승리한 사람들이다. 왜냐하면 자신의 감정이나 생각을 어떠한 상황에서도 솔직하게 행동으로 옮겼으니, 그것을 망설이거나 행동하지 못하는 밖의 일반 사람들과 달리 오히려 승리한 사람들이라고 할 수 있다…."라는 글이 정말 놀랍도록 훌륭한 필체로 쓰여있었다.

다음 날 아침에도 "이곳은 몸을 움직일 일이 적지만, 항상 배고픔을 느끼는 곳이다."라는 편지와 함께 주먹밥을 던져주었다. 그리고 점심 식사 후 운동시간이 끝나고 감방으로 다시 들어가는 시간에는 내 방으로 들꽃 한 송이를 던져주었다. 그리고 그의 얼굴을 내 창살 가까이에 보이며 "내가 양희민이요." 하고 미소 지었다. 나도 자리에서 일어나 꾸벅 인사를 드렸다. 벽을 두드려 신호하고 변기통 쪽의 창 측에 나와 서로 이야기(통방)하기로 하고는, 저녁 식사 후 가끔씩 통방을 하였다.

그는 형무소에 들어와서 가톨릭에 귀의하였다고 하였다. 그리고 나를 위하여 대부가 되어주겠다고 하였다. 그러면서 내게 책을 던져주었는데, 그 책 제목은 『교부들의 신앙』이었다. 가톨릭에 대한 교리와 함께 기독교보다 가톨릭이 더 신앙의 원조라는 내용이었던 것으로 기억한다. 책을 받은 지 며칠이 지난 후 벽을 쿵쿵 치는 소리에 귀 기울여보니, "내일 저녁 식사 마친 후에 변기통 뒤 창살로 나와요. 대부가 되어줄 테니."라는 그분의 목소리가 들렸다. 다음 날 뒤 창살을 통해 대화가 이어졌는데, 나는 가톨릭 귀의를 다음과 같은 이유로 거부하였다.

"대부가 되어주시겠다니 감사합니다. 하지만 저는 지금 제가 정상적인 상황이라 생각지 않습니다. 어려운 상황이라고 가톨릭에 귀의하는 것은 옳지 않은 것 같습니다. 제가 정상적인 상황이 되었을 때 하나님을 만나는 것이 떳떳한 일이라고 생각합니다."

지금 생각해 보면 어려울 때 하나님께 손을 내미는 것이야말로 당연한 것인데 하나님과 자신을 대등시하는, 참으로 오만함이 하늘을 찌르는 건방진 태도였던 것 같다.

내가 갑자기 증발했으니 집에서 얼마나 걱정하실까 하는 생각에 마음이 무거웠다. 어떻게든 내가 지금 서대문형무소에 잘 있다는 정도라도 알려야겠는데 묘안이 떠오르지 않았다. 간수를 통하여 연락하는 방법밖에 없을 것 같았다. 담당 간수 중에 가끔 창살을 통해 들여다보면서 "어떤가?" 하고 묻는 분이 있었다. 그날도 "어느 학교를 다녔냐?" 묻는 그 간수에게 "집에 연락하여야 할 텐데." 하고 말꼬리를 흐리며 눈치를 보았다. 그리고 "누가 연락을 해주면 집에서도 그분께 고맙게 생각할 텐데."라고 말하니, "아버지께서 무슨 일을 하시느냐?"라고 물어왔다. "아버지께서는 제재소를 하십니다."라고 대답을 드렸고, 이어서 "제재소 이름이 뭐냐?"라고 하여 "삼연제재소입니다."라고 대답을 했다. "큰 제재소 아니냐?"라고 다시 물어와서, "작지는 않다."라고 대답했다. 의외로 선선히 연락해주겠다고 하여, "제가 짧게라도 쓴 서신을 갖고 만나셔야 믿으실 것 같다."라고 하면서 허락을 받고 서신을 써서 아버지의 전화번호와 함께 드렸다. 편지에는 "걱정을 끼쳐 죄송합니다. 저는 4월 5일부터 서대문형무소에 들어와 잘 지내고 있습니다. 저는 잘못한 일이 없기 때문에 조만간 조사가 끝나는 대로 나갈 것이니 걱정하지 마십시오. 이 편지를 갖고 가시는 분은 형무소의 담당 간수이십니다."라는 내용을 기재하였던 것으로 기억된다. 며칠 후, 간수는 "네 아버지를 만나 편지를 잘 전달하였다."라고 내게 확인을 하여주었다.

노란 딱지를 가슴에 단 긴급 조치 위반 수감자에게는 일반 면회나 변호사 접견뿐 아니라 다른 수감자와의 접촉도 허락되지 않았다. 감방 밖의 세면이나 운동도 금지된 상황에서 독방에 수감되어 있었으니 다른 수감자를 접촉할 수 있는 기회도 흔치 않았다. 수감 초기에는 그나마 간수들과 대화할 수 있었지만, 얼마 후에는 간수들도 긴급 조치 위반 사범(노란 딱지)들과 접촉하거나 대화하는 것이 강력히 금지되었다. 어느 간수가 긴급 조치 위반 수감자와 대화를 나누다가 적발되어 그 자리에서 바로 구속되었다는 소문도 들려왔다.

그런 상황 속에서 형무소의 감방과 감방을 순회하며 선교하시는 목사님이 내 감방을 들여다볼 때 나는 영어와 한국어가 함께 있는 성경책을 구해달라는 부탁을 드렸다. 영어라도 공부해보자는 의도에서였다. 그러나 얼마 후 소책자로 제본된 한국어 성경만을 얻게 되었고, 소일거리로 읽기도 하였지만 벽 귀퉁이에서 못을 흔들어 뽑아 그 못으로 성경책 여백에 글을 쓰는 데 사용하였다. 필기구가 허용되지 않아서 궁여

지책으로 못 자국으로 기록했는데, 글을 쓴 후 햇빛에 비추면 선명하게 못 자국을 분별하여 글을 읽을 수 있었다. 대부분 통방으로 들은 이야기들을 정리하고 현재 상황을 분석하고 예상해 기록하거나 또는 일기처럼 내 생각을 기록하며 독방에서의 적적함을 달랬던 것 같다.

5시경에 저녁 식사를 하고 나서 간수들의 교대 시간에는 감시가 느슨해진 틈을 활용하여 변기 쪽 창살에 머리를 내밀고 다른 수감자들과 통방을 하였다. "거기 누구 없으신가요? 저는 4상 2에 민청학련 연루자인 정광헌입니다." 그러면 여기저기에서 방 번호와 이름을 대며 통방에 참여하였다. 그중에는 이철 선배도 있었다. 주 내용은 현재 수감 중인 학생 수와 석방된 학생 수에 대한 정보, 그리고 사회의 동향 등등이었다.

어느 날인가 내 감방문 창살사이로 옆 건물인 3사솜 건물 유리창 건너 어떤 감방의 나이 든 수감자의 얼굴이 선명하게 보였다. 그의 가슴에 빨간색 딱지가 붙어 있는 것으로 보아 반공법 위반 수감자인 듯했다. 이야기를 걸어보니 놀랍게도 그분은 소설가 이호철 선생이었다. 이후 쇠창살과 유리창을 넘어 자주 이야기를 나눴다. 이 선생님도 "어이, 우리 커피숍에 가서 함께 커피나 한잔할까?"하고 자주 말을 걸어오셨다.

형무소에서는 수감자가 다른 수감자들이나 간수들과 접촉하는 것을 철저히 금지하였지만, 한 달에 한두 번 각 감방의 변기통(뺑끼통)을 수감자들이 들고 수거 차량으로 옮기는 것은 어떻게 할 수가 없었는지 계속되었다. 변기통 수거 시 간수들은 각 감방의 문을 열쇠로 열어주었고, 수감자는 자기 변기통을 들고 수거 차량으로 뛰어가서 용변을 쏟아부었다. 그런 뒤 빈 변기통을 다시 들고 감방으로 뛰어 돌아올 때 복도나 계단에서 스치듯 서로 만날 수가 있었다. 나도 같은 대학의 친구들을 스치듯 만나며 인사를 나눴고, 언젠가는 1층에 있던 최정관이 내가 2층으로 빈 변기통을 갖고 올라가는 것을 문 철창을 통해 발견하고는 온 감방에 울려 퍼질 정도로 큰 소리로 내 이름을 불렀던 일도 있었다.

그리고 몇 달에 한 번 이발사가 감방의 복도에서 이발을 해주었는데, 이때도 자기 감방을 나가 복도에 머물 수 있었다. 그 외에 '검치'라고 하여, 검찰의 조사를 받기 위하여 포승줄에 묶여 형무소 밖으로 나가는 일도 있었다.

4월 18일 중앙정보부 피의자 신문조서(제2회)를 작성하기 위하여 호송차에 올랐다. 오랜만에 차창을 통해 서울 거리를 바라보니 거리 풍경과 행인들 옷차림으로 어느새 봄이 무르익고 있다는 것을 느낄 수 있었다. 그 후 6월 27일에 군 검찰 재판정으로 또 한 번 출정(검치)을 나간 적이 있었다. "631번!" 호명을 하고 감방문을 열어주기에 검정 고무신을 신고 안내하는 간수를 따라 형무소 내의 창고 같은 건물 2층으로 들어갔다. 그곳에는 앞서 도착한 50여 명이 의자에 앉아 있었다. 모두들 나처럼 왼쪽 가슴에 노란 딱지를 달고 있는 긴급 조치 위반 수감자들이었다. 그들 중에 정관, 회두, 국명과 형호 선배를 쉽게 발견할 수 있었다. 양손이 포승줄로 묶인 채 다른 수형자 13명 그리고 간수 여섯 명과 함께 한 호송차에 태워졌다. 창은 커튼으로 가려져 있었지만 창밖 풍경을 간간이 볼 수 있었는데, 내 또래의 여대생들이 봄 거리를 즐겁게 활보하는 모습에 내가 구속되어 있다는 사실을 실감했다. 내가 꿈을 꾸고 있는 것이 아닐까 하는 생각도 했다.

군검찰 출정검치 후 일주일이 지난 7월 4일 저녁때 석방되었다. "631번! 방을 옮긴다. 안에 있는 사물을 모두 들고 나와!" 하는 소리에 챙길 것도 없는 몇 개의 사물을 들고 간수를 따라나섰다. 입소할 때 맡겼던 의복으로 바꿔 입고 안내를 받아 나가니 웅성거리는 군중들과 대형버스 몇 대가 대기하고 있었다. 군중들은 학부형과 친구들이었다. 나처럼 그동안 구속되었다가 풀려난 학생들이 군중들을 남긴 채 버스에 타고, 중앙정보부 강당에 들어가 몇 가지 수속을 마쳤다. 그리고 기다리고 계시던 부모님을 만나 아버지 차를 타고 귀가하였다.

가족들이 반갑게 맞아주었다. 그동안 나 때문에 마음고생을 많이 하셨는데, 특히 어머니는 식사는 물론 변도 못 보실 정도로 힘든 시간을 보내셨던 것을 알게 되었다. 형은 군에 입대하여 휴전선에 가까운 대성산 고지에 근무하고 있었는데 몇 번 본부대에 불려가 조사를 받았다고 하였다. 그리고 부모님도 그간 두어 번 대학 학생과에 불려갔었다고 하셨다. 구속자의 학부모들끼리도 자주 만나 이야기를 나눴고, 특히 어머니들은 서대문형무소 면회실에서 자주 만나셨다고 했다. 나는 독방 안에서 쉬지 않고 매일매일 팔굽혀 펴기 운동을 하며 건강을 관리해서였던지 체중이 몇 킬로 늘어 있었다. 나 때문에 마음고생을 하셨던 부모님과 형제들에게 아직도 미안한 마음이다.

거의 50여 년이 지난 지금 생각해도 내 나이 21살이었던 1974년은 뜻하지 않은 큰 물결에 휩쓸려 숨쉬기도 어려울 정도로 어지러웠던 한 해였다. 내 의지와 달리 많은 것을 잃었고 많은 관계가 강제로 단절되었지만, 절망하지 않고 견뎌냈다. 영장도 없이 나를 구속하고 또 징집한 박정희 정권을 당시에는 비난했지만, 국민의 환심을 사는 데에만 몰두하는 포퓰리즘 정권들과 달리 욕을 먹으면서도 국가발전에 기여한 그 용기와 소신을 높이 평가한다. 당시 대부분의 학생들은 애국충정에 불타는 젊은이들이었지만, 당시 주사파 학생운동을 일삼던 자들이 이제 마치 민주주의 투사였던 것처럼 부끄러운 과거를 포장하고 애국자 행세를 하거나, 옳고 그름에 대한 원칙이나 소신도 없이 국민의 감성에 의존하며 포퓰리즘과 선동을 일삼으며 개인의 영달에 진력하는 데에 반성을 강력히 촉구하지 않을 수 없다.

이 글을 쓰기 1년 전인 2020년 12월 초 미국에 사는 유회두 박사로부터 전화를 받았다. 기소유예 상태인 74년도 사건 관련자들이 이미 재판에서 무죄로 판결되었으니, 우리도 무죄임을 확정해 달라는 진정서를 군검찰이나 중앙지법에 내보자는 제안을 받았다. 무죄임이 확정되

국가기록원 발행 서류(왼쪽 위부터 시계 방향으로)
- 형사사건 기록(군법의 감찰부)
- 형사사건부(국방부 감찰단)
- 형사사건 기록(국방부 군법회의 감찰부)

피의사건 결정결과 통지서
(서울중앙지검)

출소 증명서

면 구속 기간에 대한 형사보상도 받을 수 있다는 것이었다.

처음에는 부정적인 대답을 했다. 젊었을 때 순수한 애국심과 정의감으로 시도했던 옛일에 대해 이제와 새삼스럽게 재판을 신청하고 보상금을 받는다는 것이 당시의 순수한 열정을 욕되게 하는 일이 될 수 있다는 생각에서였다. 그러나 당시 내가 3개월 이상 구속 후 기소유예를 받은 기록을 내버려두어 후손들이 내가 죄를 지었던 것으로 오인하게 내버려두는 것은 옳지 않다는 생각에 변호사를 통하여 진정서를 내게 되었다.

국가정보기록원('20. 12. 16)과 서울형무소('20. 12. 17)를 방문하여 관련 서류를 준비하였는데, 놀랍게도 47여 년 전의 기록이 그대로 남아있었다. 진정 후 10개월이 지난 2021년 10월 5일, 서울중앙지방검찰청으로부터 나와 관련된 대통령 긴급 조치 제1호 및 제4호 위반 사실이 혐의가 없고 범죄 인정이 안 된다는 '피의사건 결정 결과 통지서'를 받았다.

1974년 7월 4일에 3개월여 동안의 구속에서 풀려나왔으나, 두 달 후인 9월 17일날 군에 입대하게 되었고 그 10개월 후인 1975년 7월 14일 첫 휴가를 나와 그렸던 그림 낙서를 이 글 앞에 붙인다. 철거된 지 30여 년이 넘은 서대문형무소 건물의 구조가 그림 낙서 속에서 살아 숨쉬는 것 같다.

육군 병사로 징집되다

1974년 7월 4일 서대문형무소에서 석방되고 다음 날 학교에 가서 그리운 친구들을 만나 뜨거운 환영을 받았다. 1차, 2차 술자리를 마치고 다시 학교로 들어가 밤 깊은 청량대 풀밭에 배와 등을 대고 누워 정담을 나누고 헤어질 즈음, "내일 교생실습 출근부에 도장을 찍어야 한다."라는 이야기에 귀가 번쩍 뜨였다. 3개월여의 구속 기간으로 학교 복학이 불투명하게 된 나와 이 친구들은 이제 서로 다른 길을 가게 되었다는 현실을 일깨워주었다.

나의 복학 여부에 대하여 아직 정확한 지침을 못 받아서 확실한 대답을 할 수 없던 학교 학적과에서 어느 날인가 연락이 왔다. 가보니, 일단 1학기는 휴학으로 처리하겠으니 휴학원을 쓰라고 하였다. 사실 수업일수가 부족한 상황이라 휴학원을 쓸 수밖에는 없었는데, 휴학을 하면 재학생으로서 징집을 연기한 조건이 자동으로 해제되어 징집 대상이 된다는 것을 나중에 알게 되었다. 소위 학변자(학적 변동자)가 되어 곧 징병검사를 받고 군에 징집되게 되어 있었다.

1974년 7월의 일기장에는 서대문형무소에 대한 회상의 글이 대부분이고 3개월여의 구속으로 서로 연락이 끊어진 이들과의 관계를 구태여 다시 이어보려는 부질없는 노력을 하였다. '목마른 자를 자기 그늘에 앉힐 야자나무라고 여겼던 것이 한갓 잡초에 불과했다.'라는 깨달음에 반하는 짓을 하지 말자는 다짐의 글도 많다.

그러나 7월 27일 우연히 마주친 P양이 "어머머!"를 연발하며 돌연 눈앞에 있는 나를 믿을 수 없다는 듯 놀라워하는 모습은 다시금 내가 그녀에게 연락하는 계기가 되었다. 사실은 그녀는 대학 3학년 초 즈음에 미팅에서 만났다. 왠지 마음에 끌려 내가 적극적으로 연락을 하여 만나왔으나 그녀는 마지못해 나를 만나주는 듯한 느낌이었다. 다음 해에 졸업반이 될 여대생 P양은 아직 군대도 갔다 오지 않은 대학생인 나에게 자신의 인생을 걸 생각을 할 만큼 무모하지도 않았고, 그녀의 소중한 인생을 포기해도 좋다 할 만큼 내가 매력적이지도 않았을 것이다.

구속 전날인 4월 1일 저녁때도 조선일보 골목의 청화다방에서 그녀를 만나 세 시간여를 함께 보냈고, 공부 열심히 하라고 『생활영어』(TBC 방송교재)를 사주며 토요일(4월6일)에 다시 만나기로 약속을 했었다. 그런데 내가 그다음 날인 4월 2일부터 행방불명이 되었으니 그녀가 약속장소에 나갔다면 내게 바람을 맞은 꼴이 되었을 수도 있었겠다. 그녀는 "그동안 매일 새벽마다 TBC 생활영어를 들었다."라고 하면서, 뉴스를 들으며 혹시 내가 북한과 관련된 사건에 연루된 것이 아닌가 생각했다고 했다. 그날 그녀와 함께 점심 식사를 하고 종로의 할리우드극장에 가서 「Fiddler on the roof」라는 영화를 관람하고 헤어졌다.

드디어 8월 1일 종로구청장이 발행한 징병검사 통지서를 받았는데, '학적변동자'라는 표시가 기재된 징병검사 통지서에는 병역법 제12조의 규정에 의하여 8월 13일 8시 30분과 8월 4일 8시 30분으로 이틀에 걸쳐 국군수도통합병원에서 징병검사를 받을 것을 명한다는 내용이었다.

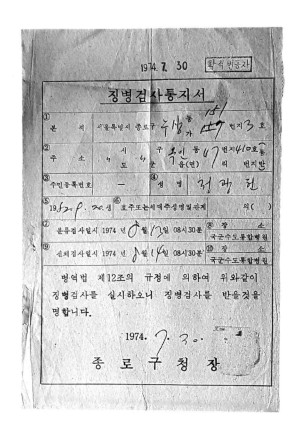

예상했던 바였지만 무언가 거역할 수 없는 힘에 의해 내 개인 의사와는 상관없이 강제로 군에 입대하게 될 것이라는 생각에 마음의 평정이 깨져 집 밖으로 나가 서울 거리를 아무 생각 없이 배회하였다.

대학원 시험(1976년 2월)을 볼 때까지, 아니면 대학교 졸업(1975년 8월) 때까지만이라도 입영이 연기되었으면 좋겠다고 생각하여 여기저기 물어보았으나, 그렇게는 안 된다고 했다. 불안한 가운데 나는 P양으로부터 마음의 안정을 찾으려는 듯 자주 연락하여 불러냈다. 결국 8월 13일 징병검사를 위하여 등촌동에 있던 국군수도통합병원에 가서 보니 나와 같은 학적 변동자는 '특공대'라고 칭하며 따로 모아서 징병검사를 하였다. 그곳에서 들리는 소문으로는 9월 11일 8시에 한양대에 집결하여 논산훈련소로 가게 될 것이라고 하였다. 그다음 날도 징병검사가 계속되었는데, 군의관인 듯한 사람이 "어디 특별히 아픈 데는 없냐?"라고 묻길래, 무엇이라도 대답해야겠다는 생각에 "평시에 코가 좋지 않다."라고 답변했는데 전혀 고려하지 않고 등을 떠밀었다.

8월 14일자 일기장에는 "2을 3급이다. 입영은 보류라고 한다."라고 기록되어 있는데 아마도 잘못된 정보를 얻었던 것 같다.

8월 15일 P양을 다방에서 만나 이야기를 하던 중 TV 뉴스로 그날 있었던 지하철 1호선 개통 소식과 육영수 여사의 피격 사망 소식을 들었던 것이 기억난다.

그날 오전 10시경부터 장충동 국립극장에서 광복절 기념식이 열렸는데, 박정희 대통령이 축사를 하는 중에 갑자기 청중석에서 총성이 울렸다. 박정희 대통령은 연설대 뒤에 몸을 피하여 무사하였으나 뒤이어 재일교포 청년 문세광이 발사한 여러 총탄 중 하나가 단상 옆에 앉아 있던 영부인 육영수 여사에게 명중되었다. 또한 문세광과 경호원 간의 총격전으로 기념식에 합창단으로 참석한 성동여자실업고등학교 2학년 생 장봉화 양이 피격당해 숨졌다. 범인 문세광은 현장에서 체포되었고 그해 12월 사형이 집행되었다. KBS 등 TV 방송사에서 광복절 기념식을 실황 중계했는데, 박정희 대통령이 기념사를 하는 도중에 총소리가 나면서 방송이 중단되고 화면이 잠시 꺼졌다가 다시 대통령의 기념사가 계속되었다. 당시 TV에서 중계된 영상에서 피격 순간 힘없이 옆으로 고개를 돌리고 쓰러진 육 여사의 모습이 눈에 선하다. 3일 후인 8월 18일 육영수 여사의 국민장이 이루어졌는데, 평소 온 국민의 존경을 받던 육 여사의 사망으로 온 나라가 완전히 초상집처럼 어수선하였다.

이러한 와중에 쓴 내 일기장을 보니 미래에 대한 불안으로 마음이 크게 흔들리고 있었다. 특히 8월 19일자 일기에서는 구체적으로 불안한 점을 하나씩 분석하고 있는데, 한마디로 미래에 대한 불확실성과 진

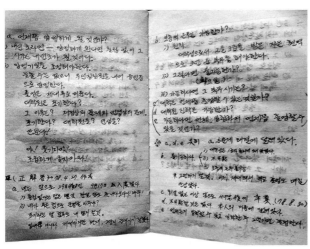
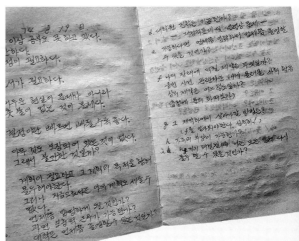

군입대 전 불안한 마음을 항목별로 정리, 분석했던 일기장

로 제약 가능성에 대한 우려로 가득하다. 그해 봄 뜻하지 않은 구속에 이어서 가을에는 내 의사와 관계없이 돌연히 군대에 입대할 수밖에 없는 상황으로 몰렸던 때문인지 불확실한 군입대 일시, 예측 불가한 대학 졸업 가능성 등 장래에 대한 불확실성과 미래에 대한 불안을 토로하고 있다.

50여 년의 세월이 흐른 지금 다시 읽어보니, 전혀 걱정할 필요도 없는 내용에 불과한데 당시에는 매우 심각한 고민거리였던 것 같다. 그때도 내가 크리스천이었더라면 이 모든 것들을 하나님께 맡기고 기도하며 마음의 평정을 쉽게 되찾았을 것 같다.

8월 21일 P양을 만났으나, 역시 전혀 마음에 위로가 되지 못하였다. 그다음 날인 8월 22일, 대학교 과 친구인 범훈, 성호, 상진, 인섭 그리고 고교 동창인 종찬과 함께 서울대 안양 풀장에 1박 2일로 놀러 갔다. 풀장에서 더위를 식히는 것도 좋았지만, 저녁 식사 후 별이 총총한 하늘을 바라보는 것도 좋았다. 텐트 안에서 귀신 이야기를 하다가 잠이 들었는데, 다음 날 새벽부터 비가 내렸다. 잠자다 텐트 밖에서 들리는 빗소리에 깨어 친구들이 꼬부리고 자고 있는 모습을 보면서 왠지 가엾다는 생각을 했던 것 같다.

같이 형무소를 출소했던 정관이와 회두로부터 8월 26일에 입영통지를 받았다는 연락을 받았다. 두 사람 모두 9월 25일에 입영하게 되어 있다고 하니 나에게도 곧 입영통지서가 오겠구나 하고 생각했다.

1974년 9월 3일 일기장을 보면, 내가 대학 등록과 수강 신청도 이미 마친 것으로 기록되어 있다. 그런데 그날 병무청에 전화로 문의해보니 "입영기일은 9월 17일, 집결지는 수색"이라면서 영장은 구청에서 찾아가라는 대답을 들었고, 집에 말씀을 드렸더니 어머니께서 양복을 맞춰주시고 와이셔츠를 사주셨다. 아마도 자식을 군대로 보내는 것이 섭섭하여 평상시 못해주었던 것을 해주고 싶은 마음이셨던 것 같다. 입대 2주 전에 입영 확정 소식을 듣고는 내 인생에서 하나의 막이 내리고 있음을 느꼈다.

군대 가기 전날에는 대학교 1년 후배인 유회두 군이 다음 날 수색 30사단 신병훈련소까지 동행해주겠다며 우리 집에서 입영전야를 함께했다. 그날 밤 나는 그에게 돈을 주며 내 대신 풍성한 장미꽃 다발을 사서 내가 쓴 "세상에서 가장 아름답고 행복한 여인이 되길 빌며. 입영전야 정광헌"이라는 카드를 붙여서 P양에게 전달해 줄 것을 부탁했다.

옥인동 내 골방에서 회두와 늦게 잠이 들었지만 출발 시간에 맞춰 이른 아침에 일어났다. 아침 식사를 마치고 모든 번민과 인연을 뒤로한 채, 부모님과 회두와 함께 아버지 기사가 모는 차를 타고 아침 일찍 출발하여 수색 30사단 신병교육대 정문에 도착하였다. 부대 정문 입구 길가에 해바라기가 도열하듯이 피어있던 것이 기억난다. 2~3일 정도 내무반에서 군복과 장비를 지급받고 대기하다가 9월 20일부터 훈련이 정식으로 시작되었다. 훈련 시작 후 일주일 정도 지났을 때 유회두 군으로부터 '꽃다발과 카드를 잘 전달하였다.'라는 내용의 편지를 받았다.

1년여가 지난 75년 7월 16일 첫 휴가 중에 또 우연히 P양을 만나 청화다방에서 저녁 9시가 지난 시각에 커피를 함께했다. 그녀는 "편지도 한 장 안 보내다니 지독한 사람"이라면서, 내가 군에 입대하면서 보내준 한 바구니 가득한 장미가 너무나 예뻤다고 했다.

그녀는 외국 항공사에 다니고 있었는데, 그 이후로 만나거나 편지를 교환한 일은 없다. 1976년 어느 날 부대 내무반에서 뜻밖에 받은 P양 친구의 편지가 P양이 지방 유지의 아들과 결혼하기로 했다는 소식을 매우 소상하게 알려주었지만, 왠지 나와는 전혀 상관없는 먼 나라의 이야기처럼 들렸다.

군입대하는 그림을 그리고 있는데, 곁에서 아내가 "그때 서로 알았더라면 나도 함께 배웅했을 텐데. 그리고 편지도 나누고 면회도 갔을 거고."라고 말했다. 내가 군입대하던 그때 고등학교 3학년이던 여고생이 그로부터 10년 후에 나와 결혼하여 아내가 되었는데, 이제 내 그림을 보며 50여 년 전 그때의 나를 위로해준다고 생각하니 나도 모르게 헛웃음이 나왔다.

1974년 9월 17일 아침, 군입대를 위해 서촌을 떠나며

    그렇게 나는 군에 입대하면서 서촌을 떠났다. 내 인생에서 20년, 어리고 젊은 시기를 보냈던 나의 고향, 서촌을 이렇게 떠나게 되었다.

기차바위

치마바위

인왕산

범바위

부처바위
(라이파이 요새)

경복고

칠궁

통익시장

경회루

경복궁역

서촌 지도

1. 사적 장소

① 누상동 첫 셋집 (필운대로 5나길 43)
② 누상동 두 번째 집 (형숙이네, 누상동151-3)
③ 누상동 세 번째 집 (분꽃 향기 가득한 집, 옥인3길 38)
④ 누상동 네 번째 집 (옥인 2길 19)
⑤ 옥인동 우리 집 (옥인동 47-410)
⑥ 신교동 가는 계단길
⑦ 외할머니 댁
⑧ 누상동 작은이모네 (누상동 96-2)
⑨ 필운동 작은이모네 (필운동 55-6)
⑩ 눈깔사탕 집 (누하동 93)
⑪ 과외 공부 2층 다다미방 (옥인동 102-6)
⑫ 친구 이기봉네 (통의동 85-1)

2. 공적 장소

① 정주영 회장 집 (자하문로33길 72)
② 김상용 집터 (자하문로33길 48)
③ 선희궁 (국립서울농학교)
④ 청운초등학교 (정철 집터)
⑤ 경복고등학교 (겸재 정선 집)
⑥ 칠궁
⑦ 청와대 영빈관
⑧ 청와대
⑨ 무궁화동산
⑩ 청운파출소
⑪ 청운효자동 주민센터
⑫ 서울맹학교 (필운대로 97)
⑬ 서울교회 (하와이 교회)
⑭ 내외주가 (필운대로9가길 17, 송석원 천수경 집터)
⑮ 윤덕영 한옥 (서용택 가옥) : 옥인동 47-133, 필운대로9가길 7-9
⑯ 벽수산장 터 (옥인동 47-479, 481, 487, 488)
⑰ 자수궁 터/인곡정사 터 (필운대로 68)
⑱ 벽수산장 출입 돌문 기둥 (옥인동 47-27, 47-33)
⑲ 상촌재 (자하문로17길 12-11)
⑳ 이완용 집터 (자하문로17길 12-11 일대)
㉑ 특무대 터
㉒ 쌍홍문터 (자하문24길 51)
㉓ 춘원 이광수 집터 (자하문로16길 13)
㉔ 해공 신익희 선생 고택 (자하문24길 49-7)
㉕ 청와대 사랑채
㉖ 신무문
㉗ 진명여고 터
㉘ 세종대왕 나신 곳 (자하문로 41)
㉙ 김재문 하숙터 (자하문로11길 21-5)
㉚ 대오서적 (자하문로7길 55)
㉛ 영화루 (자하문로7길 65)
㉜ 박동완 집터 (자하문로9길 36)
㉝ 종로구립 박노수 미술관 (옥인길1길 34)
㉞ 윤동주 하숙집 (옥인길 57)
㉟ 이중섭 살던 집 (옥인6가길 44-11)
㊱ 수성동 계곡/비해당/기린교
㊲ 백호정 (옥인3길 40 앞)
㊳ 배화여고 (필운대로1길 34)
㊴ 백사 이항복 집터 (필운대, 필운동 산1-2번지)
㊵ 청전 이상범 가옥 (필운대로 31-7)
㊶ 화가 천경자의 집 (누하동 176번지)
㊷ 홍건익 가옥 (필운대로1길 14-4)
㊸ 시인 노천명의 집 (필운대로 26-21)
㊹ 이 상의 집 (자하문로7길 18)
㊺ 우리은행 효자동 금융센터 (자하문로 27)
㊻ 통의동 보안여관 (효자로 33)
㊼ 영추문
㊽ 국립고궁박물관
㊾ 통의동 백송터 (월성위궁, 창의궁 터) (통의동 35-15)
㊿ 금천교 시장 (세종마을 음식문화거리)
51 사직공원
52 매동초등학교
53 황학정 (국궁전시장)

정광헌

6.25 전쟁 중이던 1952년 경기도 광주에서 태어났다. 경기도 금촌에서 유아기를 보내고 네 살 때 서울의 서촌으로 이사해 송강 정철의 집터였던 청운국민학교를 거쳐 겸재 정선의 집터에 자리 잡은 경복 중고등학교를 졸업했다. 서울대 사범대학에서 독일어를 전공했고, 육군에 입대하기 전까지 20년을 서촌에서 살았다. 1978년 대학을 졸업하고 대한민국 수출역군으로 국가 건설에 기여하겠다는 포부로 삼성물산(주)에 입사했다. 독일 주재원으로 파견되는 등 전 세계를 대상으로 해외시장 개척과 선진 해외 기업들과의 국제 교역에 매진하였으며, 국내 상장회사의 CEO와 동부그룹 동부LED 대표이사를 역임했다. 은퇴 후에도 국내 벤처기업들의 신사업 개발과 해외시장 진출을 돕는 개인사업을 운영하면서 KOTRA와 무역협회의 자문위원과 방위사업청 국제계약 자문위원 등으로 활동했으며 현재 서울청운초등학교 운영위원장으로 봉사하고 있다.

그림으로 쓴 우리 동네 이야기
서촌 그리는 마음

정광헌 지음

초판. 1쇄 발행. 2023년 7월 31일
펴낸이. 이민·유정미
편집. 최미라
디자인. 오성훈

펴낸곳. 이유출판
주소. 34630 대전시 동구 대전천동로 514
전화. 070-4200-1118
팩스. 070-4170-4107
전자우편. iu14@iubooks.com
홈페이지. www.iubooks.com
페이스북. @iubooks11
인스타그램. @iubooks11

ⓒ정광헌 2023
ISBN 979-11-89534-43-1(03810)

정가. 24,000원